Would One Day
總會有一天
Misa 著
阿歾Amo 繪

# 楔子

當夜空被絢爛的煙火填滿時，我回過頭找尋他，想跟他分享煙火帶來的撼動。可轉過身，沒見到他，而是見到他。

他的臉頰隨著夜空裡的煙火炸開、隕落而一明一滅，也因爲如此，此刻他眼中的感情格外清晰。

那是我一直逃避且不願正視的。

所以，我再一次別過眼，跑向另一頭的熱鬧人群中。

人群如此擁擠、光線如此晦暗，即便如此，我依然清楚地看見了他。

他和她，牽著手抬頭看望天上煙火。幸福洋溢著，連站在這裡的我都能感受到。

剎那間，我的世界一片天旋地轉。

他喜歡她，我知道。

我喜歡他，我也知道。

而他喜歡我，我更是知道。

這世界上不就充斥著我愛他、他愛她、她愛他、他愛我的故事嗎？

只是我從來沒想過，有時候也會遇到——他愛她，她也愛他。

# 第一章

既然我心裡在意了，就不會假裝自己不在乎。

「全年級第一名杜洵恩？我敢打賭對方一定是戴著眼鏡的書呆子。」

站在全校榜單前，他的聲音引來周遭人群的一陣笑語。

不是因爲贊同他的話而笑，而是因爲他的無知而笑。

於是我走上前，給那個男同學一個微笑，然後問，「爲什麼會覺得她是書呆子？」

他看著我的臉，那零點幾秒有些發愣，未變聲的嗓音顯得稚氣，「因爲上天是公平的，聰明的人就長得不漂亮。」

不用看他制服上繡的名字我也知道，他叫樂宇禾。

這名字好幾次出現在朝會的唱名名單上，絕對不是因爲比賽優勝或是考試名次優異，往往是遲到、打架、記警告等負面消息。

我曾目睹他翻牆蹺課，也看過他躲在樓梯下偷抽菸，更三不五時聽聞他打群架。

他幾乎每天都在做所謂的「壞事」，就是那種典型的頑劣學生。但也不是大壞，至少他沒加入幫派也不會欺善、霸凌，不過也足夠令老師頭痛了。

「妳是哪一班的呀？」他傻笑著問我，那表情我從不同男孩的臉上看過好多次。

圍觀的人群竊笑得更大聲了，甚至連他的朋友也笑了。

看來，他不認識我對其他人來說十分不可思議。

我將垂在制服前的長髮往後一撥，讓他看清楚上頭繡的名字。

「杜……洵恩？」他嘴角上彎的弧度變得僵硬。

我揚起一抹意味深長的微笑，「很可惜，我並不是書呆子，相反地，我長得很漂亮。也許因爲你常遲到，所以沒看過我在朝會上領獎。」

在樂宇禾呆滯地張大嘴、沒反應過來前，我轉身，甩了頭髮走向教室。

身後傳來哄堂大笑，有幾個聲音喊著：「樂宇禾，你糗了！」

「她是怎麼回事啊？」在我踏進教室前，聽見了樂宇禾的驚呼。

「妳長得好漂亮呀！」

從小就常聽到這類的讚美，當我生平第一次回應「我知道」的時候，對方的表情我已經忘記了，但我卻記得他們說：「眞不謙虛。」

怪了，難道要我說「沒有啦」這樣的話嗎？難道你們稱讚我的話不是發自眞心嗎？明明在闡述一件事實，而我只是表示同意，這樣也錯了嗎？

有時候，人和人之間的相處邏輯與對話方式，還眞是一門大學問。

例如，朋友做錯事到底該直接指責他們的錯誤，還是因爲他們是自己的朋友，所以對人不對事？

若是對方明明穿了不適合她的衣服，我又該怎麼做？

到底誠實好，還是說謊好？

有句話是這麼說的：道不同不相爲謀。我還是想說實話，這麼一來，留下來的便是最眞的朋友。

可惜我太高估了國中女生的友誼，沒有人可以承受實話，反而讓我被視爲毒舌一流。加上我的出色外貌與優異成績，久而久之，大家便冠上「高嶺之花」或「冰山美人」之類的綽號。

於是，我幾乎沒有朋友。

不過也沒有被排擠，分組不會落單，講話也不會沒人聽，更不會被嘲笑欺負，我只是變成那種獨來獨往的人。

我明白了，人們總是喜歡聽好聽的謊話或是謙虛的話，因爲那些總比傷人的實話好。

可我依然想做眞實的自己。

現在這樣並沒有不好。說穿了，還可以過濾掉很多頻率不同的人。

✿

自從上次公開給樂宇禾洗臉後，他忽然纏著我，不是男生追求女生的纏，而是像看到什麼珍禽異獸而忍不住靠近的那種纏。

「你可否離我遠些？」

下課時間，樂宇禾無視「這不是他們班」這件事，直接走進教室，並坐在我前面的位子，轉過頭來用手托著腮笑臉盈盈地看著我。

每堂下課都這樣，所以我掛上毫無笑意的微笑，當面對他下達驅逐令。

其他人像看好戲般在一旁觀望，畢竟眼前是一對很新鮮的組合——優等生和問題學生。

「妳眞的長得很漂亮呢！」他毫不害臊直接地說。

「我知道。」

「可是說是漂亮，又不是討喜的那種漂亮。」他又補上這句話。我還來不及接話，他便自顧自地說：「是屬於狐狸精那種美。難怪妳沒什麼女生朋友啊！」

旁邊的同學們笑了起來。

通常聽見男生這樣說，大部分的女孩都會生氣，並且在心中罵翻對方祖宗十八代，從此將他列爲拒絕往來戶。但當下我卻對樂宇禾產生了不一樣的想法。

「你居然會直接說實話。」

沒錯，我身邊沒什麼女性朋友的原因，除了我講話不好聽，就是我的漂亮不是屬於女孩會喜歡的類型。簡言之，我有一張狐狸精臉。

「妳不也很愛說難聽的實話。」樂宇禾的表情像是在虧我。

「所以最容易把人惹毛。」我往後靠，饒富興味地看著他，想知道他會怎麼回我。

「妳聽過一個寓言故事嗎？」他把玩著我的原子筆，漫不經心地開口。

我沒有回答，他不甚在意地繼續說：「眞實和謊言在河邊洗澡，謊言偷走了眞實的衣服，而眞實說什麼也不肯穿上謊言的衣服，從此以後，人們喜歡穿著眞實外衣的謊言，討厭著赤裸裸的眞實。」

看著他神情自在的側臉，我皺起眉頭，「所以？」

「所以說，眞實沒有不好，只是多數人不能接受實話啊。」他露出人畜無害的笑容。

「那你聽過謊言者悖論嗎？」我也回以他一個微笑。

「某個來自希臘克里特島的哲學家說：『所有克里特人都說謊。』如果哲學家說的是眞的，那他也來自克里特，他不就是在說謊嗎？如果這句話是假的，表示也有不說謊的克里特人，那身爲克里特人的哲學家就不是說謊，可這樣不就跟前面說的有矛盾嗎？」

樂宇禾手上的原子筆掉到地上，抬頭訝異地看著我，「妳在講什麼啊？」

我回給他一個笑容，「所以說，謊言是不是比眞實麻煩呢？」

「不，杜洵恩，我覺得是妳比較麻煩。」樂宇禾撿起原子筆繼續把玩，「妳剛剛講的什麼謊言者悖論，是眞的有這理論嗎？」

「『我在說謊』。」我回他一句相當有名的矛盾句意，然後拿出下一堂課的課本。

「啊？妳剛剛都在說謊？不對啊，如果妳說剛剛的都是謊言，那妳說的就是實話啦！但如果妳說的是實話，又表示剛剛的是謊言……我現在在鬼打牆嗎？」

看著他搔頭苦思的模樣，我輕輕勾起了嘴角。

「杜洵恩，妳長得眞的很漂亮。」忽然間，他凝望我的眼神是這麼溫柔，「但是是狐狸精那種美。」

「樂宇禾！上課了，快回自己教室去！」我還不用開口，老師已經進教室開口趕人。

他嘻皮笑臉地跑出教室，其他同學竊竊私語，而我只是面無表情地看著黑板上的筆記，整理成重點寫到課本上。

窗外傳來樂宇禾在操場上追逐嬉笑的聲音。國中的男孩子個個精力旺盛，像猴子一樣。

然而，樂宇禾這隻猴子好像有那麼點不同。
雖然還是猴子。

✿

「妳知道嗎？今天隔壁班的女同學跟我說：『你離杜洵恩遠一點，她心機超重的』。」
某日中午，陽光普照。我坐在中庭椅子上仰頭閉起雙眼進行光合作用時，樂宇禾一面咬著合作社的麵包一面靠過來。
「她們是瞎了嗎？沒看見都是你主動靠過來？」我連眼睛都沒張開。
「哇塞，妳嘴巴真的很壞耶！」樂宇禾笑得開心，一點也不在意，「妳不想知道我怎麼回答嗎？」
「沒興趣。」
「我就跟她們說：『可是她長得很漂亮啊！我就是喜歡長得漂亮的女生』。」
我忍不住瞪大眼睛望向他，樂宇禾慢條斯理地吃完麵包，將塑膠袋揉成一團，走到另一頭丟進垃圾桶後再徐步走回。
「妳眼睛真的很大呢！」
「『真的』是你的口頭禪嗎？」我翻了個白眼，「你真的那樣說？」
「妳看看，妳也說『真的』了啦！」他笑嘻嘻的，我卻不太爽快。
「你真的很白目。」

「吼！妳又說了。」

跟智障說話智商會變低。我站起身往教室方向走去，樂宇禾卻一把拉住我。

「你眞那樣說？」我沒甩開他的手。

「當然，妳不是喜歡實話嗎？」他放開了手，拍拍旁邊的椅子。

我盯著他的臉一會，最後還是坐下來。

「這樣不怕有不好的傳言？」我看著前方操場，有幾個人正看向我們交頭接耳。

「我還有什麼傳言能更糟？」

「那倒也是。」警告、記過、遲到……樂宇禾的操行成績已經夠低了。

「喂，妳也別這麼直接啊！」樂宇禾又笑了幾聲。他學著剛剛的我，仰頭閉眼行光合作用，「反正我不喜歡念書，等高中一念完我就要去工作，早點脫離學生身分。」

「為什麼？」

「我不是念書的料。」他聳聳肩，「妳才是。」

我也學他聳聳肩。念書是學生的本分，我只是把本分做到最好而已。

「喂，妳應該會考一所好高中吧？」他張開眼睛，炯炯有神地望著我。

「當然。」我說了那所高中的名字。

「連我都知道那所學校，就是學生人數多到不可思議，最著名的是多采多姿的社團活動，每年還有煙火大會，對吧？」他沉思了一下，以篤定的語氣說：「好，我也考那所。」

「你剛不是說自己不是讀書的料？」他的成績我想連候補都沾不到邊。

「但我想跟妳一起上高中，一定很有趣。」

看著他的表情，我忽然眉頭一皺，「你不會是喜歡我吧？」

「這種話還有自己說的？」他揚起眉毛盯著我，「也是，妳有自信是理所當然的事。」

「自信不是建立在外表之上，我有自信是因爲我值得。」我這麼說。

「能說出這麼噁心的話也是一件滿厲害的事情。」

我白他一眼，他哪有資格說我？

「如果你是喜歡我，那先跟你說，不可能。」

「杜洵恩，妳就沒想過男女之間會有純友誼嗎？」他意興闌珊似地又閉上眼睛，微微仰頭讓太陽照射著他的臉，表情柔和。

「純友誼這種東西，通常只有單方面這樣認爲。你覺得一個男生有可能無條件對另一個女生好嗎？」

「當然不可能啊！一定有某種程度的好感才會對她親切。」樂宇禾毫無猶豫地回答。

「看吧！」長時間相處且互動良好的男女之間，絕對不存在純友誼。

「但是也是有例外啊！我相信還是有純友誼的存在，只是很少。」樂宇禾忽然張開他的圓眼睛，像隻狗一樣，水汪汪地直視我。

我們就這樣對視良久，直到午休鐘聲響起。

走廊與操場上的人群一邊往我們這裡瞄，一邊低聲議論著什麼。畢竟，我們兩個的組合實在太新奇，應該可以算是學校名景。

「你是想說，我們之間可以是純友誼？」我無視周遭投來的目光。

「對啊，反正妳也沒什麼朋友……我話還沒說完，妳別露出想殺人的表情。我是說，妳沒什麼朋友，加上我也厭倦身邊都是說場面話的表面朋友，不如我們來當只對彼此說眞話的朋友，而且是純的那種，不做黑的喔！」

「你是說眞的？」我站在原地狐疑地看著他。

操場上的學生都已經回到教室，有幾個人仍從窗戶探頭探腦，好奇我們到底在做什麼。

「我不是說了，從此我們是最眞實的純友誼好朋友。」

「我可沒說要你當我朋友。」

「拜託，誰能像我一樣接受妳說實話還不會受傷的啊？」他倒是很有自信。

我喜歡。

「你必須保證，不會喜歡上我。」我提出唯一的條件。

「我的天啊，妳到底是有多自信？我得承認，妳的確很漂亮，但是是狐狸精的那種……哇！很痛耶！」

「妳一點也不手下留情！」

這一次我直接動手打了他的頭，力道不輕，還聽到幾個偷看的人發出了小小驚呼聲。

看著他吃痛的表情我很滿意。

「既然要當最眞的朋友，那我下手力道當然不會減輕，若你想還手也請便。」說完我還眞的挺起胸膛、抬起下巴。

「我才不會對女人動手。」他哼了聲，「總之，我不會喜歡上妳，請大大放心。」

什麼大大啊？我白了他一眼。

「爲什麼你會選我當朋友？」他身邊不乏狐群狗黨。

「因為我本來以為漂亮的女生都很無腦。」

我想起他站在期中考榜單前說過的話。

「全年級第一名杜洵恩？我敢打賭對方一定是戴著眼鏡的書呆子。」

「加上妳還當面嗆了我一下。總之，我對妳產生興趣啦！妳真的讓我嚇了一跳，有多少國中生會講什麼謊言者悖論這種東西啊！我回家還google呢！」

「也沒多少國中生會講眞實與謊言的寓言故事。」

他嘿嘿笑了起來，「我對妳很感興趣，但是是對朋友的那種，跟聰明的人做朋友才會變聰明啊。」

「但前提是，你必須跟我考上同一所高中。」我認為這是一個相當刁難他的前提。

「當然。」他卻只是輕鬆地笑了。

現在我好像才第一次仔細看樂宇禾的臉。他笑起來時嘴角有酒窩，眼睛也會彎成新月。仔細想想，雖然他常被記過或警告，但都不是什麼大事，頂多蹺課、逃學、打架或偷抽菸。好吧，這樣的事對國中生而言其實也算是大事了。

但我看著他那帶著酒窩的笑容，眞心覺得，樂宇禾是一個好孩子。

後來幾天，樂宇禾忽然消失在我周遭。

我們的教室本來就離得不近，我猜想，也許他對我的熱忱過了，又恢復蹺課的本性。

原本每節下課都會過來吵我的他，現在突然不見蹤影，對我來說，其實也只是回到我以往獨來獨往的生活，耳根子清淨許多。

不過好像有那麼一點少了什麼。

既然我心裡在意了，我就不會假裝自己不在乎，於是我往樂宇禾的教室走去。

出乎意料地，在下課人聲正鼎沸的時候，他好好地坐在位子上，拿著課本埋首，嘴裡念念有詞。

他真的在念書。

站在窗外太過顯眼的我，立刻感受到他們班男同學投射過來的熱情視線，而樂宇禾依然沒有察覺我的到來。

直到我離開前，樂宇禾都沉浸在書本世界中。

後來幾天，每次經過他的教室我都會往裡頭看一眼，樂宇禾有時候拿著歷史課本，有時候看著地理課本，嘴裡總是不停喃喃自語，像在默背。

他該不會想說死背就行了吧？課本上的內容要經過理解、吸收再消化，才能轉換成屬於自己的知識，死背的做法，實在是太笨了。

但令我意外的是，國三上學期的期末考，樂宇禾竟然名列校排百名內。

「怎麼可能？」訝異的不只我，還包括全校師生。以往總是墊底的他竟一口氣拉升了那麼多名！

「如果要跟妳讀同一所高中，那我的成績還差得遠，我必須在不到半年的時間內，把國一到現在的課程全部讀熟。」無精打采到看起來好像快死了的樂宇禾打著哈欠。

看到我瞪大雙眼的模樣後，他才露出微笑，「怎麼？妳以為我會放棄？」

「我只是沒想到你會這麼拚。」我恢復面無表情。

「為了證明我們的純友誼。」

「基本上，會為了跟一個女生念同一所高中而這麼拚，就已經不是純友誼了。」而且只為了擁有一個能說實話的朋友，這麼拚感覺說不太過去。

「妳不懂那種每次都要說謊只為了讓聽的人舒服的感覺，我希望有個能讓我坦率說實話的朋友。」樂宇禾這句話說得老氣橫秋。我看了他一眼，雖覺話中有話，但並不是很在意。

「總之，還有幾個月的時間，我會加油，努力在第一次基測就考上。」說完，他咬了一口麵包，還拿出單字卡。

我只是覺得，如果他只花短短半年就可以把國中三年的課程全部搞懂，那麼那些從國一就認真到現在的人不都是白痴？

然而，人生就是充滿意外與驚喜。

我一向走在常軌上，所有事情都在意料之中，但樂宇禾這個人本身就偏離常軌，所以連帶著他的行為我也無法捉摸。

我拿著手上的成績單，理所當然，我的成績可以去任何我想去的學校。

樂宇禾垂頭喪氣地從發放成績單的教室朝我走來，我皺著眉頭看他，大概是落榜了，如我所料。

「反正還有第二次考試。」我能說的安慰話語不過如此實際。

樂宇禾卻搖頭，手指緊捏著成績單。

我思索了一下，說了幾句不像我會說的話：「你這半年也很努力了，老師們都對你刮目相看，成績排行還一度進入校排前五十名。」

「那妳有對我刮目相看嗎？」他問。

「當然。」很難不。

「妳覺得我會考上嗎？」樂宇禾又問。

「如果你念個半年就考上，那努力很久的人做何感想？」

「妳還真不會說謊話安慰我呢。」他失笑，輕勾著嘴角。

「不是說好了當不說謊的朋友？」

這句話讓他嘴角的笑容更大，「看在妳說話老實的份上。」然後他把成績單遞給我。

我猶豫了會，他輕喏了聲，拿著那張成績單的手微微晃動。他的神情讓我猜不出端倪。

我接過，是只差幾分就能達到那所高中的分發門檻嗎？

等到我打開一看，發現不是那麼回事。我倒抽一口氣，睜大眼睛看著上頭的數字。

「怎麼樣？很爛對吧？」樂宇禾的酒窩此刻礙眼得要命。

「你不是說自己不是念書的料？」我瞪著他。

「是啊！這半年來我快死了，我這輩子都不想再碰書了。我查過，那所高中雖然重視升學，但就算成績不好也不會被退學，我打算高中三年都不念書。」他滿不在乎地這麼說。

「但你的分數卻高得嚇人？」我指著成績單上面除了數學其他近乎滿分的成績。他只差一點就比我高分。

「這就說明了我們的教育有多填鴨式了，我記憶力好，運氣也好，死背，全都死背。」他拿回成績單胡亂塞進口袋。

「理解！必須理解，不是死背。」他果然全都用背的了，光靠死背就能直逼我理解過後的成績。

「我不需要理解，反正我又不在乎。」他嘿嘿笑著。我明白他是說眞的，我已經可以想像高中的他蹺課、偷抽菸，然後考試交白卷的模樣。

「那剛剛幹麼愁眉苦臉啊？」

「因爲我本來以爲死背的科目可以滿分，少說也能拿到一二〇吧？」

「你會氣死所有認眞念書的人。」我直接翻給他一個白眼，轉身朝校門口走去。

「嘿！總之，我們應該是會考上同一所高中，那所學校距離我們這裡有點遠，妳打算怎麼上下課？擠那一百二十三台校車？」他追了上來，在我後頭問。

「你呢？」

「騎腳踏車吧，這樣比較青春。」

「我以爲你會蹺課。」我側過頭，風吹散我的頭髮。

「妳眞的很漂亮。」他說著，走到我旁邊，「不過我不會喜歡上妳的。放心，這只是一種對美麗事物的欣賞。」

我輕哼了聲，「最好。」

「哈哈，我要說的是，乾脆我載妳就好啦，反正我們住在同一區。」他忽然賊笑，「當然，以後妳交了男朋友要給他載，我就會自動退出。」

「白痴。」

被他的笑容感染，我也稍稍扯了扯嘴角，在校門口跟他說再見。

✿

幾個月後，國中畢業典禮上，所有人都脈脈訴說著離別，爲美好的三年流下眼淚。然而，我更期待未來，畢竟從沒有朋友的我，有了一個奇怪的純友誼朋友。

「杜洵恩。」樂宇禾手拿裝著畢業證書的圓筒抵在肩上，站在校門口喊著我的名字，像是在等我，身體輕倚圍牆。

我曾見從我身邊跑過去的同校女同學眼眶泛紅。

「你弄哭人家？」我問。

「她跟我告白，我拒絕了她。」

我眼睛一瞇，「怎麼人都想要在畢業這天告白？」

「就算被拒絕，反正都要畢業了，以後見不著面也不怕尷尬吧。」他聳聳肩。

「那如果心意被接受了，不就得開始遠距離戀愛？」

這一次換他瞇起眼睛，「大概只有像妳這樣的美女才不怕被拒絕吧。」

「你以爲所有人都跟你一樣膚淺？」

「男人就是這樣膚淺啊，外表至上。」他嘿嘿笑了幾聲，「而且就算念不同高中是能離多遠？就算兩人分處基隆和屏東，距離也不過短短的一個台灣。」

「也是。」我同意。

微風徐徐吹來，種植在校門口的鳳凰花散落了一地，我伸手爲他拭去落在他髮梢的花瓣，輕輕看著他。我問，「爲何鳳凰花代表畢業呢？」

「因爲代表離別與依依不捨。」他挑眉，「妳有哭嗎？在畢業典禮上。」

搖頭，我爲什麼要哭呢？

「也是，妳又沒朋友。」他一語道出事實，「國中對妳來說應該沒什麼好留戀的吧？」

「嗯。」

「那我們去吃個什麼慶祝一下吧！」他轉過身朝斑馬線的方向走，我也跟上。

離去之際，原想回頭望一望這讓我無所留戀的三年。

最後，我還是邁開了腳步。對我來說，過去的就是過去了。

如果說，除了知識，國中三年我還獲得了些什麼的話，我想就是眼前的樂宇禾了——一個可以對彼此坦率說出眞話、一個向我保證男女之間可以只存在純友誼的奇怪男孩。

我忽然想起，自從他說要和我當朋友的那天起，朝會上便沒再唱名過他。他再也不遲到、抽菸或是蹺課。

我微微抿唇，他說的「想要一個只對彼此說眞話的朋友」言猶在耳，然而，隱藏在他笑臉下的眞實情緒又是什麼呢？

# 第二章

世上唯一無刺的玫瑰，就是友情。
我想好好珍惜這兩朵無刺的玫瑰，永遠永遠。

「杜洵恩，妳能不能請樂宇禾快點交作業呢？」

「那該是我的工作嗎？」

「這……也不是，只是我……」

我皺起眉頭，「這是妳身爲歷史小老師的工作吧？」

話一說完，眼前的女孩臭著一張臉說：「我知道了，不拜託妳了。」語畢，便踩著很重的腳步離開。

我有些莫名奇妙。我明白她生氣的點，只是無法理解爲什麼。

「哎呀哎呀，妳又得罪一個女同學了。」樂宇禾幸災樂禍的聲音響起，我一側過頭就看見他站在走廊，從窗戶探進上半身，一隻手掌撐在我的桌面。

「是誰害的？」我斜眼看他。

「才不是我的問題勒！是妳太過美麗的臉蛋害的。」他痞痞地笑，說著噁心不已的話，害其他同學以爲我們在調情。

我輕輕把他撐在桌上的手往手肘方向推，他整個人忽然失去重心，身體滑了一下。

「妳幹麼啦！」他抱怨著。

上課鐘聲響起，他居然直接從窗戶外爬進來，踩在窗檻，跳過我的書桌，落到旁邊的小走道。

「滿分十分，妳給幾分？」他轉過身，嘻皮笑臉地問我。

「零分。」我說。

「杜洵恩就是這樣面無表情的冰山美人，高嶺之花攀不得啊！」他大聲說著，逕自回到座位。

我感到一陣頭痛。

課堂上，老師抽考英文單字。

我看見樂宇禾已經趴在桌上睡著了。他果真如自己所言再也不念書，每天不是在球場上奔馳，就是躺在空中花園曬太陽。

前陣子的期中考，他在試卷上隨便胡猜，A、B、C、D亂塡一通後就趴在桌子上休息，也如他所願拿到全校最後一名。

「我們包頭包尾，多風光啊！」

我記得那時他是這樣跟我說的。我有一種「是不是交錯朋友了」的感覺。

下課時間一到，樂宇禾馬上又跑向外面，率先拿著籃球吆喝一群男生跟著他往操場跑。

而歷史小老師依然沒收到樂宇禾的作業，正忿忿地看著我。

怪了，不能因為我和樂宇禾比較要好，就有義務幫忙各科小老師收他的作業啊！我瞥頭看向正在操場上猛力灌籃的樂宇禾。瞧他活躍的身手與還算端正的五官，照理說，他應該會小受歡迎。

只可惜開學第一天，他就和學長打了一架，嘴角帶著血絲地跑來參加開學典禮。可怕的不是他打得滿身是傷卻依然神采奕奕的模樣，而是他一對五使學長們全軍覆沒的輝煌戰績，而那些學長還都是空手道社。所以樂宇禾一夕之間出名了，只是是負面的那部分。

明明國中時期壞壞的他還挺受歡迎，如今，高中大家都成熟了點，樂宇禾反倒令人感到害怕。我變成唯一敢跟他當面說話的女生。

想一想，忽然覺得歷史小老師有些可憐。印象中，她是女中畢業，可能沒想過男生會這樣野蠻吧！好吧，等樂宇禾回來，我再跟他要作業。

「樂樂呢？」一道輕快的聲音從我旁邊傳來，我扯了嘴角回過頭。

「夏生，如果樂宇禾知道你又叫他樂樂，他會生氣。」

「哈哈哈，樂樂這名字很適合他啊，快快樂樂的。」他一手摀著嘴笑，身上散發出一股過於濃郁的香味。

「你又擦香水？」

「是啊，剛上市的新款。怎麼樣？高嶺，這味道不錯吧？」他邊說邊用手作勢搧風。

我皺著鼻子往後退一些，「走開，還有別叫我高嶺。」

「高嶺很適合妳啊！高嶺之花，高不可攀。」夏生故意學著剛剛樂宇禾的口氣。

「你很無聊。」

「男人就都這麼無聊啊。」

「自己無聊幹麼還拖全體男人下水？」就跟樂宇禾那時候說什麼「男人都一樣膚淺」一樣，擅自代表全體男人。

「妳有想過高嶺之花是怎樣的花嗎？」夏生忽然地說。

我不回應，那不過就是一個形容詞。

「妳聽過冰霜凍花嗎？我覺得妳是那種花。」

「那是什麼？」

「妳不知道？」夏生好像覺得很意外似地瞪大眼睛。

他拿出手機搜尋出圖片，「冰霜凍花其實不是花，是一種自然現象。在冬天清晨氣溫快速下降的情況下，植物或木材因爲結凍所以裂開，裡面噴出來的汁液瞬間結凍，就會像這個樣子。」他解說著，我則看著那些照片。

冰霜凍花很美，薄薄一層冰像龍鬚糖，又像棉花糖，綿密的冰絲如同珍奇的花朵般，在寒冬中綻放。

「你覺得我像這種花？」

「是啊！形成冰霜凍花的條件很嚴苛，得天時地利植物合才行！冰霜凍花美麗卻難以接近，溫度一旦上升便會融化，比曇花一現更抓不住，這樣的花最適合妳這高嶺之花了。」

夏生說得興高采烈，我卻不是很高興。

我的確沒想讓人覺得我好親近，但我也沒想讓人覺得我有距離。

冰霜凍花這樣容易消逝的自然之花，其生其死不都孤獨一人？即便再美、再難得，也是枉然。

「妳喜歡嗎？」

「我不喜歡。」我說。

夏生皺起眉頭，正要開口說些什麼，歷史小老師就湊過來，對著夏生說：「那個……不好意思，可以麻煩你幫我請樂宇禾交歷史作業嗎？」

「當然沒問題。」二話不說，夏生答應了。

「謝謝你，你人最好了！」歷史小老師臉頰泛起小小紅暈，走的時候還不忘偷瞄我一眼，像是要把我跟夏生做比較。我依舊面無表情。

「妳看看，樂樂多嚇人，把我們家的蕾蕾嚇得都不敢跟他說話了。」

「誰是蕾蕾？」

「我的天啊，高嶺妳不是全校第一名嗎？怎麼大家都同班半學期了，還沒記住班上同學名字啊？喬碩蕾啊！」他指了指離去的歷史小老師背影。

「喔。」

「那我是不是要感到很榮幸，妳竟然記得我的名字……還是說，妳叫我夏生不是在叫我的暱稱，而是眞的以爲我叫做夏生？」

「你不就叫夏生嗎？」我故意這麼說，看他往自己額頭猛打一記的模樣覺得有趣，我忍不住笑了起來，「我知道你叫做夏恒生啦！」

夏生微微一愣，像是看傻了。我立刻收起笑臉，恢復面無表情。

「高嶺啊，妳還是不要隨便笑比較好，比較沒定力的男生魂一下就會被妳勾走了。」

「你有病。」

夏生聽到我這麼說哈哈大笑。

等夏生離開後，我才轉頭看了下他的背影。

他很高，大概比樂宇禾再高半個頭。身體比例完美、肩膀寬闊、手指修長，成績也不錯，對女生很溫柔，還有個「溫柔王子」的綽號。

如果單論外型，夏生的確是個帥哥，鼻子夠挺，眼睛也很漂亮，五官立體得有點像是混血兒。最騷包的是，他的頭髮還留到肩膀，有事沒事就抬手撥一下，讓女孩們覺得很帥。

雖然我覺得可笑極了，但夏生就是那種「要不是你帥你就只是個無聊男人」的典型代表。

不過，他也很特別。

自樂宇禾在開學典禮以打群架之姿現身後，他是第一個敢主動和樂宇禾講話的男生，也因爲他率先開了頭，班上其他男生才紛紛試探地和樂宇禾聊天，進而發現樂宇禾其實是個好相處的人。

至於女生們就沒辦法了，只有我會跟樂宇禾說話，而我本身也不是女孩會喜歡的類型，所以……算了。

我又看了一眼球場上的樂宇禾，不知道什麼時候加入了別班的男生和他們一起打球。瞧他笑得那麼開心，哪有辦法將這樣的他和打群架聯想在一起？

「這所高中眞的很棒，就連麵包也很好吃，我快要感動到哭了。」午休時間，身旁堆滿麵包的樂宇禾正大口吃著，這句話從他來到這所學校的第一天就連聲讚嘆到現在。

我咬著自己便當裡的花椰菜，感覺有些不耐煩。

「樂樂，快點交歷史作業喔！」

「夏生，你好囉嗦，從早上念到現在，我就沒有寫啊，怎麼交？」樂宇禾打開第二個麵包咬了口，「嗯，這是椰子口味的，拿錯了啦！」

「不吃嗎？那給我吧。」夏生伸出手，樂宇禾居然就把咬了一口的麵包遞給他。

我受不了，蓋上便當盒，裝進便當袋裡，站起身，「我不打擾你們，慢用吧。」

「幹麼啊，高嶺？妳生氣我奪走你們的恩愛小空間嗎？」

「我跟她才不是什麼恩愛關係。」樂宇禾打開咖哩麵包的包裝，味道濃郁得要蓋過夏生身上的香水了。

「這好吃！」

「眞的嗎？我吃吃看。」夏生張開嘴巴，樂宇禾把麵包遞到他嘴邊，他毫不猶豫咬下一大口，「還眞的滿好吃的，我明天也買來吃。」

「你這裡沾到了。」樂宇禾邊說邊用拇指擦去夏生嘴角的咖哩，然後將那坨咖哩沾在夏生的衣服上。

謝天謝地，還好他沒做出拿到嘴邊自己舔掉之類的行爲。

「欸！你幹麼？」白襯衫被沾上咖哩，夏生跳起身奔向水槽，「洗不掉，怎麼辦啦？」

「安啦，咖哩而已，可以啦！」樂宇禾幸災樂禍。

我大翻白眼。到底是哪兩個人才有恩愛關係啊？

我幹麼沒事要在午餐時間看兩個大男人互餵麵包的戲碼？於是我逕自走下樓梯，隱約還可以聽見他們兩個在空中花園打鬧的聲音。

「洵恩，吃飽啦？」迎面而來的是一年E班的岳小唯，她和我同一個社團。她也是唯一一個會和我正常交談的女孩。

「妳呢？」我看著她手裡的便當，「妳是要去空中花園吃飯嗎？」

「對呀，聽說那邊的花開得很漂亮，所以想去那裡一邊吃便當一邊賞花。」

我微笑著說：「現在上去會想吐，我們去烹飪教室吃好嗎？」

「想吐？是花太香了嗎？」岳小唯不明白，我也不想讓她明白，就讓噁心的樂宇禾和夏生相親相愛吧。

我們走過長長的天橋才到隔壁棟的烹飪教室。冰箱上頭貼了張三年級社長寫的紙條——

「內有蛋糕，請自取。」

我們學校還有一個特點，高三生可以自由參加社團直到畢業，不用因爲升上高三而退社，畢竟課業雖然重要，但發展興趣和一技之長也很重要。當然，如果屆時不想繼續參加社團也可以選擇退出。

烹飪社的社長是個對料理很有熱忱的人，就算學姊面臨升學壓力，依然願意撥出時間奉獻給烹飪社。

「哇！幸運！」岳小唯開心地拿出半塊蛋糕，「看起來是社長做的，一起吃吧！」

巧克力蛋糕的奶油邊塗得不是很均勻，配色也有點奇怪，整體來說賣相慘不忍睹。雖然我知道社長的手藝一流，只是蛋糕最重要的還是外觀要可愛，所以我仍搖了搖頭。

「我以爲是巧克力蛋糕，沒想到是起司蛋糕耶……」岳小唯咬下一口蛋糕，滿臉不可思議地說。我也驚地瞪大眼睛，怎麼有辦法將起司蛋糕做得像是巧克力蛋糕啊？

「社長做的蛋糕明明很好吃，但外觀眞的裝飾得很糟糕耶！」岳小唯大笑，她的笑聲很好聽，乾淨沒有雜質。她頂著一頭俏麗的短髮，耳朵上有個小小的銀色耳環，皮膚很好，爲人開朗。

總而言之，我喜歡她這個女孩。

「妳的便當是自己做的嗎？」她看著我便當內的三色飯糰、章魚香腸和川燙花椰菜。

我點頭。

她露出讚嘆的神情，「看起來就超好吃的啊！」

「妳要吃嗎？」

「可以嗎？」她的眼睛發亮，伸手拿了顆飯糰咬下一口，「哇！眞的好好吃，妳的便當就像雜誌上介紹的便當一樣，好可愛。」

被她如此由衷稱讚，我居然有些不好意思，這還眞是難得。

「對烹飪社的成員來說，這應該很基本吧。」聽我這麼說，岳小唯的臉垮下一半。

她默默拿出自己的便當，打開一看，裡面全是焦黑到無法辨認的東西。

「這是……」我不太確定。

「我也是烹飪社的啊，我也很喜歡料理，但我就是怎麼也做不好。」她努著嘴，眉頭緊皺，看起來真的很懊惱。

「有時興趣跟專長是兩件事。」我自認這句話算是安慰，但岳小唯聽了卻哇地怪叫。

「洵恩妳好毒啊！」

「不過也許賣相不好卻很好吃，就跟社長一樣……」我又改口，順手挑了一塊比較不黑的……應該是煎蛋吧？總之，我咬了一口。

只能說我很努力想吞下去，但有句話不是說「嘴巴說不要身體卻很老實」，我的狀況恰恰相反，我是「嘴上說要但身體卻很老實」。反正，我吐了出來。

「我的天啊！」岳小唯一整個緊張，扶我到洗手台前，趕緊拿抹布擦拭我的嘔吐物。

看她這樣我有點不好意思，畢竟是我吐的，不過是因為吃她做的東西才會這樣，搞得我們兩個有些彆扭，想說些什麼又說不出口。

「我做的東西難吃到妳會吐啊……」結果這頓午餐結束在岳小唯的這句話。

望著她垂頭喪氣跟我說再見後轉過身的背影，我內心感到非常抱歉。

看樣子我又失去一個還算聊得來的朋友了。

我有些懊惱，想著自己怎麼就不會說些好聽話呢？

抱著還沒吃完的便當，我走回空中花園，祈禱那兩個噁心的男人不要還在那邊甜蜜來甜蜜去。

當我回到空中花園時，夏生已經不在了，而樂宇禾躺在長椅上閉著眼睛假寐，我頓了頓腳步，最後走到他身邊推了推他。

「回來啦。」連眼睛都沒張開，他挪開了腳，讓出位子。

「你男朋友走了？」我坐下後打開便當。

「妳說夏生？走啦。」沒想到他還承認了，我又翻了個白眼。

我吃著便當，他繼續睡覺。這一刻總覺得所有的聲音都像是突然沉寂了，我安靜地蓋上便當盒，看向躺在一旁的樂宇禾。

他的睫毛很長，陽光從空中灑下，將睫毛的倒影映在臉上，根根分明。漆黑如墨的短髮在陽光下像寶石一樣閃耀。

此時，他的眼睛微微睜開，褐色的眼珠如同貓科動物般讓人震懾，又惹人憐愛。

我嘆口氣，「樂宇禾，你眞的是可惜了。」

「什麼？」

「如果不是開學打了那場架，你現在也許會比夏生還受歡迎。」

樂宇禾看起來很高興，「才比夏生受歡迎啊，我還以爲應該會比C班那個校園王子更受歡迎呢！」

「C班哪個校園王子？」

「上午跟我一起打球的那個，忘了叫什麼，總之很受歡迎，剛開學不是還很多人特地跑去C班看他嗎？」他坐直上身伸懶腰，「啊！我忘了剛開學也很多人跑來看高嶺之花，所以妳哪有空注意到其他人。」

我無視他的話。

樂宇禾湊到我旁邊看著我蓋上的便當問，「妳便當吃完了？」

我點頭。他哀叫一聲，「不是說好今天要給我吃顆飯糰？」

「那是你自己說的，我可沒答應。」而且還有一顆被岳小唯吃掉了。

「喂，親愛的高嶺之花，親愛的知己，親愛的最漂亮的女孩。」他別有心機的笑容，讓我起了雞皮疙瘩。

「你不要那樣叫我，噁心死了。」

「打個商量，妳不覺得我每天中午吃麵包很可憐嗎？」

「我看你吃得挺開心的啊！」還你一口我一口地跟夏生一起吃呢！

「是很開心沒錯啦！不過重點是，妳不覺得正值發育期的男人每天只吃麵包很sad嗎？」

「我覺得你稱呼自己爲『男人』才令人難過。」

「幹麼這樣？哈哈，我知道妳每天早上都自己做便當，妳幫我多做一個如何？很容易吧？難不倒妳吧？」他提出這個只對他自己有利的方案。

我給他一個微笑，「當然難不倒我。」當他樂得就要歡呼時，我又說：「但我不想。」

他的臉立刻垮下，「喂，妳也要報答我每天騎腳踏車接送妳上下學啊！一個小小的便當不是很容易就可以造就雙贏局面嗎？」

「我可以坐校車。」我的聲音冷冷的。

「妳現在最好還卡得到校車的位子，早就滿了。」樂宇禾用鼻子哼氣。

全校有四千多個學生，每個年級大約有二十六個班級，聲勢浩大得非常誇張。每天打掃時間陸陸續續就會有校車在操場上停好，等候學生放學。一百二十三台校車整齊排列在操場上的場面何其壯觀，我由衷佩服司機大哥們的技術。

「喂，問你。」

「我不想。」他學我的語氣。

「你叫我高嶺之花，那你有想過那會是什麼樣的花嗎？」

「我不回答。」

「樂樂！」

「別叫我樂樂，聽起來很娘。」樂宇禾皺眉，「梅花。」

「梅花？」我腦袋裡浮現出淡粉紅色的五瓣花朵。

「牆角數枝梅，凌寒獨自開。遙知不是雪，爲有暗來香。」他忽然念出這首詩。

「〈梅花〉，王安石。」

他微笑，「對，不愧是全年級第一名的杜洵恩。還長得漂亮，不是書呆子。」

「你怎麼會記得這首詩？」自上高中後，他可是每次國文默寫都交白卷的人。

「我不是說過了嗎？我記憶力好，考高中時死背的。」他聳聳肩，「要說妳是怎樣的高嶺之花，那就是梅花，在寒冬中努力開花的白梅。」

我想像著一片雪花皚皚中，白色的梅花沾滿霜雪卻始終屹立不搖的畫面，忽然覺得挺開心的。

「你知道冰霜凍花嗎？」

「那什麼？綿綿冰之類的嗎？」樂宇禾歪著頭，我則笑了。

「明天幫你帶便當。」我說完這句話就轉身往樓梯間走。

「眞的嗎？喔耶！」樂宇禾開心得要命，然後跟在我屁股後面衝了下來，伸手搭上我的肩膀，「人生有知己多棒啊。」

我側過頭看他，兩人的臉貼得很近，我甚至連他的眼睫毛有幾根都看得清清楚楚。瞬間，他身上的味道灌入我的鼻腔，我的心跳猛然加速，但表情仍努力維持冷若冰霜。

總之，先做出反應的是樂宇禾，而且還大得很。

他往後退一大步，讓他差點從樓梯上摔下去，幸好及時抓住欄杆穩住身體。只是卻傳出一道布料撕裂的聲音。

「你沒事吧？」我也該問問自己有沒有事，心跳猛烈地震到胸口有些疼痛。

「哇靠，杜洵恩，完蛋了，妳有聽見剛剛的聲音嗎？」樂宇禾的臉很是驚慌，「我的褲子好像破了。」

我先是睜大眼睛，接著噗哧一聲笑出來，「眞的假的？讓我看看。」

我邊笑個不停邊靠近他，樂宇禾卻站直身體往樓梯上退，「不要！」

「乖，聽話。」

「妳看看妳笑成什麼樣子，去幫我借針線來，我自己縫！」他又往後退到樓梯最上頭，整個人的背緊貼牆壁，就是不肯轉過來。

「就說了讓我看看啊！」我走上去用力拉著他的肩膀想將他轉過來，但樂宇禾就是不動如山，死命貼著牆。

「杜洵恩妳幹麼啊！」他幾乎尖叫，「男女授受不親！」

「大男人別這樣喊叫，難看死了，大方一點啦！」我也吼著，然後更用力拉他。

「不要再拉了，我覺得屁股好像更涼了，破洞被妳拉大了啦！」

「所以你一開始老老實實地讓我看不就好了嗎？」

「咳。」這時一個咳嗽聲打斷了我們兩個的拉扯。

轉過頭，是國文老師，他掛著微笑說：「兩位同學，你們在這邊幹麼？」

沒幾天後，「全校第一名的高嶺之花杜洵恩，在空中花園撲倒校園壞王子樂宇禾」的謠言，就這樣甚囂塵上，完全扭曲了事實。

「你什麼時候有『壞王子』的稱號？」

事情發生後一個禮拜，傳言不僅沒有平息，反而越演越烈，雖然我不是很在意，但多少有點不爽。

「我們學校裡的王子還不少呢！畢竟有四千多個人，總會盛產幾個王子公主嘛！」夏生吃著合作社買來的炒麵麵包，邊說：「不過妳放心，高嶺之花就只有妳一個。」

「比起那個，我更在乎的是，爲什麼便當只有那天有？我還以爲每天都會有呢！」樂宇禾哭喪著臉咬著咖哩麵包，「而且夏生你怎麼吃炒麵麵包？不是說好一起選咖哩了嗎？」

「我已經連吃了好幾天咖哩了，總是要換個口味。」夏生解釋。

「我只說了『明天』，並不是說『以後』。」我翻了個白眼。

這幾天我對樂宇禾的態度頗差，所以還多了個「女王高嶺」的稱號。

「哇塞，高嶺妳的便當是自己做的嗎？很強欸！」

「是吧是吧，我家杜洵恩可是很厲害的，漂亮，成績又好，做菜手藝還頂級。」夏生明明是在跟我說話，樂宇禾卻搶著回答，還一臉驕傲得要命。

「好棒棒。」夏生鼓掌，那模樣欠揍得很。

「哇！你有看到杜洵恩的表情嗎？嚇死人了。」樂宇禾自以為小聲地對夏生說。

「哎唷！她這個樣子簡直太符合新外號『女王』了。」夏生也自以為小聲地回答。

趁我瞪向夏生的時候，樂宇禾伸手拿走我便當裡的水果，「我要吃小番茄！」他笑得瞇眼，張大嘴就把小番茄往嘴裡丟，而我則以迅雷不及掩耳的速度伸出筷子，凌空夾住那顆番茄。

「哇！」夏生站起來為我鼓掌，樂宇禾則是整個人僵住。

我將番茄送入口中，繼續吃著自己的便當。

「天、天啊！杜洵恩妳剛剛眼睛有往我這邊看嗎？一個不小心妳的筷子就會戳到我的臉、我的眼、我的嘴啊！」樂宇禾難以忘懷剛剛筷子擦過他唇邊的恐懼。

「你知道嗎？如果那時候你肯乖乖讓我看你褲子破在哪裡，今天就不會有這種奇怪的傳言。什麼叫我偷襲你？我還需要偷襲你或是任何人嗎？」

「你聽聽她的發言，好像所有人都不值得她偷襲一樣。」樂宇禾跟夏生抱怨，然後又對我說：「而且什麼叫乖乖讓妳看？如果妳今天裙子破了，我叫妳給我看，妳會給我看嗎？」

這個問題讓我露出嫌惡的表情，「你是變態嗎？」

「這不就對了嗎？夏生，你評評理！」他雙手拍了下再攤開，要求夏生的附和。

夏生只是搖搖頭，露出四周好像會有玫瑰花出現，少女漫畫裡才有的那種笑容說：「如果高嶺要我讓她看內褲，我會願意喔！」

「你是變態嗎？」這下子，換我和樂宇禾同時脫口而出。

「你們幹麼這樣啦！」夏生故意跺腳裝娘。

這兩個男生眞的很煩。

可是，在這個瞬間我突然發現，這樣的場景不就是以前我時常看過的嗎？

國中時，班上的同學會各自聚成一個個小團體，互相調侃或一起吃飯。這似曾相識的場景，現在我正經歷其中。

我不在乎獨來獨往，但或許我也曾憧憬小團體。

雖然身邊是這樣白痴的兩個人，而且還是男的，而且夏生還不知從何時開始就自然而然每天和我們一起吃午餐，而且我還被奇怪傳言纏身。

總而言之，也許我是高興的，在這一方面。

不是有句話是這樣說的嗎——世上唯一無刺的玫瑰，就是友情。

我想好好珍惜這兩朵無刺的玫瑰，永遠永遠。

# 第三章

我又不是一輩子不說，總有一天妳會知道的。

自從升上高中後，樂宇禾便沒有再蹺課過。

我問過他爲什麼。

「因爲可以每天接送妳上下課啊。妳該看看其他男生的嘴臉，他們有多羨慕，我就有多威風，畢竟我載的是高嶺……喂！我在騎車欸，妳這樣打我很危險！」

「你忘了我們的友誼建立在什麼之上？」我收回剛剛打他的手，改拉住他的衣角。

「誠實，我剛剛說的也不是謊話啊！」樂宇禾又說：「況且，既然都考上這所夢幻高中了，我幹嘛還要蹺課啊？」

「我接受後面的理由。」

樂宇禾騎著腳踏車，我坐在後座，我們沿著河堤邊前行。車輪轉動的聲響配合樂宇禾踩動腳踏板的節奏融洽和諧。河面在太陽的照耀之下，閃爍得波光粼粼。

「你在哼什麼歌？」我聽見從他嘴裡傳來熟悉的曲調。

「妳沒聽出來嗎？」他側過頭一笑，又轉向前方，哼唱得更大聲。

「國中校歌？」

「對啊！聽了三年都被洗腦了，現在有時候朝會我還會不小心唱出國中的校歌。」

「你每天不都遲到嗎？那時候。」老是站在校門口罰站呢！

「就是因為遲到，所以對校歌的印象更深啊！妳不知道等大家回到教室後，遲到的人還得一個一個唱完校歌才能回教室。」

「好慘。」我忍不住笑。

「是不是？所以我最後乾脆不遲到了。」樂宇禾用一種勵志且奮發向上的語氣說。

「改直接蹺課。」

「對！我家杜洵恩最聰明了！」樂宇禾哈哈大笑，很像白痴，卻天眞得可愛。

坐在後座的我能清楚地想像出他臉上的表情，一定又是掛著不正經的笑容，嘴角帶著酒窩。

「樂宇禾，你記得今天國文課要分享新詩嗎？」

「分享新詩？我能用床前明月光嗎？」

「新詩，現代詩。」我再次強調。

「是喔？反正應該不會抽到我？。」他不在乎地向右轉，「抓緊了，準備上坡！」

「嗯。」我抓緊他的衣角，這個坡是每天上學的必經之路。

「那妳、準備了、什麼詩啊？」他用力踩著踏板，聲音聽起來有些斷斷續續。

「〈一棵開花的樹〉。」

「那是、什麼樣的——詩呢？」他拉長聲音，沒扣上的白襯衫隨風飄揚，搔弄著我的手臂。

「如何讓你遇見我，在我最美麗的時刻。」我開口，念出這段美麗的單戀，「為這，我已在佛前求了五百年，求祂讓我們結一段塵緣。」

「哇，好痴情。」他說。

「佛於是把我化作一棵樹，長在你必經的路旁，陽光下慎重地開滿了花，朵朵都是我前世的盼望。」

「嗯？下輩子當一棵樹？這樣不就沒辦法談戀愛了？」樂宇禾依然用力踩著踏板。

「當你走近，請你細聽，那顫抖的葉是我等待的熱情。而當你終於無視地走過……」

「被無視了？好過分！」終於抵達上坡最頂端，樂宇禾擦了下額頭的汗，回過頭來衝著我笑。

我忍住不翻他白眼的衝動，將這首詩念完：「在你身後落了一地的，朋友啊，那不是花瓣，是我凋零的心。」然後立刻打他的頭。

「我又怎麼了啦！」他嚷嚷著。

「這首詩的意境都被你打斷了！」

「哈哈哈，好啦，要下坡了，抓好！一——二——三——」他放開煞車，兩腳往旁邊伸開，朝下方直直俯衝。

「哇——」他像個孩子一樣笑個不停，速度和加速度讓他十六歲的青春熱血沸騰不已。

我只是緊抓著他的衣角，在臉埋在他的背後卻不會觸碰到的微妙距離，緊緊閉上雙眼。

「抵達！」樂宇禾輕按煞車，故意在平緩的道路上蛇行了一陣。

我稍稍深吸一口氣，等心跳平復，再次打了他的頭。

「你很幼稚。」三不五時就用這樣危險的方式衝下坡。

「我的小興趣嘛。」他裝可憐。

「你以後會騎機車的時候一定是飆車族。」

「我現在就會騎了啊，但我是安全駕駛，除非遇到警察啦，我就會油門催快一點逃……」

因爲他的不良發言，我以更用力的手勁巴了他的背。

學校就在前面不遠處，這裡的街道已經出現不少同校學生。

「剛剛那首詩滿美的，作者是誰？」他騎車的速度放慢。

「席慕容。」

「是喔。喂！妳看，是夏生。」他手朝前面一指，我順著看過去。

卡其色的長褲配上白色襯衫，書包則是深褐色。遠遠我們就瞧見夏生和一群女同學邊走邊打鬧。

「夏生！」騎經他身邊時，樂宇禾大聲喊，我則點個頭表示早安。

「載我一程啦！」夏生喊著，跟在後面追著我們，樂宇禾刻意放慢速度，讓夏生保持快要追上卻追不上的距離，就這樣一騎一追地來到校門口。

「我牽腳踏車去放，妳跟夏生先進教室。」樂宇禾停下車，我跳下後座，順了順制服百褶裙。

「天、天啊……你們也騎太、太快了吧。」夏生上氣不接下氣地從校門口走進來，用力喘氣的模樣像是剛跑完百米賽跑一樣。

「不過是短短幾公尺。」我冷哼。

「妳來跑跑看。」夏生手抓著領口搧風，走到我旁邊，「樂樂呢？」

「去停腳踏車了。」我看了下車棚，「走吧。」

「先走嗎？」夏生回頭看了眼車棚，「對了，妳有發現最近妳撲倒樂樂的謠言已經沒了嗎？」

「我根本不在意。」之前沸沸揚揚的時候也沒影響到我跟樂宇禾。

「是喔，所以妳不好奇那謠言是怎麼消失的？」夏生一臉八卦。

「一點也不。」

「是喔。」夏生一臉無趣地收起八卦嘴臉，「那妳有準備等等的新詩嗎？」

「你覺得呢？」

「好吧，當我白問。」他聳聳肩，身上傳來一股沒聞過的味道。

「你又換香水了？」

「嗯，這味道怎樣？」夏生特地彎下腰，將脖子湊到我臉前。

「這比較好聞，但還是不自然。」

「確定嗎？它主打就是自然香味呢！妳靠近點聞聞看。」夏生說著，將一邊頭髮掠到耳後，露出他膚色偏白的脖子側邊。

我又靠近了些，鼻尖幾乎要湊上他的脖子，「靠近聞味道更怪。」然後我往後退了幾步，「男生擦香水很奇怪。」

夏生一手摀著他的嘴，皺著眉頭像是在沉思。

「怎麼了？」

「高嶺，妳擦的是什麼香水？」

「我沒擦香水。」

「但妳身上有股很香的味道。」

換我皺了眉頭，但可沒蠢到做出嗅聞自己衣服或是頭髮之類的舉動。

由於我們站在校門口，加上夏生可媲美混血兒的出色身材與外貌，吸引了其他人的注意。

「我想應該是洗髮精吧。」我說，再稍稍往前靠近夏生一些，撩起一綹長髮湊到他的鼻下，「我表姊從日本帶回來的，這味道才叫自然……」

話沒說完，夏生忽然往後跳了好大一步，好像我給他聞了什麼難聞的東西。

「你幹麼……」我望向他的臉，陽光正巧穿透雲間照耀在他的臉上。

夏生一手抵在鼻與嘴間，瞠大雙眼，眼底滿是訝異。不知是陽光或是他剛跑步的關係，他的耳根泛起一點紅。

短短瞬間我便會意過來，難得興起了想要惡作劇的念頭，故意靠近夏生。

「夏生，你不會是聞到我洗髮精的味道就害羞了吧？」

「囉、囉嗦！」還眞被我猜中，夏生狼狽地說：「回教室啦！」

也不打算太鬧他，只是平常說話噁心的夏生、喜歡和女生打鬧的夏生，居然會出現聞到洗髮精的味道就臉紅的單純反應，讓我覺得很有趣。

「你們還沒進教室啊？」樂宇禾忽然跑到我們倆中間，後頭還跟著另一個男孩，對方離開時拍了拍他的肩膀。

「下次再一起打球。」

「好啊，反正馬上就是球技大賽了，先來場友誼賽吧！」樂宇禾回應那個男孩的邀約。對方說了「沒問題」後，就往右邊的教學大樓跑去。

「他是誰？」

「高嶺，妳不認得他？校園王子耶！」連夏生都感到驚訝。

學校這麼多人我哪有辦法一一記得。

「就是我講的C班那個，老是忘記問他叫什麼，好像名字裡有個春字。」樂宇禾往教室方向走。

「春什麼，那我們這邊有個夏恒生，學校不會還有個秋什麼跟冬什麼吧？」我打趣。

樂宇禾有些訝異，「杜洵恩妳在開玩笑呢！眞難得妳居然會說笑話，不錯喔。」

「謝謝你的稱讚。」我沒好氣地回，他反而笑得更開心。

「對了，球技大賽不是快到了嗎？他們班實力滿強的。夏生，你那麼高應該很會打籃球吧？」

「這是什麼詭異的邏輯，長得高不等於會打籃球好嗎？況且球技大賽我想選排球。」夏生聳肩。

「排球是女生才能選，男生只有籃球跟足球。」我補充說明。

夏生的表情有些不自然，想必還在想著剛剛洗髮精的事情。

「我們學校明明有很多運動社團，但比賽選項卻少得可憐，還眞是不公平。」他的耳根還紅著，視線落向其他地方。這種反應讓我覺得很有趣。

「杜洵恩，那妳呢？」樂宇禾倒退走著上樓梯，一邊問，「球技大賽要選什麼？」

「我不喜歡運動。」

「但一定要參加吧？」夏生長腿一邁，一次跨了兩階。

「到時候我就假裝生理痛。」

「妳認眞的？」夏生驚訝。

「她一向都說實話。」樂宇禾倒是不太介意，對著我說：「印象中妳好像國中就很少參加運動類的活動。」

「我不喜歡運動。」我再次重申。

「原來你們同一個國中啊，難怪感情這麼好。」夏生好像發現新大陸一樣，然後他歪頭想了一下，走到最前面爬上樓梯，才回頭問，「你們到底有沒有在一起啊？」

我和樂宇禾互看一眼，不明白夏生幹麼刻意走到前面再問這問題？

樂宇禾的臉上泛起討人厭的笑容，忽然衝上去勾住夏生的肩膀，害他差點腳滑。

「幹麼？夏生，怎麼突然問這種曖昧的問題？」他邊說邊用另一隻手搥著夏生的肩膀，「你該不會是眞心愛上我了吧？」

「別亂說，幹麼啦？很危險。」夏生趕緊跳到上面幾層樓梯，踩穩腳步。

「哈哈哈，還是你喜歡上我家杜洵恩？」樂宇禾的話讓我微微一愣，但沒有表現出來。

我看著夏生，他瞄了我一眼，最後笑了出來。

「還你家勒。」他說。那個笑容絲毫沒有曖昧或害羞，是一種很放鬆的笑。

爲此，我鬆了一口氣。

「哈哈，要追我家的杜洵恩沒那麼容易，要先過我這一關唷！」樂宇禾又上前伸臂勾住夏生的脖子。

「誰你家的啊！」我相當不屑。

「好啦，你放開我，你比我矮，這樣子我很不舒服。」夏生掙扎著，卻換來樂宇禾更緊的糾纏。

「你怎麼可以說我矮呢？我好歹也有一七六，雖然比你矮沒錯，但同樣身為男人，不能傷男人自尊心啊！你該懂得，夏生。」他們一邊吵鬧一邊走上樓梯。

我輕嘆口氣，緩步走上階梯。

每日我的身邊一刻都不得清閒，兩個吵死人的男孩老是像痲雀一樣吱吱喳喳，而且明明是男孩卻老愛稱呼自己為男人。

然而，這樣的大男孩我並不覺得討厭。

不過這樣的心情在第一堂國文課時立刻消散。

樂宇禾這個小王八蛋！

事情的發展很簡單，簡而言之就是莫非定律。

樂宇禾說老師不會點到他，就這麼剛好，一定會點到他。

當他被老師點名站起來時，他搔搔頭，坦承自己沒有準備。這本來就是大家預料之中的事情，樂宇禾上課睡覺、考試愛交白卷、從不繳交作業，像上次喬碩蕾耳提面命的歷史作業，即便夏生纏人功力發揮到極致，樂宇禾依然當耳邊風，最後當然還是沒交。

正當樂宇禾抱持著理所當然的態度，準備坐下繼續睡覺的時候，國文老師卻說：「這會當作國文期末平均成績一分喔！」

這句話當然嚇不到樂宇禾，成績什麼的他哪有在乎？所以他只是嘻皮笑臉地應聲「知道了」，然後就要趴下。

這時，國文老師又接著說：「沒有準備的要罰掃廁所。」

「我還滿喜歡打掃的呢！」這個幼稚的大男孩竟然這樣回答，讓班上有些同學笑出聲。

國文老師可能覺得面子掛不住，畢竟是男老師，加上好像才二十幾歲，正血氣方剛吧？

總之，國文老師使出殺手鐧。

「而且不可以參加球技大賽。」

此話一出，樂宇禾睜大眼睛看向老師，隨即說：「你才沒有那樣的權力。」

「他是球技大賽的評審之一。」坐在樂宇禾後面的我說。他轉過頭來看著我的表情實在經典。

「哼哼，所以快從腦袋生一首新詩出來吧！」國文老師見樂宇禾吃這一套，得意地雙手插腰賊笑。

我的天，他不是老師嗎？怎麼感覺和樂宇禾他們一樣幼稚？男人是不管到了幾歲都一樣幼稚嗎？

「什麼啊！教國文的怎麼會跨行到體育？」樂宇禾大喊。

夏生笑得很大聲，幾個女生也是。

「大人什麼都會。別廢話了，快想吧！」只見國文老師意氣風發，雙手撐在講桌上。

樂宇禾站起來，深吸一口氣後，嘆氣，轉過來斜眼看了我一下。

儘管只是短短幾秒的眼神交會，我卻明白了他接下來的舉動，我微微睜圓眼睛，對他警告性地搖了搖頭。

他用鼻子輕笑，露出一個莫可奈何的表情，然後聳聳肩，轉過身對台上的國文老師說：「我要分享席慕容〈一棵開花的樹〉。如何讓你遇見我，在我最美麗的時刻……」

這天殺的小王八蛋！

當他「盜用」完我的作業後，得到了夏生的掌聲、班上幾個女孩臉上的紅暈，以及國文老師目瞪口呆的表情。

「呃……沒有想到你會分享這麼浪漫的詩篇。」國文老師輕咳了一聲，看起來還有些害羞。是怎樣？大家都被樂宇禾搞到害羞？

「我本來就是一個浪漫的人啊。」樂宇禾不正經地笑，還對夏生拋媚眼，夏生也很捧場地回應了飛吻。

「那你對這一首新詩有什麼感想呢？」國文老師又問。

「蛤？感想？」樂宇禾呆住了。

活該！怎麼能亂用我準備的作業來當成是自己的？

他側頭朝我露出求救的表情，只換來我恨得牙癢癢的眼神。

「嗯……就是，怎麼說呢？」他抓著頭，「一個女孩暗戀一個男人，願意花五百年只看著他的身影，但最後依然換不回對方一個眼神。就算對方回頭了，也不是『那人已在燈火闌珊處』，女孩的心從來沒被了解，從頭到尾只是單戀，連喜歡都沒辦法說出口，無法表達給男方。總之，很痴心、很傻，也很可憐。」

我一愣，看著樂宇禾的背影。

早上騎腳踏車的時候，他的感想明明就是一堆不正經的回應，怎麼現在完全不一樣了？從頭到尾的暗戀，〈一棵開花的樹〉的確就是這樣。

「嗯，很好。你看你還是可以的啊！」國文老師好像很感動，而我內心也被樂宇禾剛剛的感想搞得有些不平靜。

「樂樂，噁心死了喔！」夏生更是用力鼓掌，班上響起一片笑聲。

「崇拜我吧，愚民們。」樂宇禾得意的很，還原地自轉了一圈。

「安靜安靜，那下一位……杜洵恩。」

國文老師的話瞬間讓還掛著笑容的樂宇禾猛地定住身形，他僵硬地將視線緩緩迎向國文老師，「你開玩笑的吧？」

「開什麼玩笑？杜洵恩是個乖學生，一定有所準備。」國文老師的話讓樂宇禾更是皮皮挫。

他面如死灰地看向我，如果此時我要他下跪，他大概會毫不猶豫地跪下道歉。

但我只給了他一個微笑，這並沒有緩和他內心的恐懼，反而是加深。

我站起身，「席慕容的〈抉擇〉。」

「喔？一樣是席慕容？」國文老師有點驚訝。

我開口念出這首酸楚的詩篇，「假如我來世上一遭，只爲與你相聚一次……」

這首詩篇很美，可以解釋爲單戀，也可以解釋爲兩情相悅。我喜歡這樣曖昧不清，讓讀者能夠自行想像的詩篇。

最終，在我的嗓音和國文老師的稱讚之下，這堂課程結束。

「杜洵恩，親愛的小恩恩，我親愛的紅粉知己。」一下課，樂宇禾便雙手合掌在我面前不斷地喊著。我只是盯著自己的書本，沒理會他。

「樂樂怎麼了？」夏生停住和女孩子的打鬧，發出疑問。

「好啦，求妳別生氣了啦！反正妳不是急中生智生出一首了嗎？」他只看了夏生一眼，表示現在不宜玩笑，然後趴在我的桌上用可憐的眼神看著我，「求求妳啦。」

我俯視著他，面無表情到極致，然後直接站起身來。身體碰撞到桌子的聲音讓他嚇了一跳，看著我的眼神很是驚慌。而我轉身就往後門走，離開教室。

「哇！哇哇哇！」樂宇禾回過神，立刻手忙腳亂地追著我出來。

「樂樂，女人生氣就快點送花，這樣就會氣消了啦！」

「現在從哪裡生出花來啦！」

我走上樓梯，還可以聽見夏生出的白痴主意和樂宇禾氣急敗壞的回覆。言下之意，如果有時間，樂宇禾眞的會買花跟我道歉？

想到這裡，我竟覺得有點好笑。

站在空中花園圍牆邊，我眺望遠處的風景。迎面吹來一陣風，帶來淡淡的香味，不知道是花香還是什麼味道。

不過，屬於樂宇禾身上的某種味道，這時卻從下風處逆風而上，竄進我的鼻腔。

「妳眞的生氣了喔？」他的聲音不再像在教室那樣，而是認眞了許多，伴隨著小心翼翼。

我沒別過臉，只是點點頭。

他的腳步與呼吸聲響明明那麼輕巧，聽在我耳裡卻格外清晰，我感受得到他的體溫，就如同每天我坐在腳踏車後座時感受到的一樣，所以我知道他正朝我靠近。

好奇怪，明明沒回頭，我卻知道他任何一個細微動作。

我猜，他現在正抓著後腦杓，想開口又不知道該說些什麼才能讓我消氣，所以嘴巴圓張，皺著眉頭，覺得我很難搞的同時認爲其實是自己的錯。

接著，他會先跨出右腳，朝我走近一些，但會把腳步放得很輕，怕讓我聽見。然後，他會把原本搔頭的左手往前伸，想拍我的左肩又猶豫再三，手便會僵在空中。所以我只要現在轉身，就可以看見他的左手停在我臉前。

該說我對於自己的猜測很有自信，還是說我很了解他，我轉過身一看，果然，他的左手近在我臉前。

「嚇、嚇我一跳。」他乾笑幾聲，伸出的手刹那間不知道該往哪裡放。

「你只聽我念過一遍你就記住了？」

他又乾笑了兩聲，猶豫著該怎麼回答。

我瞇起眼睛，「你忘記面對我都要如何？」

「說實話。」他像個乖孩子一樣。

「那你還不說？」

「哎唷，沒辦法啊！妳也看到我極力表現出不想回答的態度，可是國文老師就很煩，還濫用職權要限制我出賽，妳也想要我們班拿冠軍吧？我又沒有準備新詩，所以就只能拿妳早上念的那首借用一下，我怎麼知道老師接下來會叫妳啊？」他一口氣說完這串落落長的解釋，認爲這樣我就會忽略他話中的細節。

「你還是沒有回答我。」我盯著他的褐色雙眼，「你只聽我念過那一次就記住了？」

「之前跟妳說過了，我記憶力很好。」樂宇禾笑了。

我微微睜圓眼睛，這已經不是記憶力好就能一語帶過，根本好比過目不忘般驚人！

「幹麼這樣看我？」樂宇禾對於我打量著他的眼神明顯感到驚恐。

我十分驚訝於他的特殊能力，要不是他不愛念書，說不定早就包辦全校榜首了。

「我覺得很生氣，如果我沒有準備其他首詩呢？那我是不是要被扣分？」

「對不起啦，我眞的沒想到老師會點妳……」他模仿宮廷劇裡的臣子跟我道歉，「皇上，微臣惶恐，請您原諒小的吧！」

我並沒有眞的那麼氣，只是突然有了另一種念頭。

樂宇禾有他自己生活的方式，我以前並不會干涉，也不會想用自己覺得好的想法來改變他，因爲那是我認爲的好，不見得是他想要的好。

可是此時，我認爲如果他不善用自己的記憶力，那該有多可惜。

既然他不愛念書、不愛看課本，那我就說給他聽。

「我有條件。」

「原諒我還要講條件啊？您眞是條件達人啊，每次都有條件……」

我瞪了他一眼，還敢發牢騷？

「抱歉，請說。」他馬上改口，還比了個請的動作。

「從今天開始，你每天要聽我講課一小時。」

「等等，我有聽錯嗎？」他把手放在耳朵邊，「妳是要站到講台上講課嗎？哈哈哈……對不起，我不會再笑了。」

「只要聽我念筆記內容就好。」我往前靠向他一步，仰頭看著比我高出一個頭的他，「聽完後讓我問幾個問題，就這樣。」

「這是要讓你原諒我的條件？」他不確定地問，而我給他一個肯定的點頭。

「好吧……那我可以多追加一個條件嗎？」

「憑什麼？」我雙手環胸。

「先聽我說完再拒絕也不遲啦！」他雙手搭上我的肩膀，「親愛的杜洵恩，妳如天籟般的嗓音念筆記給我聽是一種享受，但抽考就代表我必須答對是吧？那麼我消耗的腦力與體力不是合作社的麵包就可以補充的。」

「所以？」我挑眉。

「所以說啦，小的也不會要求聖上幫做便當，只希望筆記朗讀課程可以在烹飪教室舉行，並且偶爾幫小的做個飯糰或是小蛋糕之類的，那小的就會感謝皇恩浩蕩了。」他的手指在我的肩膀上畫著圈圈，裝作扭捏地左右搖晃身體。

我拍掉他的手，他又再次伸上來，「小的只有這樣的要求，求求您了。」

怎麼感覺變成他在跟我談條件？

「哇喔！抱歉打擾你們了！」夏生忽然從樓梯間跑上來，一看見我和樂宇禾站得如此貼近，摀住眼睛往後退，又從指縫中露出眼睛邁步向前，「搞定了沒？」

然後我看見樂宇禾比了個讚，我立刻用右手在他後腦杓從左下方往右斜上拍去。

「好痛！」樂宇禾抱著後腦在原地慘叫。

「搞定什麼？嗯？夏生？」我舉起自己的手掌，對著前方的夏生微笑。

「呃……我是說……嗯，我想起來我好像還有事情，失陪了。」說完，夏生一溜煙地三步併作兩步從樓梯上往下跳。

「啊，夏生大人啊，您怎麼就這樣丟下小的離開了呢？」樂宇禾跪在地上，表情和肢體都很有戲，一手摀著後腦一手往前方伸直，還配合夏生離去的腳步聲緩緩放下手。

「站起來。」在我一聲令下，樂宇禾立刻像沒事一樣拍拍膝蓋，迅速站到我旁邊。

「所以聖上考慮好小的提議了沒？」他掛起笑臉，嘴角上的酒窩明顯得像個深潭。

看到他那樣的笑容，不知爲何我有些軟化，於是我說：「做個蛋糕無妨。」

樂宇禾的嘴和眼一起張大，雙手高舉空中大喊：「Yes！」

瞧他開心成那個樣子。我又不是沒做蛋糕給他吃過，我在烹飪社的作品大多都是進到他或是夏生的肚裡。

「不過小的有個疑問，幹麼一定要我聽妳念筆記？」

看著他的雙眼，雖然有些難以啟齒，但我們承諾過對彼此只說實話。

「老天爺眞是不太公平。」

「妳在說什麼啊？才貌雙全的高嶺之花。」他笑了聲，沒忘記要損我。

「我只是付出的努力得到相對的回報而已。」我承認天生麗質與天資聰穎的確讓我占有優勢，但我也是會在考試前稍微熬夜念書，也要注意肌膚保養、作息正常和飲食均衡。

「哇塞，妳這句話實在是太氣人了！」樂宇禾坐在旁邊的長椅上，仰頭看著我。

「你才氣人。」望著他有些意外卻還不到訝異的表情，我接著說：「你只要聽過一遍就能記住，但你不願意聽課。」

「我以為妳是生氣我不用付出努力，就可以輕鬆贏過妳的成績這件事情呢！」果然樂宇禾很輕易就說出實話，但我可以接受這種令人不悅卻是事實的話。

「我沒那麼小氣。」我雙手環胸，「我只是認為，你不該這樣浪費你的天賦。」

「天賦啊……」他對這兩個字很有興趣，「可我覺得是種負擔。」

「什麼？」

他扯了扯嘴角，漫不經心地微笑，「聽過的忘不掉，表示想忘的也忘不了啊。」

我想起國中時，說著想要「能對彼此說實話的朋友」的他，過去應該發生過某些事情，才會讓他產生這樣的想法。

「你想忘掉什麼？」

他看著我的臉，只是聳了聳肩，我上前將手搭在他的肩膀上，「說好了不說謊。」

「我沒說謊，只是還不想講。」瞬間，我覺得他的笑容離我很遠。

「這不違背我們之間的朋友原則吧？」

「根本是鑽漏洞。」我不免抱怨，樂宇禾拍拍他旁邊的空位。

我搖頭，縮回自己的手，面無表情地看著他。

見我如此，樂宇禾伸出兩手抓住我的裙角，仰頭凝視我的雙眼。

「小學的事情，現在想起來很幼稚，講出來很丟臉啦！」他的語氣誠懇得要命。

我還能說什麼，只是抿著唇不發一語。

「我又不是一輩子不說，總有一天妳會知道的。」他像是討好地又補上最後一句。

其實我並不是非要知道不可，所以在發出「嗯」的聲音之前，已經先點了頭。

樂宇禾見我的態度放軟，雙手從我的裙角移至我的手腕，拉著我到他旁邊的椅子上坐好後才放開。

他的手撐在下巴處，手肘則抵在自己的膝蓋上，嘴裡哼起了國中的校歌。

「喂！」我喚了他，樂宇禾回我一聲輕嗯，「開學時你為什麼跟學長打架？」

「都過這麼久了，現在才問？」他挑眉覺得好笑。

「忽然想到。」因為已經很久沒打架的他，應該不會無端惹事才對。

「沒什麼啦，一點小事。」

「小事？小事可以搞到你臉上有血、學長他們住院？」

「什麼住院？哪有那麼誇張，他們只是受的傷比我多一點，到醫院包紮完就回去了，根本沒住院好嘛！」他補充說明。

「所以到底是怎樣？」我斜睨著他，樂宇禾也不好再打哈哈。

「我很意外，妳是那種打破砂鍋問到底的人。」他咕噥。

「怎麼會意外？不就像是問題與討論一樣，總有答案。」

「不，是因為妳對什麼事情都不在乎，所以才意外妳竟然會追問。」

樂宇禾的話說到我心坎，的確，除了自己，我對其他事情都不在乎。但是我說：「我在乎你。」

他的眼睛略微睜大，衝著我露出天眞爛漫的笑容，「是啊，我想也是。」

我還想多說些什麼，偏偏鐘聲響起，他站起來拍拍屁股朝樓梯間走。

「喂，想溜？」我的意思是：想逃避這個話題？

並不是表示我們要蹺課，而他聽得懂。

樂宇禾側過頭，露出一種淡淡的、心不在焉的笑。

「打架的理由很無聊，但我不會後悔。」

他那雙褐色雙眼，在太陽的照射下，閃爍出像是某種稀有寶石般的光芒，閃耀奪目，令人無法移開視線。

「高嶺之花在入學前就引起騷動了，幾個學長沒有學長的樣子，講了不禮貌的話，所以我出手糾正他們，順便給全校男生一點警告。」

「是這樣的原因？」怎樣也沒料想到，「爲了我？」

「爲了我唯一一個不說謊的好朋友。」

迎上他的視線，我心中浮起一陣暖意。

怎麼樂宇禾的話，就像是指尖撥弄著我心中平靜的湖面，使之輕輕泛起漣漪。明明只是微小的一點，卻讓整座湖都起了波動。

「傻瓜。」最後我笑了起來，很輕很柔的那種。

# 第四章

我怎麼可能對其他人這麼做，那是因為是你。

「什麼外表一點也不重要，只要有實力就好，這句話根本就是屁！做得再好吃，賣相不佳也沒用。那堆金玉其外、敗絮其中的食物居然獲得好評？根本沒有用心啊！每次都膚淺的光看外表，這世界就是這樣啊！」

在台上講得義憤填膺的學姊，歇斯底里地發言，說完還忍不住哽咽，在岳小唯的攙扶之下回到座位。

學姊是烹飪社的社長，是個極端分子，雖然料理能力很好，但做出來的食物偏偏賣相極差。

前些日子她去參加校外比賽，即便端出的作品口感、味道一流，仍因賣相不佳被扣了很多分數，導致她名落孫山。這件事情似乎讓她非常介意，所以現在才會站在台上對我們諄諄教誨。

二年級的學姊一面安慰社長，一面對岳小唯使眼色。

岳小唯接收到了，輕咳兩聲，站到講台上打圓場，「那個……社長的狀況不太好，所以我們今天就兩人一組，以蛋糕當作練習題目，開始！」她拍了兩下手，請大家各自開始作業。

自從上次在烹飪教室傷到岳小唯的心後，我還沒跟她說過話，所以我主動走到她面前，「小唯，跟我同組好嗎？」

她一臉又驚又喜，可是神情馬上變得有些退縮，眼神東轉西轉地說：「可是我怕、我怕拖累妳，妳的手藝那麼好，我……」

「上次……嗯，上次是我……」我怎樣也無法勉強自己道歉，因爲那是我最眞實的反應。

結果躊躇老半天，我一句話也沒說完整。

「不要勉強啦……我知道我的手藝眞的很差，也許我沒有才能，該退出烹飪社……」

原想開口阻止她，但有些東西即便你多有興趣、付出多大努力，沒有才能就是沒有，一直等待也不見得某天就會生出什麼或得到什麼。有時候看清自己的實力、學會放手，也很重要。所以我依然默不吭聲，不想好聲相勸，很多事情都是自己的決定。

「妳們兩個在幹什麼，還不快點去做蛋糕！」社長一面掉淚一面吼，模樣有點可怕。

我二話不說，拉起岳小唯的手就往流理台走去，繫上圍裙，看向她，「妳想做什麼樣的蛋糕？」

「呃……那個……」她愣愣地看著我，隨即東張西望，像是在找尋有沒有其他落單的社員。

「小唯，我不想說抱歉，因爲那個東西眞的很難吃，我也不想說『只要努力一定會進步』這種話，因爲除了後天努力，有時還得要有一定的天分才行。」

我拉住她的手，寧願實話實說傷害到對方，也不願勉強說謊讓自己難受。想來我還是挺自私的。

「但我現在只想和妳一起做蛋糕。」

岳小唯露出難以解讀的複雜表情，最後噗哧一聲，皺起眉頭看著我，「洵恩，妳眞是個怪咖，而且還是很毒的怪咖。」

「我倒是第一次被說是怪咖。」看見她的笑容，我稍稍鬆了口氣。

「我也是第一次被這麼直接地說出沒有天分。」

「我不是那個意思……好吧，我是那個意思。」

她努著嘴迎向我的眼睛，深吸一口氣後說：「算了，這也沒辦法，雖然挫折感很大，偏偏這就是我的興趣，我在烹飪社也很開心。」

「那妳想做什麼蛋糕？」

「咗，洵恩妳很不浪漫耶，這時候妳應該要拍拍我的肩膀，說『放心吧』之類的話安慰我呀！難得我都豁然開朗了。」岳小唯繫上她的深藍色圍裙，上頭還有個小花胸章。

「要妳放心什麼？」我似乎可以看見岳小唯臉上浮現三條線，「好吧，當我沒說，我們做草莓奶油蛋糕如何？大概四吋就夠了。」

打開大冰箱，我拿出一盒草莓，和其他需要用到草莓的社員均分後，還剩下八顆左右。材料有蛋、低筋麵粉、細白砂糖、鹽、塔塔粉、牛奶和奶油等。我先將軟化的奶油、砂糖攪拌均勻，再把蛋黃和牛奶加入攪拌，接著放入麵粉和鹽，再加入發酵粉。過了一會兒，我用左手壓住鐵鍋，右手拿著打蛋器使勁攪拌蛋白糊，必須打到硬性發泡，才能做出好吃的蛋糕體。

「要換手嗎？」見我吃力的模樣，岳小唯主動提問。

「沒關係，我來就行了。」老實說，我不是很放心。

岳小唯聳聳肩，拿出草莓開始切丁，「四顆草莓切半裝飾，剩下四顆攪拌成泥狀當作果醬，抹在蛋糕夾層裡面。」

我點頭。將好不容易製作好的麵糊放入蛋糕膜，再送進早已預熱至一百七十五度的烤箱。

「奶油也由我來處理吧。」我說完便拿起另一個鍋子，倒入鮮奶油和砂糖，繼續攪拌。做蛋糕很有趣，但是攪拌材料手臂實在很痠。

「洵恩，妳是不是很不放心讓我碰到食材呀？」岳小唯微微噘著嘴。照理說我該給她一個微笑，向她保證沒這回事，但我不是那種個性。「嗯。」我看著她，點點頭，攪拌鮮奶油的手沒有停止。

「一點也不拐彎抹角呢！」她拍拍額頭。

忽然間，我注意到她剛切好放在盤子上的草莓，刀口相當工整。我看了下她的刀子，發現跟烹飪社提供的不太一樣。

「刀子是妳自己的？」

「嗯，我看社長有一組自己的刀具，分得還挺細的，想說既然是烹飪社，有組自己的刀也不錯。」她拿起自己的刀子把玩。

「妳把刀子磨得很利嗎？」我停下攪拌的動作。

「是還挺利的，怎麼了嗎？」她將刀子放回桌面上。

「想說妳草莓切得很漂亮。」

「哎呀，我就只有切菜、切水果這種的還可以啦。」可能沒料到我會說出這樣的話，岳小唯顯得有些害羞。她從口袋取出手機找出照片遞到我面前，「妳看，這是我在家裡切的水果。」

我不由得睜大眼，那一盤盤像是高級飯店才會出現的豪華水果拼盤是怎麼回事？蘋果兔子已經是小case，連西瓜皮都被雕成一條龍，還相當傳神！

「小唯，妳……」烤箱叮的一聲打斷我的話。

岳小唯來到烤箱前，打趣地問，「讓我拿蛋糕出來總沒關係了吧？」

「當然。」我看著烤得恰到好處的蛋糕。

「好香啊！那首先，我們必須將蛋糕切一半。」說著，岳小唯就拿起另一把刀，輕鬆地將蛋糕橫切成上下兩半，「蛋糕氣泡不多呢！洵恩，妳果然很厲害。」

「我也覺得妳刀工了得……」

「嘿嘿！」岳小唯又害羞起來，「我們一起裝飾蛋糕吧。」

「嗯，好……」透過窗戶玻璃，我瞧見夏生站在走廊外對我招手，要我過去，「小唯，妳先做好了，我出去一下。」

「沒關係，我可以等妳啊。」岳小唯也看見夏生，「萬一我弄壞了怎麼辦？」

「裝飾而已，應該不會吧？」我將奶油遞到岳小唯手上，「我馬上就回來。」

「那、那我就先把果醬和奶油塗到蛋糕裡面喔……」岳小唯聲若細蚊。

「該怎麼做就怎麼做吧。」我把圍裙解開放到一旁窗台上，朝外頭走去。

夏生嘻皮笑臉，襯衫最上面的兩顆扣子也不扣好，露出胸口的白皙肌膚。

「你在當暴露狂？」為此我白了他一眼。

「才不，美術社啦，請我當模特，所以我就脫了。」他故意扯開衣服露出肩膀對我眨眼，我立刻轉身準備回烹飪教室。

「好啦，高嶺，我錯了，請別走。」

「有什麼事情？」實在看不順眼他的扣子，我伸出手替他把那兩顆扣子扣好。

指尖無意間滑過他的肌膚。短暫的輕微接觸，應該是感覺不到什麼才是，但我的指尖還是清楚察覺到，夏生似乎起了雞皮疙瘩。

我抬頭看向他，夏生雙眸裡的情緒複雜，下意識地，我竟別開了眼睛。

「你自己扣吧。」我開口才發現聲音有些乾澀。

我聽見衣服摩擦的細瑣聲響，陣陣的香水味傳來。

「很重，」我皺起鼻子，「你的香水味。」

「我今天沒擦。」夏生的聲音少了平時的不正經，「我想是殘留在衣服上的味道吧，我衣櫃也有噴香水。」

「男生還這麼愛噴香水。」

「妳這是性別歧視，有很多男人專用的香水啊！」夏生掛回嘻皮笑臉的表情，這讓剛剛好像有些奇怪的氣氛頓時消散。我將眼神轉回他身上。

「是男人，而不是高中生。」我加強語氣。

「喔，高嶺，別這麼嚴苛。」他抓著自己的襯衫下襬兩側，對我搧風，「等這次衣櫃的香味消散後，我就不會再噴了啦！」

看著夏生認眞的表情，有一種奇妙的違和感浮現，我突然感到有些好笑，「幹麼因爲我講幾句就不噴了？」

「也不是啦。」夏生倚在牆邊，雙手環胸盯著我瞧，「只是高嶺都這麼說了，聽了準沒錯。」

周遭的聲音似乎停滯住了，只剩無聲的風在一旁穿梭。這瞬間，夏生看我的眼神與過往有了那麼一些不同。

他的眼神裡包含怎樣的情緒？包含怎樣的情感？是我多心？或者那些我不願意的事情正在發生？

「夏生，你不交女朋友嗎？」在我意識到之前，話已脫口而出。

夏生垂下頭，頭髮順著他的輪廓遮去側臉，輕勾起的嘴角在髮與髮之間的縫隙看不清楚。

「和單一對象交往實在太麻煩了，我才十六歲呢。」他再次抬起頭，換上的是更加玩世不恭的神情。

我稍稍鬆口氣，也換上輕快的口吻，「眞糟糕。」

「還好啦，眞心很累人的。」夏生摀住自己的心臟，緊皺著眉頭佯裝痛苦，「得不到回報會很痛很痛啊。」

「跟肚子痛找不到廁所比起來呢？」

此話一出，夏生的臉隨即一僵，站直身體，面無表情地看著我。

「高嶺，妳很不浪漫。」然後對我揮揮手，轉身往樓梯間去。

「所以叫我出來幹麼？」我朝著他的背影喊。

「沒事啦。」他頭也沒回，身影消失在轉角。

「怪人。」我在原地咕噥一句，轉身回到烹飪教室。

才剛踏入教室，便看見岳小唯神情不安地東張西望，我第一個念頭——蛋糕做壞了。

我快步走到桌邊，岳小唯被我嚇了一跳，「妳……因爲妳出去太久了，所以我一個不小心就……」

她用身體擋住蛋糕，而我雙手搭在她的肩上，用輕微卻不容拒絕的力道挪開她的身體。

我以爲會看見什麼慘不忍睹的畫面，已經做好一定的心理準備，可是我依然受到驚嚇，導致我露出張大嘴巴這種有些愚蠢的表情。

「很、很糟糕嗎？」岳小唯在一旁不安地扭著手指囁嚅著，「因爲我做得挺順利的……所以不知不覺就一直做下去……不然，還有時間，我們可以再做一個……」她轉身想在教室後頭的鐵架上拿材料，我迅速拉住她的手，眼睛還離不開蛋糕。

「小唯，這怎麼回事啊？」

「抱歉啦，眞的……」

「不，這眞是太棒了，妳怎麼辦到的？」我的語氣中忍不住流露出無比興奮的情緒，好不容易才將視線從那完美的蛋糕上移開。

「咦？我就只有塗好奶油、放上草莓而已……」岳小唯微愣，搞不清楚狀況。

「你們在吵什麼？」臉上還留有淚痕的社長走過來，原本還存有些許怒氣的臉，在看見岳小唯裝飾好的蛋糕後，露出跟我剛剛一模一樣的愚蠢表情。

「這是誰弄的？」她大喊，烹飪社所有社員瞬間都看了過來。

「我……」岳小唯舉起手，唯唯諾諾的，像隻受驚的小動物。

「神來之手！回春妙手！天啊！我找到寶了！」社長尖叫著抱起岳小唯轉了一圈。

我能理解社長內心有多麼驚喜，全體社員也在社長的驚呼下，聚集到我們桌邊圍觀，大家齊聲讚嘆岳小唯的出色手藝。

那個蛋糕非常非常漂亮，鮮奶油乾淨平滑，毫無瑕疵，草莓的間距似乎精密計算過，準確地沿著圓形蛋糕整齊排列，四周搭配立體的鮮奶油玫瑰花飾，蛋糕外緣還纏繞著一圈精緻美麗的鮮奶油貝殼花飾。

岳小唯不太會製作料理，但她是裝飾天才。

放學後，我和岳小唯在烹飪教室對半切開我們合力完成的四吋蛋糕，她的臉上掛著既開心又有些不確定的神情。

「好像做夢一樣，沒想到會被稱讚。」她說。

自己的作品在烹飪社一直以來都得不到好評，加上還被我抨擊，使她一度喪失自信。儘管頗受打擊，但她依然決定堅持朝自己的興趣努力。

聽到這裡，我難得有些不好意思，扯開嘴角微笑，「就算興趣是做料理，不一定只能追求做出好吃的東西，有時候讓東西看起來好吃也是一種才能啊！」

「社長也這樣跟我說。結果她又哭又氣地說如果她做的料理賣相能好一點，就算難吃得要命說不定也會得名。」

「她在損妳嗎？」我笑了起來。

「我原本也以爲是這樣，但她似乎眞的那麼認爲。所以我又耗費了一堆時間聽她抱怨比賽有多麼不公。」岳小唯吐了吐舌頭，「最後社長居然還說，下次比賽讓我跟她一起去，她做料理，我負責處理賣相。」

「可以嗎？」

「當然不行，那是個人賽呀！」她哈哈大笑，聲音很是悅耳。忽然間，她正色，「但是社團期末驗收可以！」

我眼珠子一轉，「妳的意思是……」

「就像今天一樣，妳做料理，我做最後的裝飾，我們可以是天衣無縫的搭配！」她的眼睛閃閃發光，「我會勤於研究如何讓食物看起來更好吃！」

她開心的情緒也感染了我。

「好哇。」我笑了起來。

現在才剛考完期中考沒多久，我已經在和岳小唯討論期末的社團驗收。這件小事也許對別人來說稀鬆平常，但我卻因此而感到開心。

因爲我們預約了未來。

「妳蛋糕要自己吃嗎？」在我們走向校門口時，岳小唯問我。

「和我的兩個朋友一起吃，妳呢？」我順口問。

「我也和我朋友一起吃。」岳小唯在說這句話的時候，臉上泛起紅暈。

「啊，就在這邊說再見吧！我朋友在裡面等我。」當我們走到一年B班教室前的走廊時，岳小唯的表情明顯更加扭捏。我往教室裡頭看，只看見一個女孩坐在座位上。

「那明天見。」我頷首。

一走下樓，就看見樂宇禾和夏生站在校門口有說有笑的。

樂宇禾踩在單車上，單腳撐地，夏生則倚在一旁的矮牆邊。微風輕徐，橘紅色的夕陽將這一幕映照得像是一幅畫。

「樂宇禾、夏生。」我的聲音像從別的地方發出。

「杜洵恩。」樂宇禾轉過頭，兩個酒窩像是雨後的水窪，將空氣的雜質濾去。

夏生也站直身體。倏地，眼前的兩人像是海市蜃樓般虛幻，好像我伸出手會抓不住任何一個。

「妳幹麼？」然而，伸出的手抓住了樂宇禾的袖口，他好笑地看著我，「慌張什麼？」

「高嶺，氣色不太好喔。」夏生略顯憂心。

我搖頭，甩開剛剛腦中奇怪的想法，然後跨上樂宇禾的腳踏車後座。

「我做了蛋糕。」

「哇！太棒了，那我們去河堤吧！」樂宇禾說完立刻踩下踏板。

夏生抓住他的龍頭，一臉怨容，「你們兩個騎腳踏車，那我呢？」

「你走路啊。」樂宇禾理所當然地回應。

「什麼！」像是沒料到會聽見這樣的答案，夏生驚叫，「你應該要說，你牽著腳踏車，我們三個肩並肩一起愉快地往河堤走去才是啊！」

「可是我家的杜洵恩今天做了蛋糕，又上了一整天課，她也累了，你忍心要她徒步走到河堤嗎？」樂宇禾把我搬出來當理由。

夏生偷瞄我的臉，猶豫再三，最後只能放開緊抓龍頭的手，「好啦，可惡！」

「那等等見嘍，夏生。」樂宇禾賊笑，愉快地踩著踏板離開。

「可惡！」夏生的吼叫聲和跑步聲跟在後頭響起。

這一幕多麼青春呀——腳踏車、夕陽、奔跑。

我腦中回憶起許多少女漫畫裡的畫面，深深覺得，現在就是一種浪漫。

「杜洵恩，妳再念一次那首詩好嗎？」樂宇禾的話題跳得很遠，但我總是聽得懂他的意思。

「〈一棵開花的樹〉？」

「不，另一首，〈抉擇〉。」

「幹麼要我念呢？你都已經記下來了。」我有些不甘心地捏了他的腰間肉。

「好痛！」他的手抖了抖，導致腳踏車稍稍蛇行，差點撞上對向的機車，被按了好大一聲喇叭。

「很危險！」心有餘悸的樂宇禾對我喊。

我哼了一聲，「總比你每天都危險衝下坡好。」

「我那樣還比較安全。」他不甘示弱，「快點啦，妳再念一次，我喜歡那首詩。」

我看著不遠處的紅色夕陽，天空像是打翻的顏料，不再刺眼的陽光在此刻閃耀得很是溫柔。即便白晝開始變短，夜晚逐日增長，氣溫緩緩下降，在即將來到的冬夜之際，我卻覺得十分溫暖。

「快呀，杜洵恩。」

樂宇禾的聲音在前頭催促，我彷彿可以感受到我的肌膚隨著他的聲音而震動著。

「假如我來世上一遭，只為與你相聚一次，只為了億萬光年裡的那一剎那，一剎那裡所有的甜蜜與悲悽……」

「那麼，就讓一切該發生的，都在瞬間出現吧。」樂宇禾接續了這首詩，嗓音呢喃。腳踏車正騎上過河的橋。

「我俯首感謝了所有星球的相助，讓我與你相遇，與你別離。」隨著轉彎，我瞥見了還在後面奔跑的夏生，他的長髮在橘紅色的夕陽光輝中看起來很漂亮。儘管距離如此遙遠，我卻覺得他正注視著我。

所以我再一次別開眼睛，輕輕將臉靠上樂宇禾的背。

「怎麼啦？」樂宇禾的聲音柔得如一片靜止的湖面，那樣深沉而穩定。

「完成了上帝所做的一首詩，然後，再緩緩地老去。」輕輕閉上眼睛。不知怎麼地，此時浮現在我腦海裡的畫面，是抓著我裙襬的樂宇禾，對著我說「總有一天妳會知道的」。

「睡著了？這段才一點點路而已呢！」腳踏車不知道什麼時候停了下來，我猛然張開眼睛，看見側過頭的樂宇禾嘴角勾著好看的笑容。

「才不是！」我立刻跳下車，往下走到河堤的長椅邊。

「等等我啦。」樂宇禾也下車，牽著腳踏車，順著堤防草叢慢慢往下行。

他將腳踏車停在長椅旁，坐到我身邊，那屬於樂宇禾身上的氣味瞬間好像有那麼一丁點不同，我忽然覺得兩頰浮起一陣以前沒有過的熱度。

「我像隻小狗一樣在後面追主人的車。」夏生一邊喊一邊從堤防上的草叢滑下來，喘著大氣坐到我身邊。

「我們是主人是嗎？那夏生，乖，握手！」樂宇禾伸出手，掌心朝上。

「誰要理你！」夏生也伸出手打了樂宇禾。

「你們兩個。」兩人越過我打打鬧鬧，絲毫不尊重坐在中間的我。

「差點忘了，快點，夏生，就跟我們剛剛講好的一樣。」樂宇禾忽地站起。

「對對對，來吧！」夏生也跟著起身，慌慌張張的兩個人站到我面前。

「咦？怎麼了？」對於他們突如其來的舉動，我顯得不知所措，導致有些手忙腳亂。

「純潔崇高的高嶺之花，杜洵恩啊！」他們齊聲大喊，接著單膝下跪，雙手放在胸前，一握拳一平掌，低下頭說著：「請您賜給我們今日烹飪社所做的蛋糕吧！」

「在下下午看過，是草莓的。」夏生抬起頭對我眨眼，又迅速低下頭。

「你們兩個……白痴啊？」我有些傻眼，這種情緒對我來說實在很難得，所以下一秒我馬上笑出來。

「太好了，聖上開心了，咱們有蛋糕吃了。」兩個人跳起來轉圈。

「你們幹麼啊，要智障？」平常不這麼做我也會給的啊。

「連續兩句話都有智障和白痴呢！」夏生看著樂宇禾。

「這也是我家杜洵恩的魅力之一，這叫什麼……傲嬌？」樂宇禾看著夏生。

「還是病嬌？」夏生歪頭。

「都不是！給我坐下，吃蛋糕。」一聲令下，兩人立刻坐回我左右邊。

拿出已經在烹飪教室切好的蛋糕，分別遞給樂宇禾和夏生。

「今天蛋糕好像不太一樣。」夏生咬了一口，「但一樣好吃。」

「是不是比較華麗？」樂宇禾也咬了一口，立刻瞇起眼睛，「好幸福啊！」

連兩個遲鈍的男生都看得出來，可見岳小唯的功力真的很強，看樣子上天果然很公平，一個地方不夠好，就會有另一個地方有著旁人追不上的天賦。

我停頓了一下，那我呢？

有兩個好朋友，成績是全校第一，又被稱爲高嶺之花，烹飪技術也不差，生活每天都很開心。

忽然間我有些害怕，這些理所當然的幸福，會有消失的一天嗎？

「高嶺，今天怎麼一直愁眉苦臉？」夏生用左手肘頂了我一下。

「是啊，該不會是夕陽無限好，只是近黃昏吧？」樂宇禾用右手肘頂了我一下。

我立刻用手肘用力頂回樂宇禾，「不會引用詩詞就不要用，我既沒老也沒悲觀。」

「哇靠，聖上，您剛剛是肘擊耶！」他揉著側腰。

夏生在一旁哈哈大笑，我轉頭看向他的臉，夏生愣了一下。

「你怎麼知道我做蛋糕？」

「下午不是經過烹飪教室嗎？我聞到蛋糕的香味啦。」夏生咬下最後一口，嘴邊還沾上不少奶油。

「但你怎麼知道是草莓口味的？」

「因爲妳身上有草莓的味道。」夏生用手背擦去嘴邊奶油，還殘留一小塊沒擦到。

「最好是這樣。」我笑了笑，很自然地用食指伸向夏生的臉頰，抹去奶油，「夏生，你吃東西老是會沾到臉呢！」我從包包裡找出衛生紙，擦去指尖上的奶油。

「對啊，上次咖哩麵包也是。」樂宇禾吞下最後一口蛋糕。

忽然，一陣風颳來，將樂宇禾手上的盤子吹到他的制服上。

「哇哇哇！沾到奶油了啦！」他跳起來，一邊解開襯衫扣子一邊跑向河邊。

「你不會是要用河水洗衣服吧？白痴！汙染河川！而且很髒！」我也跟著站起來，但樂宇禾已經脫下襯衫，露出裡頭的白色T恤，蹲在河邊洗衣服了。

那陣風還在持續，散亂的髮絲在風中飄揚，我將頭髮從後方一把抓住往前繞，以免打結。

「高嶺。」夏生的聲音聽起來很低沉，表情是我從未見過的正經。

「怎、怎麼了？」我竟有些結巴。

「別再做這種事情了。」

「什麼？」

「別對其他男生做這樣的事情。」

風聲陣陣，好像將他的聲音一併吹散。

「那會使人誤會。」

看著夏生，我輕輕蹙眉，「你在說奶油嗎？」

他沒回應，我又說：「我怎麼可能對其他人這麼做，那是因爲是你。」我停頓了一下，再補上，「因爲夏生是好朋友。」

「可是我畢竟是男生，那種行爲，不要比較好。」很難得，夏生居然和我討論這麼嚴肅的話題。

所以我也板起臉孔，「樂宇禾也是男生，他從沒有說過這樣的話。」我看向樂宇禾，他還在一面哇哇叫一面洗衣服。

夏生也看向樂宇禾的背影，表情驀地放鬆了些。

「男生很笨的，一個順眼的女生稍微做出一些肌膚之親，就有可能因此心動，況且妳還是高嶺之花。」夏生的語調雖然輕鬆許多，但我還是聽得出來他的認眞。

「可是你們不一樣。」我還是這麼堅持。

樂宇禾走回來，手裡邊擰著襯衫。

「很難說，如果我眞的喜歡上妳呢？」夏生說的話一點也不有趣，反而讓我害怕。

「那也別讓我知道。」我的聲音在毫無預警下從喉嚨吐出，而那冰冷的語調與冷淡的表情，可能眞的非常糟糕。

因爲夏生垂下了眼。

「我覺得好像越洗越髒耶，怎麼辦？」樂宇禾走回來，在我眼前晃著那件有些變灰的白色襯衫。

「你們兩個怎麼了？」他看著我的臉，又看看低著頭的夏生，「幹麼啊？我才離開一下而已，你們怎麼了？」

我不知道要說些什麼，選擇保持一樣的表情與姿勢。短短數秒後，夏生抬起頭，又恢復平時吊兒郎當的模樣。

「樂樂，你聽我說，剛剛高嶺用食指劃過我的臉頰耶，這樣劃過耶！」他伸出食指在樂宇禾的臉上劃過，「她說我沾到奶油了，接著就把那坨奶油吃掉。」

我瞪大眼睛，想也沒想立刻反駁，「我哪有吃掉！我明明用衛生紙擦掉了！」

「總之，這樣很不好，對吧？這樣害我心動怎麼辦？樂樂你說說，再怎麼要好，高嶺也該跟我們保持男女之間的距離，對吧？」夏生滔滔不絕地說著，我想他是要化解剛剛的尷尬。

但是問樂宇禾，根本就錯了。

「如果你會想歪，那就跟杜洵恩保持距離吧。」看吧，樂宇禾說出的話果然讓夏生瞪大眼睛。

「我和杜洵恩可是純友誼呢，超級純，比百年天然釀造的醬油還要純。」樂宇禾說著就過來勾住我的肩膀，「我們不做黑的喔。」

「哇靠，眞的假的啦？什麼純友誼我可不太信喔。」夏生拍了拍額頭。

「那如果這樣，我就要跟你保持距離了，夏生。」我雙手環胸，腳還有點三七步，抬高下巴看著他。

「抱歉，剛剛都是我亂說，我管太多了，男女之間可以有純友誼，我們之間也可以很純。」夏生馬上就道歉了。

「夏生，要是下次你再這樣亂想，你就死定了。」我作勢要打他，夏生還眞被我嚇到，往後縮了一步。

「哈哈哈，夏生羞羞臉。」樂宇禾像個孩子，在一旁用食指比劃著臉。

我走到長椅邊背起書包，將蛋糕盒收到袋子裡頭，「回家了。」

「微臣遵旨！」樂宇禾做了個敬禮的動作，跨上腳踏車，「夏生，明天見啦！」

這一次我沒回頭跟夏生說再見。樂宇禾踩動踏板，緩緩離開河堤。

「親愛的杜洵恩，說眞的，妳可以幫我把衣服帶回家漂白嗎？」

「憑什麼？」

「憑我們超純的友誼。」他回答得理直氣壯，而我也沒理由拒絕。

「明天開始念筆記考試。」我提醒他之前的約定。

「我還以爲妳忘了，我的天啊。」他的聲音哀怨，隨即哼起國中校歌，感覺挺開心的。

直到我們離河堤有段距離後，轉彎前，我才回過頭看向夏生。

在我回頭之際，視線恰巧捕捉到橘紅色的彩霞與夕陽消失在地平線上的那一瞬間，暮色緩緩籠罩大地。

夏生還是站在那裡，雖然已經遠到只能依稀看見他的身形，但我卻清楚知道，他依然望著我們。

# 第五章

無視很容易的，眼睛遮久了，不想看的東西就看不見了。

「西漢主要的外患爲匈奴，兩國之間可視爲一種中原農業社會以及草原遊牧民族的關係，而草原民族的經濟、財富與生活的基礎是牲畜，其中以羊……」

午後的秋日陽光和煦帶有些微涼意，樹葉在窗外沙沙作響，烹飪教室的窗簾隨著窗外吹進的風擺盪著。

我念筆記的日子，算來也有一個多禮拜了，但樂宇禾老是一臉睏意，時不時打個哈欠，好生無聊地趴在流理台上。

「……你有在聽嗎？」

他一副開口都嫌麻煩的模樣，只是聳聳肩，手上轉動著原子筆。

「漢代對於匈奴的態度分兩派，一派是認爲國家正處盛世，使用武力便可讓匈奴恐懼的征戰派。另一派則是認爲遠征費用龐大，即便擊敗匈奴也難以治理其地，加上自古華夷分隔，無需過多干涉的和親派。漢高祖時，甚至把公主嫁給單于，但匈奴的侵擾卻沒停止過。」看了眼意興闌珊的樂宇禾，我咳了聲，「所以說，和親派爲什麼主張和親？」

「認爲遠征費用龐大，即便擊敗匈奴也難以治理其地，加上自古華夷分隔，無需過多干涉。」他再次打了個哈欠，若無其事地說出正確解答，而且一字不漏，完全複誦我剛剛念過的句子。

我闔上筆記簿，走向後頭的大冰箱，樂宇禾的眼神懶洋洋地隨著我的背影移動，不用回頭我都知道他又打了個大哈欠。

「有這麼無聊嗎？」我翻找著冰箱裡的食材，背對著他輕聲說。

「也不是無聊，但我就提不起勁啊。」他的聲音就像是睡到正香甜被人挖醒般不甘願。

「這明明是你答應我的條件。」我在冰箱裡找到想要的保鮮盒。

「是啊，所以我不是按照約定出現了嗎？」他漫不經心的回答在我耳裡聽來帶有一絲笑意。

也罷，他說的也沒錯，我只要他來，可沒要求他帶著高昂的興趣來。但無所謂，我的目的就是要他聽過一遍。

「妳在找好吃的給我嗎？」他看著我拿出來的保鮮盒，終於有那麼一點點精神。

「驚喜蛋糕。」我打開蓋子，不懷好意地看著他。

「我有不好的預感。」樂宇禾坐直身體，眉頭輕輕皺起。

「倒也還好，是你要我準備小點心的。」我走回桌邊，將保鮮盒放在他面前。裡頭是三塊做法稀鬆平常的小蛋糕，分別是我、岳小唯和社長所做的。

「你剛答對一題，所以可以挑一塊吃。」

「我們是這樣說的嗎？還要答對才能吃喔？」他盯著那三塊外表各有不同的蛋糕。

一塊賣相非常普通，一塊像五星級飯店販售的蛋糕般有著華麗裝飾，另一塊則是外表糟糕到像是已經被人吃過又吐出來。

「嗯，三塊似乎都各有蹊蹺，但依照許多寓言故事顯示，最漂亮的通常最難吃，而最難看的最好吃。」他這麼說著，卻拿起最普通的那一塊，「不過，我知道這一塊是妳做的，所以……」他一口吃掉，「果然很好吃啊！」

「你怎麼知道？」

「杜洵恩，妳是傻了嗎？我怎麼可能不知道？妳也不想想我吃妳做的東西多久了？」他掛起帶有酒窩的微笑，「妳眞的不考慮幫我帶便當嗎？我會付妳材料費。」

「我不想。」我闔上保鮮盒，放回冰箱。

「爲什麼？」他怪叫著。

我想起前幾天在河堤邊，夏生提起過的「男女有別」。

雖然隔天他的言行舉止一如往常，但不可否認的是，那天夏生的確讓我有些嚇到，害我這幾天面對他總有點不自然。

我不知道夏生是否在意這微小的尷尬，也看不出始終掛著笑容的樂宇禾心中對這件事情有沒有底，我只是稍稍地，退了一步。

「哈囉？杜洵恩，魂飛哪去了？」樂宇禾在我身後吆喝。

我回過神，關上冰箱門。

「我只是覺得，雖然我們很要好，但還是該保持些距離。」還沒考慮清楚，這句話便脫口而出。

一說出口就感到後悔，當我在意起男女有別時，不就已經間接對於「男女間的純友誼」這件事情感到懷疑了嗎？

怎麼最近不經大腦就說出口的話越來越多？該不會和夏生、樂宇禾在一起久了，連我都變得有些白目了吧。

我懊惱著剛剛說出口的話，想著一定會被樂宇禾嘲笑，對著冰箱暗罵自己笨，手指在裙子上交纏。

「妳不會是被夏生的話影響了吧？」出乎意料，樂宇禾提到了夏生。

我猛地轉過頭，「什麼？」

樂宇禾站起來撥了下他的短髮，模仿夏生，露出少女漫畫的男主角眼神，「很難說，如果我眞的喜歡上妳呢？」接著馬上站到另一邊，露出冷若冰霜的表情，夾高了音調，「那也別讓我知道。」

我瞪大眼睛看著他演完這齣獨角戲，「你有聽到？」

「風往我這邊吹啊，把你們的聲音都帶到我這裡來了。」樂宇禾說著無稽之談。

我扯出一個微笑，走到桌邊坐下。

「我以爲那天就解決了，沒想到還會困擾著妳。」樂宇禾單手托腮看向我。

我不發一語，只是翻開筆記本又闔上，然後玩著自己的指甲。

樂宇禾又接著說：「看來妳挺心神不寧。」

「我居然也會有這樣的心情，很不可思議吧。」我失笑，會這樣在意朋友間的情感，這還是第一次。

「畢竟還是人啊，代表高嶺之花也漸漸變得人性化嘍？」他還有空說笑。

「好啦！說實話，夏生也沒什麼不好啊，又高又帥又聰明還很風趣，如果他眞的喜歡妳，又不是配不上妳。」

「別開玩笑了。」我對他翻了個白眼，他這麼說一點幫助也沒有。

「我現在是跟妳講眞的啊，妳忘了我們之間怎麼約定的？」他用食指與拇指拉著我的小指頭輕輕搖晃，這什麼舉動啊？

我微微嘆了口氣，「只說實話。」

他露出滿意的微笑，「如果夏生眞的喜歡上妳，妳眞的不要知道？」

「因爲很奇怪。明明一開始是朋友，最後參雜了什麼演變成其他關係，姑且不論結局，這段關係肯定再也回不去當初。」

「所以妳寧願不知道？」樂宇禾依然玩著我的手指，「妳的指甲好小片。」

「才沒有多小。」我沒有抽回手，只是看著樂宇禾的臉，「你皮膚眞好。」

「才沒有多好。」他模仿我的語氣。

「不知道的確比較好處理，但不覺得，這其實是種慢性傷害嗎？」他接著說。

我思忖了一下，並不是沒想過這樣的可能，但……

「總比說出口破壞了友情好吧？」

「我明白妳的意思，但不說眞的比較好嗎？」樂宇禾用食指和中指在我的五片指甲上走路。

「如果明知道沒有這個可能，就別說。」我回答得斬釘截鐵。

「但不說又怎麼知道沒有可能？」樂宇禾好像在壓我指甲片找到樂趣，手指的每一下壓得更重。

「比如對方有喜歡的人或有交往對象等等。」我嘖了聲，想抽回我的手，樂宇禾卻猛地一把抓住。

「那如果對方既沒交往對象也沒有喜歡的人，是不是就可以告白了？」他的褐色眼珠再次抓緊我的視線，我一愣，過了半秒才反應過來。

「別抓語病。」我用力抽回手。

樂宇禾笑了笑，「我懂妳的心情啦！我眞的懂妳不想要純友誼被參染了什麼，但感情有時候很難控制，況且妳還是高嶺之花呢！」

「樂宇禾！」

「妳先別擺出那種表情，就這一點，我是站在夏生那邊的。男生的確很笨、很膚淺啊，漂亮女生的一個眼神、一個動作，或是不小心的肢體接觸和洗髮精的香味，就會讓我們心動。根據不同的心動程度，就會演變成喜歡吧，這誰能控制啊？」樂宇禾聳肩。

「你……連那個也聽到了？」那時候樂宇禾明明在河邊，我們離了少說有十幾公尺。

「就說是風把你們的聲音……好啦，不跟妳鬧了，講那麼大聲，我當然聽得見。」

「你的意思是說，我必須和你們保持距離？」這才是問題所在。

樂宇禾的手再次托著下巴，一臉認眞，好像是在思考又好像沒有，「該怎麼說呢？」

「實話。」

「我知道，但是什麼樣程度的實話？」他扯開一個微笑。

我不知道實話還有分程度，實話不就是實話嗎？

「妳知道『不說』嚴格說起來不是說謊，只是『不說』而已嗎？」他的視線環繞講台一圈後，又定回我身上。

「上次在空中花園你已經選擇不說了。」還說什麼我總有一天會知道。

「哈哈，所以說，我要說出什麼樣程度的實話，才不會傷害我們這段三人友情？」

「我不在乎自己跟夏生之間的友情被傷害到什麼程度，只要我們兩個之間沒有變質就好。」

雖然很殘忍，我也的確想珍惜夏生這朵無刺的玫瑰，但如果和樂宇禾相比，我更在乎樂宇禾。

他在聽到我這番話後，臉上露出難以解讀的神情，笑容似乎帶些苦澀。我正想開口，窗外的風再次颳進，我的頭髮又被吹散，像瘋婆子般的我認真考慮要把長髮剪掉。

樂宇禾起身走到我的背後，幫我擋住風勢，屬於他的特殊氣味撲鼻而來，不是洗髮精也不是沐浴乳，是他獨有的味道，像是禪香，一種會讓人平靜的香味。

他的手穿過我的髮絲，溫柔地將我的頭髮全數往後攏。當他的指尖輕輕碰觸到我的耳梢時，居然有些微燙。

「我猜，妳一定想說什麼『乾脆把頭髮剪掉，省得老是被吹亂打結』之類的話，不過只要綁起來，不就好很多了嗎？」他的聲音附在我的耳邊。

「嗯。」露出的頸間有些冰涼，我的耳朵卻很燙。

樂宇禾坐回椅子上，「如果妳不希望夏生喜歡上妳就保持距離。這我那天也說過了。」

「嗯。」

「可是夏生又沒有喜歡妳，妳若跟他保持距離，不就表示妳自我意識過剩了嗎？此地無銀三百兩，反而導致你們之間變得尷尬，到時候沒有的東西都變成有了。」

「嗯。」

「其次，妳現在不喜歡夏生，也不代表以後妳不會喜歡上他，為什麼要把可能性都推遠呢？」

「我不想要這樣的可能性，難道男女之間就不能存在單純的友誼嗎？」

此話一出，我和樂宇禾同時愣了幾秒，又一起笑了出來。

「我們之間不就建立在這樣的基礎上嗎？不說謊話，而且保持純友誼關係。」他站起身背對著我，往後門走，「我是不知道妳跟夏生有沒有其他可能，但我跟妳之間，保證是妳要的那種純友誼。」

「樂宇禾。」

我看不見樂宇禾的表情，但他的聲音和平時沒什麼不同，我卻覺得有種說不出的怪異。

「嗯？」他沒回頭，聲音輕得好似隨時會隨風飄散。

「我很高興自己當時有在榜單前跟你搭話。」

彷彿聽見他輕笑的聲音，他揮揮手，走出烹飪教室。

我坐在位子上有些恍惚，手指摸上剛才樂宇禾碰觸過的地方，從發燙的耳朵移動到被他綁起馬尾的髮梢，似乎都殘留著屬於他的味道。

就連被他碰觸過的手，都好像還被他纏繞著。

「……我是變態嗎？」

收拾一下筆記本，我走出烹飪教室，帶上門，看見樂宇禾倚著牆，側頭看著我說：「好慢。」

我一愣，著實被他還在這裡給嚇到，「我以爲你走了。」

「不是要一起回家嗎？」他笑了笑，手插口袋，往樓梯間走去，「走啊。」

他的褐色眼睛像是沾染了水的顏料般，在我眼中蔓延、擴散，這種感覺難以言喻，像是有人拿著羽毛輕搔著我的頸間，而且延伸至心間。

很煩、很不舒服，卻不討厭。

✿

我和樂宇禾的放學念筆記行程持續了好一陣子後，他的小考成績好歹都有拿到五十分，爲此老師們很高興，我卻很生氣。因爲我知道，樂宇禾的實力遠遠不僅如此。

即便其他人多麼努力念書也追不上他願意稍微認眞的成果，但他對此不屑一顧。與之相比，認眞念書的人好像很可笑，例如我。

「你可以再更好。」

我也不知道他是不是故意的，接連幾個禮拜，各科小考他都拿五十分，剛剛好五十分。

「不會被退學就好了。」他滿不在乎，咬著手上的咖哩麵包。

我還能說什麼呢？永遠也別想改變一個人，除非對方自己想要改變。他不想念書，我又何必強迫他。

「喂，你們聽說了嗎？」夏生跑上來空中花園，我的神經頓時有些緊繃。

樂宇禾發現了，微微嘆了口氣，自然地站到我面前問，「什麼？」

「球技大賽行程表決定了，剛我聽蕾蕾講的。」夏生瞄了我一眼。

「籃球先跟哪一班打？」樂宇禾眼睛發亮。

「我看一下……C班，校園王子那班。」

「第一場就對到他們那班？他們挺強的耶！」樂宇禾大叫，「夏生，我們一定要贏。」

「我報足球啦！」

「為什麼？」樂宇禾張大眼睛。

「不是說了我不會打籃球。」夏生表情無奈，坐到我旁邊的椅子上，我的心臟一個緊縮，差點噎到。

「你夠高，光站在籃框下嚇唬他們就可以了。」樂宇禾說著坐到我另一邊的椅子上，拿起咖哩麵包繼續吃。

「高嶺，妳參加排球還是羽球？」夏生將話題繞到我身上，我有些微抗拒。

「她不是說了要假裝生理痛嗎？」樂宇禾適時出聲，我對他露出感激的眼神。

「真假啊？」夏生聳聳肩，站起來走向樓梯間，「我先回教室，掰啦。」

「你吃過中餐了？」樂宇禾問，而夏生頭也不回，只是揮揮手，就跳下樓梯。

雖然這樣想對夏生很沒禮貌，但我真的鬆了口氣。

「妳態度太明顯了。」樂宇禾將吃完的麵包塑膠袋揉成一團，「夏生一定也注意到了。」

「可是我……」

「妳應該遇過很多喜歡妳的人，妳應該很會處理這種事情才是。」樂宇禾打開另一個麵包，是新推出的香瓜麵包。

我悶不吭聲。以前我又沒有要好的朋友，唯一的好朋友就是樂宇禾，而他是典型的無刺玫瑰，根本不會發生這種事情。

就算以前遇到有人喜歡我，也是被我用極爲難看的表情直接拒於千里之外，因爲那些人的存在於否，根本與我毫無相關，他們本來就和我屬於不同生活圈，既然不熟悉，就不會在意他們會不會受到傷害。

這怎麼能跟夏生的事情相提並論呢？

「況且夏生應該是沒有喜歡妳，何必預設立場？」樂宇禾津津有味地吃著麵包，而我卻食不下咽。

「我也沒那麼自以爲是，只是不知道要如何化解尷尬。追根究柢，就是夏生不該在河堤對我說那些話。」我用叉子戳著便當裡的花椰菜。

「杜洵恩考試第一名，平時也總把我們當白痴，講話還很有條理。」樂宇禾掛著有酒窩的微笑，伸手摸摸我的頭，「可能就因爲是高嶺之花，才不會處理人間的小情小愛。」

這感覺還眞像被瞧不起，我扭頭甩開他的手。

「教妳一招啦。」樂宇禾邊說邊搶過我的叉子，準確叉中便當裡的花椰菜，送到我嘴前，「假裝沒這回事，不管夏生眞正的心意是什麼，妳就做妳自己。」

「我哪有……嗚！」

他竟然趁我在講話把花椰菜塞到我嘴巴裡，有夠危險的，所以我超用力地打了樂宇禾的肩膀。

「好痛啊！」樂宇禾怪叫，「哎唷，就是無視啦！無視很容易的，眼睛遮久了，不想看的東西就看不見了。」

「逃避的做法。」我不喜歡。

「不然要怎樣，妳眞的很麻煩耶，有一天妳會發現這方法很好用。」樂宇禾將最後一口麵包塞入嘴裡，露出一絲怪異的神情，站起來拍拍褲子說：「不然我去套夏生的話算了。」

「不，我不要聽。」我幾乎馬上回答，這讓樂宇禾有些詫異。

「杜洵恩，妳不是喜歡聽實話嗎？」

「是這樣沒錯……」我咬著下唇，這一刻才明白，原來世界上也有自己不想聽的實話。

「相信我的第六感啦，妳根本不用怕，夏生沒有喜歡妳。」樂宇禾正色，在轉身走下樓梯前又補了一句，「至少現在還沒有。」

✿

我現在正在做夢。

爲什麼會明確知道自己在做夢？理由很簡單，因爲我看見了自己。

場景在國中校門口，推算應該是畢業那天。比現在還矮一些的國中版樂宇禾倚靠在校門口的矮牆邊——這是那一天他在校門口等我的場景。

然而，原本校園一旁種植的樹是鳳凰花，我清楚記得那天鳳凰花的花瓣掉落到他的髮梢，而我伸手爲他拭去。

可是和現實中不同的是，鳳凰花竟變成白色雪梅，還落得一地如雪，覆蓋了整片紅色磚頭地板。

我和樂宇禾穿著夏季制服，背景卻出現了只在冬季盛開的梅花，眞不可思議，果然夢都是不切實際的，不僅季節完全錯誤，連眼前的我和樂宇禾，看起來都好陌生。

一旁有個穿著同校制服的女孩在哭泣，身影非常模糊，我記起來了，是畢業那天對他告白的女孩。

「你弄哭人家？」國中的我問。

「她跟我告白，我拒絕了她。」

「怎麼人都想要在畢業這天告白？」

「就算被拒絕，反正都要畢業了，以後見不著面也不怕尷尬吧。」

「那如果心意被接受了，不就得開始遠距離戀愛？」

「大概只有像妳這樣的美女才不怕被拒絕吧。」

一模一樣的話語，在夢中重現。怎麼會夢到那時候的事情？

快點醒來呀，喂，杜洵恩，快醒來！

即使我這樣喊著，也完全沒有任何作用，夢裡國中版的我和樂宇禾絲毫沒有注意到我，而我也沒有任何要從夢中清醒過來的跡象。

所以我試著往別的地方走，一轉身竟又看見我和樂宇禾繼續對話著。

「你以爲人都跟你一樣膚淺？」國中的我冷笑。

「男人就是這樣膚淺啊，外表至上。而且就算念不同高中是能離多遠，就算兩人分處基隆和屏東，距離也不過短短的一個台灣。」樂宇禾痞痞地笑。

「也是。」國中的我同意。

好吧，這好像有點靈異。

如果沒記錯，等等花瓣就會掉落，然後我幫他拈起，兩個人再聊一下便會去吃飯，大概就是這樣。

果然一陣風吹拂過來，揚起遍地似雪的白梅，我不自覺地哇了聲，美不勝收。

白梅形成的小小龍捲風在地上散去後，我抬頭，眼前的我變成現在的模樣，而樂宇禾也長高了——這是高中的我們。

「妳就像是白色的梅花，冷冽中依然開出花朵，屹立不搖，美麗卻令人疼惜。」

嗯，樂宇禾是講過類似的話啦，但好像沒這麼噁心。

眼前的樂宇禾拉起我的手，這一幕看得我心驚膽跳，立刻衝過去推開他和我，將我們兩個分開。

「快醒來！這是夢，這是夢！」我大喊著。

現實中，樂宇禾的確也常對我動手動腳，可是，我從來不知道這畫面從旁看來竟是如此讓人害羞。

到底爲什麼我竟然會覺得這樣無所謂？

眞的是男女有別，授受不親嗎？

再怎樣要好、再怎樣純粹的友誼，畢竟一個是男一個是女，不保持距離，界線就會模糊，就會看不清。

宛如站在十字路口，稍微前進或是後退，關係就會變調。

「杜洵恩。」忽然間，被我推開的樂宇禾抓住我的手。

「我、我不是你那個杜洵恩，夢裡的杜洵恩在那邊……」我伸手指向剛被我推開的杜洵恩，卻發現那裡空無一人，只剩下我。

「那如果對方既沒交往對象，也沒有喜歡的人，是不是就可以告白了呢？」

「什、什麼？」這不是他在烹飪教室問我的問題嗎？

接著，非常不可思議的事情發生。

樂宇禾居然靠向我，緩慢地，卻逐漸靠近，他的褐色雙眼像琥珀般閃耀著光芒，像是一張張開的網緊緊捕獲我，讓我移不開視線也無法拒絕。

等等，現在是什麼狀況？

樂宇禾的臉越靠越近，近到他的睫毛就要碰上我的臉。

而我天殺的，完全沒有反抗，似乎還閉上了眼睛。

然後，鬧鐘響了。

我睜開眼睛，被窩凌亂，頭髮也亂七八糟，窗簾外的陽光透進來，麻雀在外頭吱吱喳喳。

關掉鬧鐘，我呆坐在床上將近一分鐘。

該死的，那是什麼怪夢？

在夢中靠近我的樂宇禾，還有閉上眼睛的我到底是什麼鬼！

懷著一顆不知道在對誰生氣的心，我一踏出家門，馬上瞧見樂宇禾踩在腳踏車踏板上等著我。

那個瞬間，我把他和夢中的他重疊，頓時又感到面頰如火燒般的灼熱感。

「早安啊。」樂宇禾神清氣爽。

「早。」我低著頭快步走近腳踏車後座，默默跨上去坐好。

「今天就是球技大賽了，我昨天興奮到睡不著。妳覺得我們班會贏嗎？」他踩動踏板，一如往常地騎去學校。

「我哪知道。」我連我們班籃球隊還有誰參加都不清楚。

「眞是冷淡啊！」樂宇禾的笑聲在前方響起。

忽然我的胸口有些疼痛，但我還來不及確認原因，馬上換腹部一陣悶痛。

總覺得，有些不安。

# 第六章

我已經預見了未來，這段關係總有一天會崩盤。

因為突如其來的腹部悶痛，我一路上不發一語，就連樂宇禾高速滑下下坡時，我也沒有驚慌，只是緊抓著他的襯衫。

「妳今天怎麼了啊？」到了校門口，他讓我下車，牽著腳踏車走在我旁邊。

「沒有怎樣啊。」我直視著前方的老師，今天輪到幼稚國文老師在校門前站崗。

「可是妳剛剛下坡沒有反應。」雖然沒看向他的臉，但我知道他正在觀察我。

「我平常也沒什麼反應。」我依然直視前方正在和其他學生互道早安的國文老師。

「妳平常會怕啦，雖然不太表現出來，但是會害怕。我有發現，我每次故意快速下坡就是要看妳害怕……我是說，妳今天怪怪的。」他發現一個不小心講出這些日子以來的壞心眼，趕緊閉上嘴並且摀住自己的後腦。

只能說，還好我現在處於一種奇怪的狀態，否則他的頭大概會痛到籃球比賽開始前。

「妳居然沒揍我，眞的怪怪的欸，不舒服嗎？」樂宇禾用手肘戳我。

「你很煩。」我連看也沒看他，直接走進校門，跟國文老師道早。能逃離樂宇禾多遠是多遠。

「樂宇禾，惹女朋友生氣啦？」上樓梯前還可以聽見幼稚國文老師八卦的聲音，我憤憤地嘖了聲，快步上了樓梯。

但一到樓上我便後悔，剛應該放慢腳步，才可以聽見樂宇禾的回答。

「高嶺，沒跟樂樂一起？」

夏生的聲音出現在後頭，我大吃一驚，只見他一手撐在欄杆邊，在走廊上注視著我。屋漏偏逢連夜雨，船遲又遇打頭風。躲開了樂宇禾，卻碰見不想遇上的夏生，大概就是這樣的感覺。

「早安。」都對上視線也被搭話了，若不回應很沒禮貌，但我的眼神依然閃躲著。「樂宇禾在樓下停車。」

「負責開門的蕾蕾好像還沒到，先在這邊等吧。」夏生慵懶地說著，對我招手。

就算百般不願意，我也不能掉頭就走。看了看手上的錶，都怪樂宇禾今天球技大賽太過興奮，昨晚就說要提早出門，才會不到七點就到學校。

「我現在才知道負責開門的是喬碩蕾。」那個要不到作業就對我發脾氣的歷史小老師。

「因爲高嶺對樂樂以外的事情都不關心嘛！」夏生有些自嘲。

我看了他一眼，沒多說什麼，站得離他有些距離。

見狀，夏生走到我旁邊，保持約半個人身的距離，我感到身體有些麻痺，卻忍著不移動腳步。

早知道剛才就在下頭等了，和樂宇禾陷入尷尬，總比和夏生陷入尷尬好。

「高嶺，彆扭眞是世界上最惹人厭的東西，妳不覺得嗎？」夏生的聲音聽起來很是落寞。

「嗯。」

我的簡短回應，讓我們之間陷入短暫的沉默，這氣氛眞是糟糕透頂。莫名的，我居然不知該怎麼和夏生相處。彷彿連呼吸都得小心翼翼，深怕一點點聲音讓我們之間更加尷尬。

站在這邊可以看見樓下中庭和校門口，樂宇禾還在跟國文老師聊天。還不快點上來救我！我在心裡如此喊著。

「唉——」夏生嘆了一口好大的氣，上半身向前傾，兩手掛在欄杆上。

「怎、怎麼了？」我居然結巴。

「我後悔在河堤給妳那些提醒了。」他一臉哀怨地抬起頭，眼睛從遮住半張臉的長髮縫隙中看著我。

「什、什麼？」我到底又在結巴什麼！

「高嶺，那讓我們之間好像有些尷尬。」

這一次我沒回答，只是睜圓眼睛。

夏生站直身體，左手撐在欄杆上，眼睛朝我看來，「如果我眞的喜歡妳，會讓妳困擾嗎？」

「我、我，我……」我我我我我了老半天，什麼話都說不出來，只是本能地想逃離這地方，還覺得口乾舌燥，掛在欄杆上的兩隻手不斷交纏。

夏生，你不要這樣，別說喜歡我，也別問我。

無刺的玫瑰不是這樣當的。

「哈哈哈哈。」當我還在煩惱的時候，夏生忽然發出驚天動地的大笑，我反應不過來，傻愣著看向他。

「能看到冷若冰霜的高嶺露出不知所措的表情，也不枉我的惡作劇了。」

「什、什麼？」

他一手遮在嘴前笑個不停，連眼睛也彎成新月。

「高嶺，我在河堤說的那些話只是出於好心提醒，沒想到妳會這麼介意。難道妳眞的認爲我喜歡上妳了？妳眞這麼自作多情？」

「自、自作多情？」我重複這四個從沒在我身上出現過的字！

「我和樂樂，妳絕對可以放心啦！純友誼，不做黑的對不對？」他模仿起樂宇禾的不正經笑容，「但老實說，那天我的確被妳嚇到，話說這到底是妳的習慣還是樂樂的習慣啊？」

「蛤？」夏生的話與反應太出乎我意料，導致我發出像是樂宇禾才會有的語助詞。

「這個啊。」他用拇指擦過自己的嘴唇邊，「這個動作。」

模糊地想起之前在空中花園吃東西時，樂宇禾也曾經伸手幫夏生擦去嘴邊的咖哩。

「你們也這樣對彼此做過嗎？」

「不記得。」但應該是有。

「眞是不可思議。」夏生聳肩，「我從來沒有這樣的女性朋友，所以才會說出那些惹人誤會的話吧。」

好不容易，我終於可以迎上他的眼神，夏生扯了扯嘴角。

「高嶺，總之我不喜歡尷尬，那天的話沒其他意思，妳也別多想了。」

我看著他好久好久，最後終於吐了一口氣，感覺陰霾都不見了，疙瘩和尷尬也隨著夏生的話煙消雲散。

「夏恒生，眞的不要再說那樣的話了。」

「哈哈，可是能讓妳如此煩惱，看到難能可貴的表情，也算一種收穫。」他賊笑著。

「你！」我伸手想打他，被他往後逃過，接著他又朝我後方跑去，我轉頭看見喬碩蕾和樂宇禾站在教室門口。

「門開了，可以進教室了，然後快去暖身。」樂宇禾已經迫不及待迎接球技大賽。

「我對運動一點鬥志也沒有。」夏生懶洋洋地表示。

對於化解尷尬一事我很開心，但是卻想像了另一件我從沒想過的事情——無刺的玫瑰，終究是玫瑰，會不會有一天，它會長出刺來？

我一直認爲，拒絕一個絕無交往可能的人，必須採用的手段就是快狠準。「我們還是朋友」、「我只想跟你做朋友」、「你對我是很特別的人但不是喜歡」等等，這種模稜兩可的回答都不行。不要給他有希望的答案，也不要給他多餘的關係。

拒絕以後，最重要的就是給對方時間，讓他清楚明白兩個人連零點幾公分的距離都無法接近。等到對方眞的放下後，要怎樣再說。

這些道理我都清楚知道，以往拒絕人也都採取一貫的態度。

但我從沒想過，如果有一天，我必須拒絕自己要好的朋友時，會是腦袋空白，說不出半句話。

我害怕著那「如果有一天」。

對於猛然意識到這些事情的自己，我感到相當難爲情，事到如今才在想這些未免也太遲。但樂宇禾和夏生都說了，我們彼此之間都是純友誼，我幹嘛要想這些？

話說回來，眞正的純友誼有需要這樣刻意特別約定嗎？

我甩甩頭，不想再去計較那些小細節，該專注眼前的球技大賽才是。

站在廁所鏡子前，我將長髮綁成馬尾，洗了把臉提振精神。我的計畫是假裝生理痛不參加比賽，表面工夫還是要做足。

以團體競賽的籃球、足球和排球來說，並不是每人都會上場，有些人從頭到尾只需要負責在一旁加油即可。

而羽球分爲個人賽和團體賽。想當然爾，和女生關係不是很好的我，能選擇的只有羽球個人賽。

我揉了揉肚子，從早上開始便感覺悶痛，算算日子，這個月的時間還沒到，應該不可能臨時有親戚拜訪，但以防萬一，我還是將衛生棉帶在身上。

洗完手後正要離開，喬碩蕾恰巧走進來。她看見我的表情有那麼一點尷尬，點了一個幾乎無法察覺的頭表示招呼，我也回了一個超級淺的微笑。

擦身而過的瞬間，我不愼撞到她的肩膀，她放在懷中的東西掉了出來。

「抱歉。」在她彎腰前，我已蹲下身撿起，發現也是衛生棉。

「妳也是羽球個人賽嗎？」她從我手上接過衛生棉的時候，可能是想化解尷尬，所以開口對我說話。

「嗯。」

我話本就不多，對於樂宇禾和夏生這兩個很會接話的男生來講沒有影響，但對於別人來說，我可能就是句點王，總是會給人一種很難聊天，或是不想聊天的感覺。雖然我一點也沒有那樣的意思。

「那加油吧。」喬碩蕾結束話題，轉身進到廁所裡。

也不用加油，反正我打算假裝生理痛，雖然我現在肚子還真有點痛。

看了一下賽程表，我和喬碩蕾都在同一場，等我們開始比賽後，再過一小時才是樂宇禾的籃球比賽。

「夏生輸了。」樂宇禾嚼著麵包，看向前方的足球場。

言下之意就是我們班足球首戰失利。

「對了，下午我先去看妳羽球比賽，再到籃球場如何？」樂宇禾把塑膠袋丟進垃圾桶，扭開礦泉水喝了口，便坐到我旁邊的位子。

看見我手上翻著地理課本後，他皺起眉頭，「有沒有搞錯啊，等等要比賽了妳還在看課本？」

「明天地理要考試，你知道嗎？」我翻了一頁，樂宇禾不在乎地聳肩。

「絕對位置與相對位置的差別是？」

「絕對位置是以經緯度標註的一個地點，相對位置是國與國、區域與區域的相互關係來表示……夠了啦，今天球技大賽耶！」樂宇禾說完和筆記本上一模一樣的答案後抱怨。

「我對夏生不尷尬了。」

「話題跳這麼快？嗯，那很好啊，本來我就覺得妳想太多了。」他彎腰將鞋帶繫緊，

「妳眞的要裝生理痛不比賽？」

「我不喜歡運動。」

「好啦好啦，但總要去露個面吧，時間差不多了，走吧。」他起身拍了我的肩膀。

我闔上課本，眞心覺得球技大賽是個麻煩的活動，乾脆連體育課都暫停最好。

保持這樣不健康的想法跟在樂宇禾背後，正巧看見從後門進來的喬碩蕾，她的臉色有些微發白，看起來怪怪的。

「抱歉！」但也許是看見樂宇禾才臉色發白吧。雖然樂宇禾沒再惹是生非，不過害怕他的女生依然不在少數。

我沒想過爲他辯解，畢竟我本身人緣也欠佳，而且我也不希望樂宇禾和其他女生要好，以免他又把女孩子惹哭，就像國中畢業那天一樣。

「幹麼道歉？妳不舒服嗎？」樂宇禾問喬碩蕾，這似乎是他們第一次講話。

「沒什麼。」然後她又跑出教室。

樂宇禾回過頭來看我，像是在問怎麼了。我只是聳聳肩，我哪會知道呢？

「一年級參加羽球比賽的學生請到羽球場集合。重複，一年級……」校內廣播傳出老師的聲音，樂宇禾立刻拉起我的手腕往教室外跑。

「快點快點，要來不及了啦！」

「你到底在急什麼！」我掙扎著，不想爲了這種事情奔跑。

「皇帝不急急死太監啊！」樂宇禾抓緊亟欲掙脫的我，跑下樓梯。

「慢死了，大家都快集合好了！」在一樓樓梯間遇見正要上樓的夏生，看樣子他是打算來找我。

「夏生，輸球啦？」樂宇禾拉著我往羽球場跑，還不忘調侃夏生，「聽說你被電慘了？」

「我就說我要選排球，為什麼只有女生可以選？」夏生對於輸球這件事情看起來比表面上還要在意。

「聽說去幫你加油的女生看見你被電慘好像有些失望，你的評價也下滑一些嘍。」樂宇禾剛剛明明跟我一起待在教室裡，到底從哪知道這些小道消息啊？

「我比較會打排球啦！」夏生難得像是鬧彆扭一樣，為此我笑了起來。

「所以高嶺，妳等等羽球比賽要下場嗎？」夏生聽見我的笑聲，轉過頭來，對我投以溫暖的微笑。

「我不喜歡運動。」是要我重複說幾次啊？

「她要裝生理痛。不覺得女生很方便嗎？這種藉口其他人根本無法反駁，也無法叫她現場拿出證據。」

我打了樂宇禾的頭，「喂，痛起來的時候是眞的很痛！」況且現在我的腹部的確是怪怪的，有些悶悶的，不太舒服，但也還不到無法上場打球的程度。

只是，我就眞的很不喜歡運動。

與其說是不喜歡運動，不如說，不喜歡運動在「動」的時候。但我不想跟樂宇禾他們說明原因，不過就是幼稚國小男生曾經做過的蠢事，讓我到現在都無法放寬心。

「到了到了，快去吧！」

抵達羽球場時，還眞的只差我一個，同班的其他參賽女孩都到場了。

「快就位。」體育老師喊了聲。

我一手摀著腹部，刻意裝得有些步履蹣跚，雖然腹部悶痛的感覺越來越明顯，但我的表現還是有些誇張。

斜眼看見樂宇禾和夏生在一旁竊笑，樂宇禾甚至用手圈住嘴，對我張著嘴，口型像是在說：「很會演。」

我是眞的覺得痛，只是沒那麼痛。

來到自己班級的隊伍，我前方站的是喬碩蕾。總覺得她看起來有些搖搖欲墜，氣色也不是很好，想起稍早在廁所遇見她，看樣子她的親戚今天來了，想必等等也會跟老師說身體不舒服，不克出場吧。

當老師宣布完注意事項後，大家紛紛到前面拿球拍，我以爲喬碩蕾會直接去老師那裡請求退賽，沒料到她居然拿起了球拍。

「妳……」我忍不住開口。

「怎麼了嗎？」她瞥了我一眼，她連嘴唇都發白了。

「沒事。」居然問我怎麼了，既然她要硬撐著參加比賽，那我也不好說什麼。

我朝老師的方向走去，本想按照原訂計畫宣稱自己生理痛，走著走著我卻停下腳步，側頭看向在一旁站都站不直還是拿著球拍的喬碩蕾。

倒也不是說我的團體榮譽心有多重，只是在那個瞬間，我覺得連喬碩蕾那樣眞的很不舒服的人都願意下場打球，那我上去揮幾下拍子應該也沒差。

所以我再次轉身，拿起了球拍。

「喔喔喔喔喔！」接著聽見了樂宇禾和夏生在場邊的熱烈喊叫聲，我出乎他們意料的舉動顯然讓他們興致更高。

「拿冠軍回來吧！高嶺！」夏生大喊。

我抿著唇。我只是拿起球拍，不表示自己很強。

按照比賽位置，我離樂宇禾他們坐的地方有半個操場遠，而喬碩蕾就在他們前方。

我聽見他們兩個分別對喬碩蕾說加油的聲音，對此她的反應截然不同，當夏生對她說加油時，她回了一個相當甜美的微笑；當樂宇禾說加油時，尷尬和害怕的情緒在她臉上交錯著。我偷笑了幾聲。

老師一聲哨音響起，我將羽球丟往空中，然後揮拍，結果漏空。

「哈哈哈哈哈！」爆笑的聲音來源不用想也知道是誰。就連我的對手也在偷笑，這一點就很丟臉了。

我咬著下唇彎腰撿起羽毛球，同時清楚感受到下腹部傳來的悶痛更爲明顯。

深吸一口氣，我站起來準備再次發球，下腹部的悶痛在我舉高手臂的同時轉變成劇痛，我的額頭瞬間滴下冷汗，後腦杓一陣發麻。

當我要蹲下身的前一秒，場邊傳來騷動。

「怎麼了？」

「好像有人昏倒。」

「不是昏倒，只是蹲在地上。」

比起彼落的驚呼聲響起，正在比賽的選手們也停下動作，連旁邊觀賽或是路過的學生都跑過去湊熱鬧，球場頓時擠滿人牆，擋住了我的視線，只能看見老師也下台，往那方向跑去。

趁著現在一片混亂，我蹲下休息了一會兒，想著自己原本只是要裝病，沒想到真的生理痛。我忽然想到，人群圍觀處，不就正是樂宇禾和夏生坐的地方嗎？會不會是他們其中一人發生了什麼事呢？

這個念頭一起，我很擔心會不會真的是他們怎麼了。

我忍著腹部疼痛，用羽毛球拍撐地站起身，推開人群，想看清楚到底發生什麼事情。

只見喬碩蕾蹲在地上，將頭埋在雙膝之間，雙手摀著肚子，而老師站在一旁，夏生則站在另一邊。

最令我訝異的是，樂宇禾蹲在喬碩蕾身邊。

我想起喬碩蕾剛剛就發白的臉色，所以說幹麼逞強呢？真的不舒服就退賽休息啊！嘆口氣，即便我和喬碩蕾不熟，但這種事情還是女生最能幫女生，樂宇禾、夏生跟老師都是男的，喬碩蕾怎樣也說不出口自己生理痛吧。

所以我說了聲借過，要往喬碩蕾的方向去，此時又傳來一陣驚呼。

隨著大家的視線看去，喬碩蕾的淺藍運動褲上居然出現了一小片血漬。

「天啊！」

「超糗的！」

幾個男生笑了起來，女生則是一臉尷尬。在這電光火石間，樂宇禾迅速脫下外套，綑綁在喬碩蕾的腰間。

他對她低聲說了些什麼我聽不見，但下一秒，他將喬碩蕾整個人凌空抱起，外套恰到好處地遮擋住她整個臀部。

「哇哇！」球場上響起熱烈叫好的掌聲。

我呆站在原地，看著樂宇禾以公主抱的方式將喬碩蕾帶往保健室。

愣了好久。

「太慢了！」

在廁所，當我看著自己底褲那一片紅，不自覺地脫口而出。

換上乾淨的衣物後，我走出廁所來到洗手台前，看著自己映照在鏡子裡的臉。

剛剛那一幕是怎麼回事？

我不喜歡那一幕，卻深深刻印在我腦海中無法消散。

在那之後，我單獨前往保健室看能不能幫上喬碩蕾什麼忙，卻發現樂宇禾還在裡面，詢問著喬碩蕾有沒有需要幫忙的地方。

應該討厭且不擅長應付樂宇禾的喬碩蕾，居然溫聲跟他說了謝謝。

這也沒什麼，說謝謝是應該的，可是我就是不喜歡。

我應該進去保健室要樂宇禾閃開，告訴他這種忙只有女生可以幫。可最後，我選擇的是轉過身，想快點離開那個地方，也不想被樂宇禾發現。

然而，我一頭撞上跟在我後頭的夏生。

「高嶺……」

彷彿趕在夏生說出些什麼前似的，這時我感覺到一股暖熱從大腿間流出，立刻往廁所奔去。

然後就看見雖然早來，但我希望它更早來的親戚。

看著鏡中的自己，雖然對於自己有這樣的想法感到不可思議，但我還是沒對自己說謊。我寧願剛剛在球場上發生側漏這麼丟臉的事情的人是我，也不希望看見樂宇禾抱著喬碩蕾離開。

樂宇禾抱著喬碩蕾的畫面，將會永存在球場上那些人心中。

深吸一口氣，想擺脫這些不愉快的情緒。我用力往臉上潑水，重新綁緊馬尾，再輕拍兩下臉頰。打起些許精神後，才緩步走出廁所。

一出來，便看見夏生站在一旁的走廊欄杆對我揮了揮手，「高嶺，沒事了？」

我微微一愣，板著臉孔，「本來就沒事。」

「妳剛剛的表情可不像是沒事啊。」他雙手往後伸出欄杆外，齜牙咧嘴，「像鬼一樣。」

「我哪有。」

「有啊，當樂樂帶蕾蕾去保健室時，妳那時的表情，哇！超可怕。」

「我沒有。」我走到欄杆邊低頭看向中庭，從這裡雖然可以看見體育館，但看不見裡頭的賽事，我猜樂宇禾應該也在裡頭了。

中庭的人不多，羽球場和室外籃球場上的人也寥寥無幾。

籃球一向都是球技大賽的重點，最能引起共鳴與話題討論，所以全校一半以上的學生都會聚集到體育館觀賽。

「要去看比賽嗎？」夏生順著我的視線看向體育館，還可以聽見從體育館裡頭傳來的歡呼聲。

「不用。」我搖頭，轉身想回教室。

夏生也跟在我後頭，我問他，「你不去看？」

「去啊，我們一起去。」

「我不想。」

「幹麼不去？」夏生挑眉，「這一場我們班如果贏了，等於直接晉級到前五名呢！」

「這一場不是跟C班打嗎？」

「是啊，樂樂一直很期待，妳眞的不去看？就因爲他剛剛抱蕾蕾？」夏生說中我在意的事情。

「我不是因爲那個……」停頓了一下，原想反駁的我止住嘴，幹麼辯解呢？我的確就是很在意，「對，看過剛剛那種畫面後，現在見到樂宇禾的臉我會覺得很奇怪。」

沒料到我會實話實說，夏生睜大了眼，嘴角輕輕勾起一抹難以辨別含義的笑容，嘴裡像日本人一樣「乀」了好長的一聲。

「幹麼？」

「妳喜歡樂樂吧。」

「喜歡，但是是身為朋友的喜歡。」

「幹麼不說實話？」夏生掛著討厭的曖昧笑容。

「我這就是說實話。」我有些不悅。

夏生只是拱手對我笑，「我是不太相信啦，但我也相信妳只說實話。」

「你到底想說什麼？」

「我們才剛恢復不尷尬的氣氛，我實在不想再次搞僵，但我還是決定要遵循妳和樂樂的那一套，盡量說眞話。」

「不是盡量，是完全。」我更正。

「可是我在河堤說的也是實話，卻讓我們之間產生尷尬了啊。」夏生的語調像是抱怨。

「那不一樣。」我撇過頭。

「好吧，妳說了算。」夏生兩手一攤，「總之，我們不可能永遠這樣下去，我已經預見了未來，這段關係總有一天會崩盤。」

這句話讓我心頭一驚。

「我幾乎可以預言妳和樂樂之間不會永遠像現在一樣，這也就是為什麼妳現在會不高興的緣故。」

「你好像危言聳聽的預言家。」像是在預言世界末日之類的。

他只是滿不在乎地扯扯嘴角，「時間會證明一切，因為妳喜歡樂樂，所以才會對他公主抱蕾蕾這件事情吃醋。」

「我承認這像是在吃醋，但朋友之間不也會有吃醋的可能性？我和樂宇禾從國三到現在一直都很要好，他身邊從來沒出現過其他女生，如果他忽然和其他女孩變得要好，我會吃醋不是很理所當然嗎？」

對於我的說話方式夏生已經見怪不怪。

「我同意妳說的，當同性或異性好友突然和其他人變得要好，難免會產生吃醋的情緒，可是當吃醋變成嫉妒，嫉妒變成難過，那就是喜歡無誤啦。」

「很可惜，我現在只有吃醋。」看夏生分析得頭頭是道，我覺得有些好笑，同時有些擔心。

沒想到國中畢業到現在還不滿一年，我便開始對這段說好的「純友誼」關係感到疑惑，沒想到男生與女生約定只當好朋友這件事，除了得說服雙方，還得說服其他人。

「我不排除任何未來的發展，但我還是要對你說，不可能。」我給了夏生這麼一個結論後，便往教室方向去，夏生卻上前拉住我。

「以後的事情以後再說吧，現在我們必須去看樂樂的比賽。」他不由分說地拉著我跑。

「喂！你……」

什麼也來不及說，我就一路被拉著跑下樓梯、穿過球場，最後來到體育館。

觀眾席都坐滿了，有許多人甚至是站著觀賽，整座體育館人滿爲患。而學校會爲比賽的班級準備場邊的位子，夏生拉著我穿過人群，一路來到場邊。

看了下計分版，目前八十七比五十，整個大落後。

「怎麼回事啊！」夏生的驚呼在我耳邊響起。

此時，C班的那個叫什麼春的校園王子又進了一球，計分板上瞬間變成九十比五十。

體育場傳來陣陣尖叫與歡呼，C班的聲音尤其瘋狂，全部喊著校園王子的名字。我揉揉被震得有點發痛的耳朵。

裁判的哨音響起，場上的C班球員興高采烈地回到班級休息區，還有女生遞上毛巾跟水給那個校園王子。

「怪了，樂樂呢？」夏生又喊，這時我才把眼神移到場上的球員。搜尋一遍，確實沒看見樂宇禾。

「樂宇禾呢？」我順口問了離自己最近的球員，對方情緒有些低落，一發現問話的對象是我，表情有些訝異，畢竟我很少主動跟樂宇禾和夏生以外的人搭話。

「他沒來比賽，不知道跑哪裡去了。」對方回。

「也沒聯絡嗎？奇怪。」夏生拿出手機撥了樂宇禾的電話，「不通。」

「會不會還在保健室？」聽到我們談話的其中一個女生開口。

「爲什麼會在保健室？」

「妳是說碩蕾嗎？我有看到那一幕。」

「對啊！整個抱起來耶！像王子一樣。」幾個女生開始嘰嘰喳喳地討論。

「要是樂宇禾在，我們也不會和C班差這麼多分。」那個男同學嘀咕著。

場上再次響起哨音，下半場比賽開始。

我無心觀賽，轉身跑出體育館，直奔保健室。夏生跟在我後頭，一路上他在後面喊些什麼我沒聽清楚。

當我拉開保健室大門時，只有幾個運動拉傷的學生在裡面休息。

「請問剛才S班的人呢？」

「S班？」保健室阿姨把筆抵在下巴，略微思索了一下，「喔，那個女孩，她和送她過來的男生已經離開嘍。」

我立刻再次轉身離開。

「喂，喂！阿姨，謝謝喔！」夏生替我向保健室阿姨道謝，大步追上我，「高嶺，妳要去哪裡啦？」

「當然是找樂宇禾啊！」這不是廢話嗎？

「找到他讓他回來打下半場嗎？」夏生的聲音彷彿是柄重槌，狠狠敲了我的腦袋一下。

「不然呢？」我停下腳步這樣回答。

「我看妳根本不像是要找他回來打球。」他掛著對這一切似乎都了然於心的表情，走過來輕拍了下我的頭，「學校這麼大，與其這樣盲目亂找，應該還有更聰明的方法吧？」

「例如？」

「現代科技。」夏生再次拿出手機，「所以說平常要多跟班上同學交流啊。」他將螢幕轉給我看，找到喬碩蕾的名字，按下通話鍵。

響沒幾聲，喬碩蕾的聲音從話筒處傳來。

「蕾蕾，是我啦，現在籃球比賽打得如火如荼，我們班要輸了，正是需要樂樂的時候。所以想請問，樂樂在那邊嗎？」

夏生的眉頭皺起，「啊？妳再說一次……真的假的啊？有沒有怎樣？喔、喔，那就好……對啊，那一定來不及啦……好吧，我知道了。嗯嗯，小心一點，好，掰啦。」

他掛掉電話後，嘆了一口氣，看著我的表情很詭異，「高嶺，樂樂現在在蕾蕾家洗澡。」

「洗澡？」我大喊，這是什麼奇怪的走向？

「很誇張，蕾蕾也是單車族，因爲血沾染到什麼的要回家換褲子，好心的樂樂就騎蕾蕾的腳踏車載她回去，然後不知道怎樣，兩個人居然一起摔到泥裡，說什麼沒注意到路面的高低落差，弄得全身髒兮兮，就在蕾蕾家洗澡了。哈哈，樂樂也眞天兵……」

忽然，夏生話語停頓，小心翼翼地看著我的臉，「高嶺，沒必要這樣，這不可避免啊。」

什麼東西不可避免？

這句話我不知道究竟有沒有說出口，但夏生接著拍拍我的肩膀，說了一句八竿子打不著的話，接著聽見他從鼻息間又嘆了口氣。

「我還是認爲，崩盤的那一天遲早會到來。」

# 第七章

要控制自己的感情，喜歡上好朋友不會有什麼好下場的。

球技大賽結束了，我們班什麼名次都沒拿到，不管哪一項比賽都輸得非常慘烈。

籃球比賽是一年C班大獲全勝，聽說在冠亞軍決戰的時候，賽前備受看好的B班和C班分數居然相差有三十分之多，可見C班實力多堅強。

在朝會頒獎的時候，C班那個校園王子甚至高舉獎杯，誇下海口要連拿三年冠軍。

「要是樂樂你那時候在，沒準我們還可以拿個前三。」夏生右手撐著下巴。

「我以爲來得及啊，喬碩蕾說她家就在附近，想說應該趕得回來，哪知道會出現摔到泥坑裡的意外。話說回來，明明那天是好天氣，怎麼會冒出個泥坑呢？該不會是靈異現象吧？」樂宇禾表情誇張地說著。

這幾天他已經被男生們追問過好幾次爲什麼會缺席比賽，有意無意地責怪樂宇禾沒有堅守崗位。但女生們卻因爲這件事情對樂宇禾全然改觀。當時他不怕外套被弄髒，還用上許多女孩夢寐以求的公主抱，漂亮地解救陷入困境的喬碩蕾，甚至還陪她回家。溫柔的舉動已經遠遠掩蓋過入學時他和學長們打群架的恐怖印象。

從剛剛就在一旁一直看過來的喬碩蕾，在朋友的簇擁之下，拿著一個白色紙袋走到我們桌邊，低著頭有些不好意思，「那個……外套已經洗乾淨了，謝謝你。」

「不客氣啦，還麻煩妳幫我洗衣服，我自己回去洗就可以了……」樂宇禾接過紙袋。

「那怎麼可以！」喬碩蕾大喊，隨即低下頭，「因為……有弄髒一點，我洗是應該的。」

「哈哈哈。」樂宇禾的回應居然是大笑。

我覺得非常不開心。

「對了，妳的腳踏車沒事吧？那天我看輪胎好像歪了點。」樂宇禾說跌倒時角度不對，加上喬碩蕾的腳踏車車齡頗高，所以鋼圈有些歪斜。

「我爸早上送我來學校的時候說晚上會幫我看，眞的很謝謝你。」喬碩蕾的輕聲細語和靦腆表情看得我眞是不舒服，她以前明明很怕樂宇禾的。

「那就好，有狀況再跟我說。」

跟你說幹麼啊？你是會修腳踏車喔？

好不容易等到上課鐘聲響起，樂宇禾和喬碩蕾才甘願回到自己的座位。

我呼了口氣，從抽屜拿出課本攤開，夏生的手卻冷不防伸過來，拇指在我眉心揉著。

「很明顯。」他說。我則是揮開他的手。

我只是不喜歡。樂宇禾明明正在跟我說話，忽然轉移話題到喬碩蕾身上很沒禮貌。

但這樣的心情在午休時稍稍平復了些。

樂宇禾照例到合作社抱了一堆麵包回到教室，拉著我一起到空中花園去。夏生手插口袋跟在我們後頭。

我回頭望了喬碩蕾一眼，發現她正看著我們欲言又止。

「喬碩蕾是不是喜歡你？」一到了空中花園，我開門見山地問。

「她應該很討厭我吧。」樂宇禾吃著麵包。原來他之前有發現呀。

「因爲你英雄救美，所以改變了印象之類的。」我打開便當蓋，裝作漫不經心。

「妳的便當看起來還是好好吃。」說完，樂宇禾便搶走我便當裡的小章魚，「有這麼容易因爲那樣而喜歡上一個人嗎？」

「就跟你們男生一樣，女生喜歡上一個人也可以是很無聊的理由。」

難得我沒有制止樂宇禾搶食物的動作，夏生見狀也拿了一塊煎蛋。

「也許套在蕾蕾的身上是有可能，但高嶺絕對不會因爲這樣的小事就喜歡上一個男生吧。」

我瞪了夏生一眼，「話題幹麼轉到我身上。」

「哈哈，總之靜觀其變啦，我覺得沒什麼好擔心的。」夏生意有所指地看著我，又斜斜瞄了樂宇禾一眼。

「我覺得快吃膩咖哩麵包了。」樂宇禾沮喪地放下麵包，可憐兮兮地望著我，「我付妳材料費，幫我帶便當好嗎？」

「加一。」夏生也舉手。

我給他們一個微笑，「憑什麼？」

「這發展眞的不太對啊，漫畫或電視劇裡的女主角不是都會做便當給男主角嗎？」樂宇禾怪叫。

「對啊，然後一起坐在頂樓吃便當，偶爾一陣風吹過，兩個人便相互凝視什麼的產生情愫。」夏生也補充。

你們到底看了多少奇怪的東西啊？

「很抱歉，那也必須你們是男主角才行。」

不理會他們的哀號，我繼續吃便當。

「寒假要幹麼？」樂宇禾哀怨地繼續啃麵包。

「打電動吧，積了很多遊戲沒玩。高嶺呢？」

「親戚聚會，很忙。」我回答得很隨便，心裡想著剛剛夏生說的話。

靜觀其變是嗎？

我從沒深入想過，我們三人的這種相處模式，能持續到什麼時候？

國中時，樂宇禾曾經說過，未來如果我交了男朋友，他就會停止載我上下課。那時我覺得他這麼說很無聊，男朋友什麼的感覺還很遙遠，我也無法想像我會喜歡上誰，就連那種「喜歡」的心情都不明白。

但若反過來，是樂宇禾先交了女朋友呢？

即便我和樂宇禾只是純友誼關係，他的女朋友會相信嗎？

我們這樣聚在空中花園吃便當、他騎車接送我上下學的時光，又還能持續多久？

我忽然覺得一片黑暗。過去我獨來獨往是一種習慣，如今身邊有樂宇禾和夏生相伴則成了另一種習慣。當他們兩個都遠去時，我怎麼有辦法再回到一個人？

一想到這裡，我感到前所未有的寂寞與恐慌。

所以，我才會如此在意喬碩蕾嗎？

但一直到期末考完，喬碩蕾除了偶爾跟樂宇禾攀談，並沒有其他舉動。不過，我當然有注意到，喬碩蕾的眼神停留在樂宇禾身上的時間越來越久，也越來越頻繁。

夏生也注意到了，但大多時候，他都是帶著看好戲的戲謔笑容看著喬碩蕾，又看看我，最後拍拍樂宇禾的肩膀。

我不喜歡夏生做出那樣的反應，但我沒有制止他。

✿

期末的烹飪作業，我和岳小唯同組拿到了全社最高分，她高興地對我又親又抱，說我們是天生搭檔，一定要繼續這樣合作。

「我決定高中三年都獻給烹飪社，妳也是這樣的，對吧？對吧！」她眼裡泛著興奮的光芒，我只是笑著點點頭，算是一種答應。

就這樣，寒假到來，高一上學期正式結束。

我和樂宇禾除了上學，週末很少聯絡，寒假也是這樣。這沒什麼好奇怪的，國三暑假我們也甚少聯繫。

只是，我發現最近我想起他的次數很多。吃年夜飯時想著他們家不知道吃些什麼？拿紅包時想著他不知道拿了多少？和親戚聚會時想著他現在又在做什麼？

對於這樣的反常，我很不喜歡。儘管不喜歡，我依然無法停止想念。

「這就叫喜歡。」一如往常，夏生只會導向這個話題。

「夏生，新年快樂。」

「新年快樂啊，高嶺！」他在電話那頭笑了幾聲，「這不是重點吧，妳的重點應該是樂樂現在在做什麼。你們寒假這幾天都沒聯絡嗎？」

我沒有做出任何回應。

「眞的假的？他沒打給妳？」夏生聽起來眞的很驚訝。

「本來沒事就不會聯絡。」

「那妳可以打給他啊。」

「沒事幹麼聯絡？」我反問。

「沒事也可以聯絡啊！例如現在電視哪一台很有趣，或是妳最近看了什麼小說，再不然就是寒假作業哪邊有問題都可以討論啊。」

爲什麼現在搞的像是我很想跟樂宇禾聯絡？

「好吧，高嶺，這些都不像是妳會做的事情。」他咳了幾聲，「對了，開學前一個週末，河堤那邊不是有小型夜市嗎？前幾天樂樂有提到。」

「樂宇禾有跟你聯絡？」換我訝異。

「有啊，我們有在打線上遊戲，幾乎每天會上線。」

「……我現在又覺得很不高興，像是吃醋的情緒。」

「啊？」

「明明都是同一個圈子的好朋友，爲什麼他會約你打線上遊戲，卻沒有找我？」

「高嶺啊……妳不要這樣好不好？」

「怎樣？」

「像小孩子一樣啊！這樣超可愛的反差萌男人最受不了了。」

「……夏生，你很變態。」

「哈哈哈，這很殘忍啊。我之前就跟妳說過了，交情再怎麼好，畢竟男女有別，光是洗澡就得要分開洗了。」

「怎麼會扯到洗澡？」

「總之，那個週末我和樂樂約好要去河堤夜市晃晃，高嶺一起來吧。」

頓了頓，不可否認，我的嘴角的確上揚了，「好吧。」

「還『好吧』勒，好像很勉強！」夏生的聲音開心的很。

再聊了幾句，掛斷電話，我探出窗外仰頭看著天上的星光，感受晚風吹拂，接著看向擺在桌上的桌曆，算著河堤夜市再過幾天會到來。

一直到和夏生約好的週末傍晚，我和樂宇禾都沒有聯絡，他到底知不知道我也要去？如果他不知道，那我就跟他說一聲，這樣就算是有事情找他了吧？

所以我拿起電話，撥出他的號碼，響沒幾聲他便接起。

「新年快樂、新年快樂！」好像許久沒聽見他的聲音了。

「新年快樂。你在哪？」

「我現在在……應該要帶一件外套，河堤會冷吧。」

我皺眉，「你跟誰說話啊？」

「對了，我剛剛才聽夏生說今天妳也要一起去，太遲了，我都出門了。哈哈，我們等等河堤見吧，我現在先……不是啦，這是因為傳話上……」還沒說完，樂宇禾便掛掉電話。

現在是怎樣？

我正要再打一次，夏生卻來電。

「高嶺，我在妳家樓下啦，妳應該準備得差不多了吧，可以出發嘍！」

我從陽台往下看，果然看見夏生的身影在一樓出現。拿了件外套我便走到樓下，看著他踩在腳踏車上的模樣眞是新奇。

「你也會騎腳踏車？」

「我還會騎機車呢，但我們要守法。」他眼睛瞥了一下後座，「上來吧。」

「樂宇禾去哪裡了？」

夏生的眼神有些閃爍，卻依然是那玩世不恭的笑容，「他啊，去載蕾蕾了。」

「喬碩蕾？」我瞪大眼睛。

「我以為你們有聯絡，結果今天我問他幾點要來接妳，他才知道妳也要一起來，但他說已經和蕾蕾約好了。」夏生晃了下腳踏車的前輪，「所以我被指派來接您，請多多指教。」

我抿著唇，覺得不是很高興。

「好了啦，這也沒辦法啊，總不能要樂樂爽約吧？而且那時候他都已經到蕾蕾家了。」

我生氣的是，他有和喬碩蕾保持聯絡，竟然沒跟我聯絡。

跨上後座，我遷怒似地捏了夏生的腰。

「哇！不要這樣啦！」夏生哇哇大叫，看起來卻很開心。

坐在夏生的腳踏車後座有一種說不上來的違和感。晚風輕拂，夏生略長的頭髮在空中飄動，忽然間，我靠近了夏生的背。

「怎、怎麼了？」夏生似乎感覺到我的貼近。

「你沒噴香水了？」我只聞到洗衣精的香味，以及充分曬過陽光的味道。

「鼻子很靈呢，今天洗完澡就出來了，所以沒擦。」

我又嗅了下，「嗯，還有沐浴乳的味道，這樣不是很好嗎？」

夏生沒回應，繼續踩著踏板。

我看著周遭的風景，往常都是和樂宇禾一同經過，現在是夏生。和不同的人看一樣的風景，好像什麼都不一樣了。

從這邊就可以看見河堤的光源，看起來十分熱鬧，還有白煙氤氳，人群湧進。

「差不多到了。」夏生停下腳踏車。

我從後座下來，四處張望找尋樂宇禾的身影。

「我打電話給他們。」夏生拿出手機。我壓下他的手，往前指向停著一堆腳踏車的地方，「他們在那邊。」

遠遠的，我便能清楚瞧見，寒流中穿著短褲和靴子，顯然精心打扮一番的喬碩蕾，以及穿著藍色羽絨外套，正滑著手機的樂宇禾。

「樂樂！」夏生大喊並奮力揮手，樂宇禾抬起頭來。

我覺得好久沒看見他。看著他泛起帶著酒窩的微笑，瞬間什麼怒氣好像全都消失無蹤。

「好久不見啦！」樂宇禾這句話是對我說的。

我只是對他和喬碩蕾輕輕點頭。對於我看似冷淡的舉止，喬碩蕾有些尷尬。

「妳別在意，我家杜洵恩就是喜歡板著一個臉，因為她是高嶺之花。」樂宇禾開玩笑的語氣成功地讓我再次燃起怒意。我用穿著雪靴的腳重重踩了他。

「哇！杜洵恩，過了一個年妳依然殘暴啊。」他哇哇叫著。我心情好多了。

我和夏生走在後頭，由樂宇禾和喬碩蕾領在前方，一起逛著這規模不大的小型夜市。一路上看他們倆說說笑笑，我真心覺得這畫面很不協調，尤其是喬碩蕾也在的這件事。

「棉花糖。」夏生把食物送到我面前，「鬆鬆眉頭吧，高嶺。妳這樣已經不叫吃醋嘍，是嫉妒。」

我皺眉看他，接過棉花糖咬下一口。

「記得我說過的吧？吃醋、嫉妒，再來就是難過了。」夏生的聲音像是飄散在風中，繞了一整圈夜市後才傳回我腦中。

「我沒有難過，只是生氣。」我吃掉最後一口棉花糖，把竹籤丟在一旁的垃圾桶裡。

「循序漸進啊。」夏生一派輕鬆，「高嶺，要控制自己的感情，喜歡上好朋友不會有什麼好下場的。」

雖然夏生講話一直很機車，動不動就要把話題導向「我喜歡樂宇禾」這件事情，但這還是他第一次把話講得這麼明白。

「我真的很不喜歡你每次講話都要這樣。」

「我也不喜歡妳明明就是我講的那樣，還老是不承認。」他轉過來看著我，「明明該說實話的不是嗎？」

「重點是，我並沒有說謊。」我一字一句刻意放慢速度。

夏生卻輕蔑地笑了笑。夜市昏黃燈光的照射，使夏生的表情增添了幾分夢幻，「高嶺很聰明，但不太會交朋友，也不太認識自己呢。」

也許是燈光或環境，也有可能是樂宇禾和喬碩蕾，亦或是夏生本身就很有惹人生氣的天分，這一次我徹底被激怒。

我重重推了夏生一把，他沒料到我會動手，整個人往後退了一大步，撞到後面拿著飲料的女孩，害對方灑了一身。

「喂！你搞什麼……」兩個女孩尖叫，看見夏生的臉後立刻轉為開心的表情，「你是夏恒生對吧？」看樣子是跟我們同校的學生。

「對啊，眞的很抱歉……喂！」

趁夏生向對方道歉時，我趕緊逃開，鑽進夜市燈光照不到的黑暗草叢。

喘著氣，撫平紊亂的心跳後，我走到河邊，看著月亮倒映在河面，那河面平靜無波，像是停止了流動，只倒映出河面上的景物。

我深深吸一口氣，搞不懂自己為什麼這麼生氣，也不明白夏生為何老愛那樣說話，更討厭喬碩蕾闖進我們的三人團體。

我停頓了下，我是討厭她闖進我們的三人團體，還是只是討厭她站在樂宇禾身邊？

一陣冷風吹過，我拉緊外套蹲在草地上，一手托腮，一手拔著旁邊的雜草，今天到底是來幹什麼的啊？還不如在家裡把最後一頁寒假作業寫完。

開學後就是高一下了，能鬆懈的日子所剩不多，升上高二就得開始為考大學做準備。話說回來，樂宇禾曾說過高中畢業就要去工作，那夏生又要做什麼？

……這時候想起夏生幹麼？他老愛說些惹人厭的話。不過，扣除這一點，他算是很好的朋友，可是這一點眞的要改一下。

腦袋轉了半天，想到喬碩蕾我還是很生氣，她到底憑什麼理所當然地站在樂宇禾身邊？又憑什麼坐上除了我沒有其他人坐過的腳踏車後座？

不過，我又憑什麼要求這些？

站起身來拍拍屁股，我決定走到公車站牌自己搭車回家，畢竟現在和夏生見面實在太尷尬了，就算好脾氣如他，多少也會對我剛剛的舉動感到不高興吧。

「要回去了？」忽然，樂宇禾的聲音從後面的草叢傳來。

我嚇了一大跳，「你什麼時候在那裡的？」

「妳和夏生吵架分開後，我就立刻追上妳啦。」樂宇禾站起身，他居然還在吃糖葫蘆。

「喬碩蕾呢？」

「我剛傳訊息請夏生送她回家。喏，還有一顆。」他將剩下那顆糖葫蘆遞給我，「走吧，回去了。」

我看著手上的糖葫蘆發愣，「你不問我跟夏生吵什麼？」

「反正大概就是他又說了什麼白目的話吧。不過妳這次脾氣眞大，夏生說他爲了讓那兩個女生氣消，好像跟對方交換了電話號碼。」

「可能他本來就想交換吧。」我冷哼一聲。

樂宇禾不發一語地看著我，那表情像是在責備。

「我知道啦，我會跟他道歉，但他也必須跟我道歉，是他的問題。」我別過頭，吃掉糖葫蘆後，把竹籤往垃圾桶一丟。

「對了，這給妳。」他走到我面前，從口袋拿出一個皺巴巴的紅包。

「這什麼？」

「紅包啊！看不出來嗎？我包給妳的紅包。祝妳新的一年萬事如意。」他還搞笑地做了個恭喜的動作。

我的手撫過紅包袋，摸到幾塊銅板，直接將裡面所有的銅板倒出來——六十六塊。

「哪有人馬上打開的啊？」樂宇禾有些無奈。

「才六十六塊？」

「什麼才，這可是六六大順！」他從我手心拿起其中一枚銅板，將它高舉在月光下，「看，還是新的，閃閃發光。」

「你爲什麼今天會跟喬碩蕾一起來？」在我意識到之前，嘴巴已經自動開口了。

樂宇禾將銅板放回我的手心，「她也有打線上遊戲，聊天時提到有夜市，她說想來，我當然說好啊。」他理所當然地回應。事實上，這些事的確也是理所當然，是我自己的問題。

「那爲什麼你寒假像人間蒸發一樣？」我又問。

「沒有啊，我沒有蒸發，每天都有上線玩遊戲，整個寒假大概跳了十幾級。夏生還滿強的……」看著我的眼神，樂宇禾停頓了一下，才又說：「妳是說怎麼沒跟妳聯絡嗎？妳不是說寒假親戚要來，家裡會很忙嗎？」

「我有說過？」

樂宇禾肯定地點頭，而我一點印象也沒有。

「反正我本來就打算今天逛完夜市，再打電話給妳。」樂宇禾的話讓我心中沒來由地一緊。

他對上我的眼睛，在月光照射下，他的臉龐格外清晰，露出相當眞摯的笑容說：「借我抄作業。」

然後我再一次踩了他的腳。

✿

樂宇禾騎著腳踏車載我回家的路上，我的心情和去的時候大不相同。他依然哼著國中校歌，空氣裡也飄來他身上獨有的味道。

我輕輕將額頭抵靠在他的背後，他問我是不是累了，又小心翼翼地提起寒假作業很多，他寫得很累，希望有個好朋友可以幫助他完成。

我嘖了聲，早料到可能有這樣的情況，所以特地把作業一併帶出來。

但是因爲見到喬碩蕾，我不是很高興，於是我從包包裡拿出作業後，咳了幾聲，「我現在開始念答案，你自己記下來。」

「等一下，我在騎車耶！妳要現在念？不是借我抄嗎？」

「『風聲、雨聲、讀書聲，聲聲入耳；家事、國事、天下事，事事關心』此句和東林黨爭最有關係。」

「啊？已經開始了喔！太狠了啦！」無視他的哀號，我繼續一題一題念著歷史作業答案，能記多少全看他的本事，這是對於他讓喬碩蕾坐他腳踏車後座的小小報復。

一路上念完了歷史、地理，也講完了數學，最後來到國文。沿途，樂宇禾異常沉默，他努力要將所有資訊塞到腦中。

「國文最後一題又是寫出一首喜歡的新詩，我仍然選了席慕容的詩。」樂宇禾沒應聲，我抓著他的衣角，抬頭仰望天空，感受晚風的吹拂。

「詩名是〈仰望〉。」

「妳念吧。」樂宇禾嘆氣。

「其實，我所盼望的，也不過就只是那一瞬，我從沒要求過，你給我，你的一生……」

我的話被樂宇禾的手機鈴聲打斷，他停下車，接起手機，依稀聽見夏生的聲音傳來，講沒幾句便掛斷了。

「夏生已經送喬碩蕾回到家了。」然後他用力踩動踏板，「繼續念吧。」

我停頓了下，「不了，不念了。」

「怕我再次抄去嗎？」樂宇禾哈哈笑著。

「以防萬一。」雖然這麼回答，但其實我顧忌的是夏生說的那句——我喜歡樂宇禾。對他念這首詩，在心情亂七八糟的此刻，好像不太適合。

抵達家門口時，樂宇禾坐在腳踏車上，定定地看著我，「對了，我一直想問妳，不喜歡運動的理由是什麼？」

沒想到他會這樣問，我順口搪塞，「不喜歡就不喜歡，還能有什麼理由。」

「怎麼會沒理由，喜歡和不喜歡都一定會有理由啊。」他跳下腳踏車，看樣子我不說他就不會離開。

「很幼稚、很無聊的理由。」敗給他了，見他還在等我往下說，我只好繼續，「國小體育課常有跳繩，大家正值發育期，然後有些無聊的班上男生就會……總之因為這樣，所以我之後就不太喜歡體育課。」

簡單帶過這有些尷尬的青春回憶，雖然現在也還在青春期，但高中男生已經不會這麼無聊了，只是這件事情就像是陰影一樣，只要我換上體育服，就會想起當時的難堪。

「那些男生是真的滿無聊的啦，不可否認我以前也做過類似的事情。」樂宇禾不好意思地笑著，「沒想到妳還滿纖細敏感的。」

我白他一眼，「那你呢？為什麼那麼想要一個能對彼此說實話的朋友？」既然他都問我了，我也順勢提起當時在空中花園被他逃過的話題。

樂宇禾猶豫再三，最後還是鬆口，「這比妳剛剛的更無聊。」

「我洗耳恭聽。」

「小時候不是常有這樣的事情嗎？朋友說我們一起跑步，最後他總是跑在很前面，或者宣稱昨天沒念書，結果卻考得很好。這類事情層出不窮，每個人都說謊。」

「這種事每個人都遇過呢。」

「這本來也沒什麼，大家一樣還是朋友，只是陸陸續續遇到太多次這種人。妳知道，我的記憶力很好，每個人說過的謊言都被我記在腦中。當然，這些都是無傷大雅的小謊話，嚴格說起來，那些謊話其實都只是為了保護自己，然而這讓我逐漸對那些人感到失望，所以我才會忍不住懷疑，這個世界難道所有人都在說謊嗎？」

樂宇禾認眞地注視著我，「不過幸好國三那年遇見了妳，我到現在都記得妳那不屑的神情，而且妳說了，妳喜歡實話。」

「就因爲這樣？」我有些訝異，還眞的只是雞毛蒜皮的小事情。

「所以我才不想講啊，實在太幼稚了。」樂宇禾跨上腳踏車。

「不過如果你一直很在意，那對你來說就是很重要的事情。」說出這句話的我，不知道臉上是什麼表情。

只見樂宇禾微愣了一下，露出至今我所見過酒窩最深的笑容。

我的心情有些複雜，因爲他的笑容。

也許每個人一生中都有一個難忘的關鍵時刻，雖然才十六歲，但我知道，在這個月朗星稀的夜晚，樂宇禾揮手微笑著逐漸遠去的模樣，在我一生難以忘懷的某些記憶片段中，會是最深刻的一幕。

# 第八章

原來眼神裡的實話，比說出口的更加讓人無法直視。

高一下學期，有幾件事情在我不知不覺中忽然改變了。

首先，樂宇禾上課不再睡覺，雖然他有在聽講，考試成績仍一塌糊塗。

其二，夏生不知道是不是還在記恨河堤夜市那天的事，他對我講話越來越不客氣，能酸就酸。為此，他的一雙新鞋已經被我踩得像是穿了三年的舊鞋。

其三，喬碩蕾不知道從什麼時候開始，也跟我們一起吃午餐了。

也許是第三件事情太讓我震驚，所以等到我發現更嚴重的第四件事情時，已經來不及阻止——樂宇禾的午餐不再是吃了一個學期的咖哩麵包，而是喬碩蕾另外做的便當。

「妳真的有點誇張耶！便當這麼大的東西妳也可以到現在才發現，是有多後知後覺？」

體育課我因為生理痛（這一次是真的）在一旁休息，而夏生因為灌籃跳太高撞到頭，才會一邊冰敷額頭一邊跟我一起坐在樹蔭下。

「夏生，你現在額頭痛，最好不要惹我，不然我的手掌一個不小心可能會拍在你的額頭上。」

「妳別想威脅我，我該講的還是會講。」話雖這麼說，但夏生坐得離我遠了些。

「什麼時候開始的？」

「就某天樂樂又在跟妳抱怨他中午吃咖哩麵包很可憐，蕾蕾就說她不小心把弟弟的便當也帶出來了，所以有兩個便當，樂樂痛哭流涕。從此蕾蕾每天都會『不小心』把弟弟的便當帶到學校。」

夏生額頭上的冰敷袋掉到地上，我撿起來拍一拍，用指尖撥去黏在他額頭上的幾根髮絲，再將冰敷袋重新蓋上去。

「樂宇禾這麼遲鈍？」喬碩蕾的心情已經是司馬昭之心了。

「樂樂當然不遲鈍啦，他說過好幾次不用特地為他準備便當，但沒想到蕾蕾看起來柔弱，在愛情方面倒是很敢進攻。」

夏生一手扶著冰敷袋，另一手握拳在胸前，夾高聲音說：「可是人家都帶來了，你就吃吧，明天我就不帶了。」

「……你在學她嗎？很噁心。」

夏生不懷好意地笑，「是我學的噁心，還是她噁心？」

這題我選擇不回答。

「喂，好點沒？」樂宇禾追著出界的籃球來到我們這裡。

「額頭還是很痛啊，就說了我不打籃球。」夏生開始抱怨，他本來就千百個不願意上場，但樂宇禾硬是強拖著他。

「你別抱怨了，有多少人跳起來可以撞到籃框啊！」樂宇禾倒是很滿意能看見夏生的爆發力，還說了高二的球技大賽絕對要扳回一城。

「我不會參加的，絕對不會！」夏生十分認眞。

「我絕對會讓你參加的，絕對會！」樂宇禾也超級認真。

在兩個男人深情款款的相互注視之下，午休鐘聲響起，我下意識地翻了個白眼，被樂宇禾看見。

「最近妳好像都不是很開心。」樂宇禾看著我。

「如果要小倆口用餐，你們自己找個地方，別汙染我們的空中花園。」我相當不悅導致口氣尖銳。

「妳幹麼啊？」樂宇禾皺了眉頭，「妳在講喬碩蕾嗎？」

「好了好了，別吵了。」夏生躺著揮手勸架的模樣很沒誠意。

「如果你不要她幫你做便當就講清楚，在那邊欲拒還迎的，難看死了。」我雙手插腰。

「什麼欲拒還迎，我哪有？」樂宇禾眉頭蹙得更緊。

「你根本就很開心，覺得有女生愛慕你、幫你做便當很光榮，所以才會每天每天都把便當吃下肚！」

「好啦好啦，小聲一點。」沒有改變臥姿的夏生依然揮著手。

「杜洵恩，妳現在又是哪根筋不對了啊？」籃球扣在樂宇禾的手跟腰際之間，他的表情十分難看。

「總而言之，我不想要在中午時間看到噁心的畫面，讓我食不下咽。」

「好啦，這就有點過分了。」夏生從地上坐起來，拉著我的手腕，「高嶺，妳這樣很難看喔。」

我咬著下唇別過臉。就是覺得胸腔一股悶氣無處發洩，即便講了這麼多不堪入耳的話依然難受。

「搞什麼鬼啊杜洵恩？拐彎抹角的。」樂宇禾老大不爽，把籃球往球場用力一丟，走過我身邊上了樓梯。

然後跟屁蟲喬碩蕾也跟上去，我瞪了她一眼，她的腳步稍微有些停頓，最後還是低下頭跑走。

「高嶺。」夏生低聲喊，並抓住我的手腕。

「幹麼啦。」我用力甩開。

「沒必要這麼生氣啊，蕾蕾喜歡樂樂，但樂樂又不一定喜歡她。」

「不喜歡就不要這樣釋放機會給別人，也就不應該讓她跟我們一起吃飯！」我刻意壓低的聲音顫抖著。

「那妳的意思是說，只要樂樂是喜歡對方的就可以嘍？」夏生的話讓我忍不住抬頭對上他的眼睛。

看見我的表情，夏生微笑著說：「所以問題根本不是樂樂的態度吧，是妳在嫉妒啊。」

不可否認，是的。

但這是不是出自於愛情的嫉妒，我不能肯定。

「我不喜歡這樣，很討厭。」

「如果樂樂喜歡蕾蕾，並且跟她交往，那妳會怎樣？」夏生講了個最糟糕的狀況。

「我還能怎樣，不就那樣？」那樣是哪樣我也不知道，甩開夏生的手，我爬上樓梯，每一步都踩得很重。

回到教室拿起便當，我往後門去，離開前還看了下樂宇禾和喬碩蕾空蕩的座位，想著他們也許已經到空中花園了。

當我抵達空中花園時，卻空無一人。

於是我更生氣，打開便當盒，憤憤地咬著食物，全然食不知味。過了一會，我聽見腳步聲，原以爲是樂宇禾，卻是夏生。

「讓妳失望了嗎？」夏生故作無奈地兩手一攤。

「沒有。」我鼻子哼氣一聲。

「我看見樂樂和蕾蕾在對面的天台吃飯喔。」夏生坐到我旁邊。

「我不想知道！」我生氣地回，筷子用力戳著便當裡的青江菜。

「好吧，那就當我自言自語嘍。」夏生倒是沒想住嘴的意思，「然後勒，我看見蕾蕾拿著她『弟弟』的便當，但樂樂卻吃咖哩麵包喔。」

「所以呢？」我皺眉，嘴角忍不住上揚。

「我是在自言自語呢。」夏生拍了我肩膀一下，力道之大，讓我往前傾了些，我穩住身體後立刻還以顏色。

內心暗爽著樂宇禾的聽話，忽然間，食物嘗起來都美味許多。

回到教室後，樂宇禾已經趴在座位上睡覺，而喬碩蕾看起來則有些垂頭喪氣，看到這幕，我嘴角上揚的幅度更是大。

夏生見狀傳了張紙條過來——

「壞心眼。」

「我只是不想讓喬碩蕾哭。」

就如同國中畢業時，在校門口對著樂宇禾哭泣的那個女孩一樣。

夏生看到我回傳的紙條上這麼寫，居然對我大翻白眼，還用嘴型說了句：「假惺惺。」

我發誓，要不是正在上課，我絕對會衝過去把他的鞋子踩到不洗不行。

放學時刻，我發現樂宇禾不在教室，有些擔心他會不會已經自己回家了？就算我們吵架好了，就算是我的錯好了，該做的事情還是要做，如果要自己回家也得跟我說一聲。

我難得有些膽顫心驚地來到腳踏車車棚，卻沒看見樂宇禾的單車。

也許在校門口吧？站在車棚的我望向校門，依然沒看見他的身影。

瞬間我的心情宛如墜落到深淵，第一次後悔自己說出口的話。

「高嶺，妳怎麼在這裡？」夏生吃著糖果從樓梯上跳下來，訝異著我竟獨自一人呆站在車棚前。

「樂宇禾回家了。」聲音好像不是我自己的。

「沒載妳？」事情的嚴重性讓夏生很詫異，「妳確定嗎？我打電話給他好了。」

他拿出手機，我卻伸手制止他，「不用了，我自己去搭公車。」

「……高嶺，妳比妳想像中的更在乎樂樂呢。」夏生的聲音很小，近乎喃喃自語，他將電話放回口袋，凝望著我的臉很久很久。

「你幹麼？」久到我不自在。

「沒啊，我在想妳會不會哭？」

「哭？這有什麼好哭的。」我冷笑一聲。

「那就好。」夏生咬碎嘴裡含著的糖果，「等到哪天妳從嫉妒轉變爲難過，從難過轉變爲流淚，那就眞的完蛋了啊。」

「完蛋什麼？」我看著他往前走的背影，忽然間，夏生回過頭，他的眼眸中有我不想知道的情緒。

「感情收不回了。」

夏生走到校門口後，一愣，目光注視著校外好一會兒，才露出無奈的笑容轉身朝我招手。

「看清楚再來難過吧！高嶺。」他高聲喊著，便走出校門。

我不明所以，也跟著走到校門口，看見樂宇禾正倚在校門旁的矮牆，腳踏車停在一旁，雙手環胸的模樣看起來還在生氣。

「我以爲你走了。」我冷著聲音，看著已經過馬路的夏生對我們揮手說再見。

「我原本要走，但覺得不該這樣。」樂宇禾還在不爽，上了腳踏車後連看也不看我，「上來。」

「我沒有拐彎抹角，只是說出了實話。」我抬起下巴，不願上車。

「……妳眞的很難搞，她就說了是多帶的便當，我每天都有說不用，但她都帶了我能怎麼辦。」樂宇禾提高音量。

「你可以拒絕，就跟今天中午一樣！」握緊雙拳，這大白痴到底在想什麼？

「妳看到了？」樂宇禾瞇眼，「那妳就該看到她的表情。」

「長痛不如短痛。」我咬著牙，「除非你喜歡她！」

「怪了，她又沒說喜歡我，做便當給男生就是喜歡對方嗎？」樂宇禾看起來是眞的不明白，「難道妳每次把烹飪社的成品給我和夏生吃，就是喜歡我們嗎？」

「你這大白痴，腦袋是燒壞了喔！」氣得我只能這樣罵他，舉步往家的方向走。

樂宇禾踩上腳踏車，騎在我旁邊。

「好啊，就算喬碩蕾喜歡我好了，那妳生這些氣幹什麼？」

「我不喜歡你對對方沒意思，還做出這樣曖昧的舉動！」我看著地板繼續往前走。

「什麼啊，意思是說只要我喜歡她就沒問題嘍？」

我猛然停下腳步，樂宇禾緊急煞車的聲音頓時跟著響起。

「你跟夏生講一樣的話。」但是從他口中聽到，讓我更是震驚，「所以你喜歡她？現在你們是互有好感的曖昧階段？」

樂宇禾被我的認眞搞得有些彆扭，他摸摸鼻子，咳了幾聲後說：「不是啦，我只是舉例……我只是覺得不要自作多情，喬碩蕾什麼都沒說，我們就預設立場也不好。」

瞬間我心中的大石頭放下，緊繃的肩膀也跟著放鬆。

「可是很明顯。」

「妳心情變好了？」他小心翼翼，拍拍他的後座，「那就上車吧。」

我瞄了後座一眼，跨上去坐好，可以感受到樂宇禾鬆了一口氣。他踩著踏板前進，我們之間的氣氛頓時變好很多。

先是一路無語，只有樂宇禾不時輕哼曲調，待過了河堤後他才開口：「我們第一次吵架欸，雖然有點莫名其妙，不過我還挺高興的。」

「我倒是一點也不喜歡。」這種尷尬氣氛很討厭。

「不過吵架才代表有溝通啊，有摩擦才有磨合。」

「被你講得很猥褻。」我捏了他的腰際。

「哎唷，妳爲了喬碩蕾的事情這麼生氣，我還眞是沒料到。雖然一開始是我先問她要不要一起吃午餐的啦，但我也是想說如果可以藉由這樣讓妳和班上的女生有些交集也不賴。」

「……你以爲這樣說我就會高興嗎？」我將臉埋到他背後那隨風飄揚的襯衫間。

「小的不敢。」樂宇禾笑了幾聲，「妳說的也沒錯啦，我既然沒有那個意思，就還是避免掉所有的可能比較好。明天開始我不會再讓她參加我們的小聚會了。」

「嗯。」

「這樣聖上有沒有龍心大悅？」

「嗯。」

「哈哈哈。」樂宇禾的笑聲朗朗，腳踏車車輪轉動的聲音達達，徐徐的風聲如同私語，搭配著蛙鳴嘓嘓，組成了一種我自認爲的天籟。

於是我將頭輕靠在他的背上，輕輕念出那首我選擇做爲寒假作業的詩篇。

其實　我盼望的　也不過就只是那一瞬

我從沒要求過　你給我　你的一生
如果能在開滿了梔子花的山坡上
與你相遇　如果能　深深地愛過一次再別離
那麼　再長久的一生　不也就只是　就只是
回首時　那短短的一瞬

席慕容〈仰望〉

「很美的詩。」樂宇禾的聲音輕得像是會飄散在風中。

「我喜歡席慕容的詩，很美，又很讓人難受。」

「是一種苦戀呢。」他笑，我沒再回話。

✿

隔天，夏生看見我和樂宇禾又開始有說有笑，先是露出不解的表情，最後低聲問我是不是搞定了。這一次我如願把他兩隻鞋子都踩到髒得必須立刻丟進洗衣機。

中午用餐時刻，當我拿起便當袋往後門走，夏生也拿了早上在便利商店買的飯糰跟上，樂宇禾一邊抱怨從今天起又要吃咖哩麵包的同時，喬碩蕾走了過來。

「那個……我今天也不小心帶了弟弟的便當來，要是小禾你不介意……」光這句話就讓我大大Shock了好多點！

首先，弟弟這個梗是要用多久？

再來就是，她從什麼時候開始稱呼樂宇禾為「小禾」了？

夏生輕輕吹了聲口哨，雙手環胸靠在後門邊等著，而我面無表情地望著喬碩蕾，樂宇禾抓了抓後腦杓，看起來有些尷尬，偷瞄了我一眼。

「那個啊……謝謝妳弟弟這些日子以來總是忘記帶走便當，可是我覺得這樣不是很好，我前幾天也跟妳說過了，就不用再這樣了。」

我和夏生對看一眼，夏生嘆氣搖頭加聳肩，我幾乎要眼神死，樂宇禾真的不太會拒絕。

「沒關係啦，我今天都帶了，你就先吃吧，不然也是浪費。」

瞧，喬碩蕾的回答我幾乎都可以預見，樂宇禾大概也就只是嗯嗯啊啊的轉過來無奈地看著我，然後又不好意思拒絕對方。惡性循環。

所以我在樂宇禾還在嗯嗯啊啊不知道怎麼拒絕的時候，就先一步走上前站到他旁邊，故意將手搭在他的肩膀上，另一隻手高舉我的便當袋。

「我幫他帶便當了，不勞妳費心。」接著露出微笑，對樂宇禾說：「上去。」

「喔，喔喔！」樂宇禾宛如看見救星般迅速接過我的便當，然後一溜煙逃離現場，跑上樓梯。

「唉唉。」夏生嘆了兩聲，搖著頭也跟著離開。

沒想到我居然還要幫忙解決朋友的桃花，而且班上其他人雖然表面都裝得一副若無其事，根本就在豎起耳朵注意這裡，我也要嘆氣兩聲了。

「喬碩蕾，不需要把弟弟掛在嘴上當藉口，何必說謊呢？」

「我只是……」喬碩蕾有些唯唯諾諾，卻沒有移開視線，「如果說了實話，被拒絕怎麼辦？」

我皺著眉頭，「總比說謊好吧。」

班上其他人竊竊私語。我聽到有人說我太過分，我不在意。

喬碩蕾低下頭，像是在想事情，我轉身就要往外走，但她叫住了我，「我想，妳說的沒錯，說實話總比說謊好。」她的笑容讓我湧現一股不安。

「我總不能老是用一樣的藉口，必須把自己的想法告訴小禾才對。」

「咦？我不是……」

「這樣才能更前進一步對不對？這樣小禾才會把我放在心上！」

「啊？我的意思不是……」

「謝謝妳！」她一臉如釋重負般地回到座位。

等等……我怎麼覺得自己引起了不必要的麻煩？

「妳剛剛是在宣示主權嗎？」當我來到空中花園時，夏生已經吃完他在便利商店買來的飯糰，一副看好戲的樣子。

「這兩個便當有一個是我的沒錯吧？」已經吃完其中一個便當的樂宇禾拍拍肚子，癱坐在長椅上。

「沒有宣示主權。一個便當是你的沒錯。」一次回答完他們兩個的問題，我推了樂宇禾的腳，要他讓出個位子。

「爲什麼只幫樂樂做？我呢？」夏生坐到對面的長椅上，饒富興味的表情很欠扁。

「爲了剛剛的情況。」雖然事情好像沒解決。

「所以明天還會有便當嗎？」樂宇禾坐起身，期待地看著我。

「沒有。」我別過頭，「我可以做小點心，但午餐便當只有今天。」

「爲什麼！」樂宇禾吶喊，而我默不吭聲吃著便當。

因爲我覺得這種事情如果做習慣了，就像跨越了什麼模糊的界線。

看著夏生那討人厭的笑容，我不得不承認，再怎麼要好的「純友誼」，永遠也無法跨越「男女有別」這條界線。

很多事情一旦做了，只會模糊焦點、模糊感情。

我害怕的是，可能會發生「從嫉妒演變成難過」這件事情，我害怕總有一天無法維持這份純友誼。

所以我不想做出那些可能會讓情況變得無法控制的事，不想讓那些小細節變成關係改變的催化劑。

夏生看著我的眼神，像是要把我看穿。

一直以來，我和樂宇禾之間都是「說」實話。

但夏生卻是用眼睛說話。

這一秒，我選擇避開，原來眼神裡的實話，比說出口的更加讓人無法直視。

喬碩蕾那像是要發動攻勢般的宣言，讓我在意了好幾天，但她遲遲沒有其他動作，不禁讓我以爲會不會是我多慮了。

事情總是喜歡發生在人心鬆懈下來的時刻。

某天午後，我記得那是考完期中考隔天，夏生正一邊嚷嚷著某題答案應該是A不是B，拉著我就要去跟國文老師理論，而我要他別找碴。

樂宇禾則是拿著不知在哪裡撿到的橡皮筋，硬是想幫夏生綁馬尾，就在夏生拉著我，樂宇禾拉著夏生的詭異狀態下，喬碩蕾走了過來。

「小禾，你現在有空嗎？」

我們三個停下動作，這擺明看起來都不像是「有空」吧？

「喔，怎麼了嗎？」

「可以跟我來一下嗎？」從她紅著臉的羞澀表情，還有她那團姊妹淘在背後偷看並且興奮滿溢的模樣，瞎子都看得出來她要幹麼。

我原本想跟上次一樣跳出來說話，夏生卻微微拉住我的手。

我瞪向他，但看進夏生的眼眸裡，我明白，這終將是樂宇禾自己的事情。

「好。」樂宇禾也明白這道理，所以沒看我跟夏生，直接和喬碩蕾到外面去，我猜可能是去空中花園。

「賭！成或不成？」全班忽然八卦地做起這種缺德事情，參加賭局的人還不少。

「我賭不成。」夏生也加入了，還回頭問我，「高嶺，妳呢？」

這下全班忽然陷入一片沉默，彼此你看我、我看你的。我上前一步，大家好像很懼怕我的反應，我有這麼可怕？

「不成。」我說。

班上同學鬆了口氣，繼續鼓譟著。

「不是自己的事情，大家就能輕鬆面對呢。」夏生笑嘻嘻地站在我旁邊，「要是蕾蕾知道她的感情被當成一場賭注，一定會很難過。」

「那你還加入賭局！」

「哈哈，人性啊，擺明不會成的事情嘛！妳有注意到嗎？全班沒一個賭會成的，就連她的好姊妹們也都說不可能。」夏生挑眉看著我，「想知道原因嗎？」

我沒回話，反正夏生一定會說。

「他們都說，因爲樂宇禾身邊有杜洵恩了。」

「這句話有言外之意嗎？」

「誰知道呢？」他聳聳肩，言下之意卻明顯得很。

上課鐘響過了幾分鐘後，樂宇禾和喬碩蕾才回到教室，全班無不注意他們兩人的一舉一動。不難發現喬碩蕾的眼睛有哭過的痕跡，而樂宇禾則是臉帶歉意。

看到這樣的情況，所有人都心知肚明，所有人都明白，喬碩蕾被拒絕了。

有些人默默沉下臉、有些人幸災樂禍，而喬碩蕾的姊妹淘則偷偷遞了衛生紙給她。

我則冷著眼，明知道會被拒絕，又何必說出口呢？

看著被拒絕的喬碩蕾那副可憐模樣，我一點爲她感到難過的情緒都沒有，相反地還有些開心。如此淡漠，就連我自己都覺得可怕。

「哪有辦法對情敵有同理心啊？」夏生一如往常把話題導到這方向，「不過我也沒什麼感覺就是。」

「所以你國文那題要到分數沒有？」我一面擦著玻璃一面問。

「說到這就有氣啊！國文老師叫我不要強詞奪理，就把我趕回來打掃了。」

「那你現在在幹麼？」我斜睨了他一眼。

「拖地啊。」夏生拿著拖把在走廊上像是畫符一樣亂甩。

「你剛根本沒先掃地。」

「反正還不是馬上就髒了，稍微弄過就好了啦。」他指著熙來攘往的走廊。

「那你中午吃過了晚上還要不要吃飯啊？」

「哇靠，這比喻好像老師會用的！」夏生隨即板起臉孔裝著國文老師的腔調說：「你忘記寫作業了？那會不會忘記吃飯啊？」

模仿完他還哈哈大笑，是挺像的，尤其是本人就站在後面做爲對照，更覺得夏生模仿得很棒。

「夏恒生！」國文老師大喊，然後兩個男人在走廊上演你追我跑。

「夏生又幹麼了？」在教室裡的樂宇禾從窗戶探頭。

「耍白目而已。」

他笑了幾聲，我們無語地看著夏生和國文老師追逐的身影消失在樓梯間。

樂宇禾咳了聲，「那個，我今天沒辦法載妳回家嘍。」

「爲什麼？」

「嗯，因為喬碩蕾她……」

我歪頭看向他，皺著眉頭，充分表達出我內心的疑問。

「我拒絕了她嘛，結果她說希望我可以送她回家，就像之前她不舒服那次一樣，當作一個回憶什麼的，所以我就答應了。」他講得有些心虛。

我倒抽一口氣，「你是白痴嗎？」我丟下手中的抹布，轉身往樓梯上走。

樂宇禾搖頭嘆氣，踏出教室跟著我來到空中花園。

我再怎麼生氣，也明白不該在大庭廣眾之下發脾氣，所以當樂宇禾一上來，我立刻轉過頭，手插著腰，以姿態滿滿表達我的不悅。

「妳先別這麼生氣啊！我知道不該這麼做，可是她一邊哭一邊說，就當作給她個回憶就好，我真的沒辦法拒絕。」他伸出兩手在空中亂揮。

「你是那種會對女人眼淚心軟的人？」我哼笑一聲，「那如果她要你給她一個擁抱呢？如果她要一個吻呢？是不是只要流著眼淚你就會答應？」

「吻什麼的不可能啦，但一個擁抱的話……」他抓著頭。

「樂宇禾！」我大吼，他嚇得只差沒直接下跪了。

「不管她是哭、是跪、是發瘋，如果擺明沒機會、肯定沒希望，那就不要給對方多餘的溫柔！」

「我知道啊，這些我都知道，所以我好好地跟她說過了，說了絕對不可能。她就說要我給她一個回憶。」他急急解釋著，又繞回到最初的話題。

「給出你的溫柔和你的回憶，只會不斷戕害對方，也只會讓她更放不了手！」我握緊雙拳，感覺到全身都在微微顫抖。

樂宇禾張開的嘴沒說話，只是皺著眉頭，愣愣凝望著我。

「總之，我不贊成你載她回家。」

「這我辦不到。」樂宇禾的話讓我瞪大眼睛，他的臉認真無比，「妳說的道理我都懂，我也知道絕情才是最好的拒絕方式，可是杜洵恩，就算是妳，看到喬碩蕾說出那些話的表情時，一定也不會忍心。」

我沒接話，樂宇禾扭頭往樓梯下走去。

這還是第一次，樂宇禾不照我的話做。

懷著難以置信與極度不爽的情緒回到教室，最後一堂課已經開始。

我坐在位子上越想越生氣，丟了張紙條給夏生，上面只寫了「王八蛋」三個字，夏生一臉莫名加驚恐地立刻站起來跟我說對不起。

「夏恒生，你幹什麼？」老師和同學都被他這突如其來的舉動弄得不明所以。

「我也不知道我幹了什麼啊！」夏生慌慌張張，偷瞄我一眼。

我只是盯著自己的課本，當作沒這回事。

樂宇禾當然也沒有反應，默默看向窗外。

這段插曲結束後，課堂又恢復原本的平靜。老師講解著哪一題該活用哪個公式，我被老師點上台，在黑板上寫下某道題的解答，當我寫完，轉身準備回到座位上時，看見了喬碩蕾偷偷看著樂宇禾的眼神。

那一瞬間，我忽然明白了樂宇禾說的話，要是我看見那樣的臉，是否也會心軟？

只不過是一趟回家的路程，若這能成為一個女孩青春歲月中的某個寶貴回憶，那又有何不可？

對於會這麼想的自己感到不可思議，但我願意退讓一步。

事實上，就算我不喜歡，樂宇禾依然會答應喬碩蕾的要求，那我又何必跟他唱反調，搞得我們兩個都不開心，還把氣出在夏生身上呢？

對於我氣呼呼的原因，夏生似乎心裡有底又不那麼確定，所以整堂課他一直偷偷瞄我。被人盯著看眞是不太愉快，所以我再次丟了張紙條給他，寫了「不是你」，他好像才放心了一點。

下課鐘聲響起，樂宇禾站起身，停在位子上好一會兒，才轉過身對收拾書包的我說：「我會請夏生送妳回家。」

「不用了，我坐校車。」我沒抬頭，所以不清楚樂宇禾的表情是怎麼樣，但我想大概是瞪大眼睛之類的。

「妳要擠那一百多台校車？」他似乎還看了眼外頭，「妳確定？人很多耶，而且也不知道現場排隊的名額滿了沒？」

「我會有辦法的。」我背著書包起身，「我明白你的想法了，雖然不是完全贊成，但也沒權力阻止，反正是最後一次，也是唯一的一次。」

聽到我前言不搭後語的話，樂宇禾倒是快速理解了。他露出鬆一口氣的笑容，像個傻瓜一樣憨憨笑著。

「我保證。不過，妳擠校車還是不太好，就叫夏生……」

「叫我怎樣？」背著書包的夏生走過來。

「小禾，我好了……」喬碩蕾也跟著走了過來。

好吧，真的還是挺不爽的。

「什麼？怎樣？」夏生一頭霧水，但瞬間理解了一切，「樂樂要送蕾蕾回家？」

「對，所以你幫我送杜洵恩回家。」樂宇禾簡單扼要地說明。

「可是、可是……難怪會說王八蛋！」夏生大喊，我瞪了他一眼。

「什麼？」樂宇禾和喬碩蕾互看一眼，不明所以。

「沒什麼。」夏生搖頭，「我今天沒騎腳踏車，不然高嶺妳在教室等我一下，反正我家很近，回去騎車再過來。」

「不用了，我搭校車就好。」我出聲，而夏生和樂宇禾的反應一樣，說校車太擠。

「反正我這樣決定了，別耽誤我去搭車的時間。」我看了喬碩蕾一眼，「回家小心，明天見吧。」

「嗯，掰掰。」喬碩蕾展露笑顏，雖然有些勉強，但還是對我笑了。

我應該也是有扯出一個微笑吧。

走出教室，我往樓梯下快步跑去，而夏生也從後面追上，「高嶺，好歹也讓我陪妳一起等校車吧。」

「幹麼這麼麻煩？」

「妳不知道，平時是有我或樂樂在妳身邊，才會少掉很多蒼蠅。有多少人等著妳落單的時候想要把妳一口吃掉啊？」

「你們男生是不是講話都有猥褻的天分？」

「好說好說。」

我們來到校車登記處。學校每半學期會統計一次要搭校車的人數，以確認校車需求數量。每天大約會有三至五班車是提供給臨時要搭車的學生搭乘，由於名額有限，所以要搭臨時校車的人必須提早跟學校登記，或是放學到現場排隊。

當我和夏生出現在臨時登記區時，果然感受到眾人投來的目光，夏生若有似無地用身體擋住眾人的視線，讓我可以自在些。

今天運氣好，還剩下幾個名額，我上車前跟夏生說了謝謝，順便加了一句對不起。

「爲什麼？」夏生疑惑。

「爲了那句王八蛋。」

「哈哈，妳在罵樂樂是吧？沒想到他居然會載喬碩蕾。算了，晚上我再問他詳情，妳到家後跟我說一聲吧。」夏生對我揮手道別，我上了車，選了不是面對夏生的靠窗位子。

從這一邊可以看見校門口的單車車棚，正巧看見樂宇禾和喬碩蕾一同騎車出來的身影。

忽然我的胸口又是一陣悶，咬著下唇，我憤怒的原因，眞的是因爲怕這樣會傷害喬碩蕾嗎？

難道不是怕看見這樣的畫面——樂宇禾載著別的女孩在我面前遠去的身影。

我的心感到吃醋、嫉妒，坐在那腳踏車上的人該是我。他的後座，該是專屬於我的。

然後我感到難過，我明白其實這只是喬碩蕾單方面的心意，我知道這只是代表一個結束。

理性上明白，但感性上卻無法接受，心彷彿被緊掐著，難以呼吸、難以承受。

我很難過。

鼻頭一酸，想起夏生說過的話。

「等到哪天妳從嫉妒轉變爲難過，從難過轉變爲流淚，那就眞的完蛋了啊。」

當校車和他們的腳踏車在斑馬線前一起停下時，樂宇禾恰巧抬起了頭與我視線交會。

他對我淺淺一笑，酒窩卻是那樣深。

號誌轉爲綠燈，喬碩蕾抓緊了他的衣角，樂宇禾踩動著踏板對我揮手離去。

好想哭，好想哭。

原來，我眞的喜歡樂宇禾。

# 第九章

果然戀愛的女生都是傻瓜，也甘願當個傻瓜。

隔天樂宇禾一如往常地出現在我家門口。他在陽光下笑得溫暖，彷彿這是多麼自然不過的事情。

我沒有開口詢問昨天他和喬碩蕾後來怎麼樣，即使我在意得不得了，在發現自己的心情後，所有事情都無法再公正看待。

樂宇禾依然哼著國中校歌，也依然以危險的方式騎著腳踏車衝下坡，然後格格笑看我的反應，接著他會放慢速度，輕踩著踏板經過河堤上的橋面，而我會看向河面的波光粼粼。

一切都一如往常，不管是喬碩蕾喜歡樂宇禾這件事情，或者是我喜歡樂宇禾這件事情，都不會改變我們的相處模式。

「緊接著就是社團成果發表會，我們學校眞是一刻不得閒。」

夏生的頭髮綁滿蝴蝶結，煞有其事地向我們宣布這件大家都知道的消息。

「你答應當美髮社的模特喔？」樂宇禾好笑地看著他，「我幫你綁都比這個造型好。」

「少來！」他推開樂宇禾蠢蠢欲動的手，無奈地一個個拔掉頭髮上的橡皮圈，「我原本打算在社展前把頭髮剪短，這樣就可以變相拒絕邀約，但有幾個女生哭著說我這樣就失去個人特色了。」

「太誇張了吧，哭著欸！」我翻了一頁桌上的課本。

「是眞的！」夏生怪叫，「所以我下了殺手鐧，叫我當模特我就剪掉頭髮。」

「想必這樣她們就不會煩你了吧？」樂宇禾點頭同意。「對了，杜洵恩，我很期待妳們烹飪社的社展。」

突然話題到了我身上，我將頭髮掠到耳後，有些不自在地問，「爲什麼？」

「烹飪社展很有名啊，說是會招待大家到裡面免費吃到飽呢！」樂宇禾和夏生一邊說一邊擦口水，果然謠言跟現實有小小出入。

「差不多，但我們有招待券，會限制參觀人數。」他們兩人的臉瞬間垮下，我噗哧笑了一聲，從書包裡拿出兩張手繪招待券。

「這是我想的那個嗎？」樂宇禾眼睛發亮。

「是神祕的招待券嗎？」夏生伸出雙手。

「社員一個人可以分配到三張，所以我還多一張。」將招待券分別遞給兩人，「而且不是吃到飽，食物有定量，吃完後要繳交意見表。」

「雖然有點麻煩，不過値得。」樂宇禾笑著說。

「你們社團不用社展嗎？」

「當然要，但有跟沒有一樣。」兩人勾肩搭背露出賊笑。

雖然我們學校以校風自由、多社團、多活動聞名，但也是有幾個社團形同廢社，或只是空有一堆幽靈社員。

例如他們兩個一入學就加入觀星社，但從來沒參加過任何社團活動，只有前幾天社團開會才去露臉一次，觀星社社長連他們是誰都不知道，只說了社展由社員們自己準備便成，言下之意是他們兩個根本不用做事。

「對了，很久沒念筆記了耶。」樂宇禾手上轉著我的原子筆。

從過完寒假以後，我就沒再念筆記給他聽，所以樂宇禾的期中考才會那麼慘不忍睹。

「你想繼續嗎？」

「嗯，剛開始真的覺得有點麻煩，但我現在想想，成績一直滿江紅也不是辦法。」樂宇禾將我的課本轉向自己那頭，聳著肩說：「畢業後就算要找工作，老闆也會看在校成績吧？如果跟高一一樣淒慘，我想沒多少間公司願意錄用我吧。」

「怎麼，樂樂，你打算高中畢業就出去工作？」這是夏生第一次聽說。

「是啊，我又不喜歡念書，大學還要念四年書，我受不了。」

「大學跟高中差多了，大學是玩、玩、玩，聯誼、聯誼、聯誼啊！」夏生揮舞著雙手，講得好像是已經念完大學的過來人。

「如果只是玩和聯誼，幹麼浪費四年？不如早早工作賺錢。」

「累積人生經驗啊。」

「出社會累積不是更快？」

「夏生，你就別費心力了，樂宇禾從國中就一直說讀完義務教育就要出社會了。」我將課本轉正，「但你要做什麼工作？」

「是啊，可以依照你未來想做什麼工作來選擇大學科系啊。」夏生還不死心。

「很多人畢業以後，做的工作也跟大學科系沒有關係啊。」樂宇禾拍拍夏生的肩膀，

「別再說服我了，我心意已定，只要搞好高中成績順利畢業，就去找工作。」

夏生無奈地和我對望一眼，我搖搖頭。每個人有各自的出路，樂宇禾既然已經做了決定，旁人講什麼也沒用。

「好吧，我認輸了。」夏生垂頭喪氣，「高嶺，妳有想念什麼科系或什麼學校嗎？」還沒回答，樂宇禾便搶著接話，「我家杜洵恩想去哪裡就可以去哪裡。」

「又不是問你，不念大學的叛徒閃開。」夏生斜眼看他，兩個人開始打鬧。

教室裡充盈著很多聲音，走廊上也群聚不少學生或走動、或聊天，甚至還能聽見球場上傳來的運球聲與吆喝聲，但夏生與樂宇禾兩人說話的音量，卻總是可以掩蓋過其他聲音。

我看著眼前這一幕，覺得所謂的幸福不過就是這麼回事——好朋友與喜歡的人都是同一個人。我並沒有想要更進一步，我明白朋友才是更長遠的關係。

況且，我們才十六歲，未來長得很，勢必終將面臨改變或是分離，即使不會這麼快。

況且，總有一天，他總會也喜歡上我的。

我這麼想。

也許是我的表情很奇怪吧，原本吵鬧不休的兩人突然安靜下來，一起盯著我看，表情帶有一抹詫異。

「這麼開心，在笑些什麼？」樂宇禾伸手敲了敲我的桌子邊緣。

「笑你們兩個傻瓜。」我自己也明白，此刻我的表情必定很柔和。視線越過樂宇禾和夏生中間的縫隙，我瞥見了坐在斜前方的喬碩蕾，她時不時轉過頭來凝望著樂宇禾的背影。

光是這一幕，便讓我心中百感交集，我可以理解她的心情，卻不得不承認自己心中浮起了一絲優越感，因爲在樂宇禾身邊的是我，即便只是朋友身分，我也是最靠近他的女孩。

✿

有時候，越是想隱藏對一個人的感覺，也許只會陷得更深。

對於樂宇禾的一舉一動，我比以前更加在乎，似乎也表現得很明顯。

究竟以前是怎麼跟他相處的？

怎樣才叫做自然？怎樣才叫做正常？

我已經忘記了。

「怎麼這麼好，今天又有便當了。」樂宇禾一手作勢擦著感動的眼淚，一手接過我手中的便當。

「我呢我呢？」夏生嚷嚷，我丟了顆飯糰過去。

「就這樣？」

「材料不夠。」我簡單回應。

夏生一邊喊著不公平，一邊咬下一大口飯糰，「我也付妳材料費，都做兩個了，三個應該沒差吧？」

「差很多。」

「今天的菜色大概只要二十塊吧。」樂宇禾邊說邊掏了二十塊給我。眞是無從吐槽起，我搖頭拒收。

「我只要求高一結束時的總排名，你好歹要排在中段。」

對於我的提議，樂宇禾瞪大眼睛，誇張地往後退了一大步，「要我一下子進步到中段，也太抬舉我了！」

「是太低估你。」我更正。

「我啦我啦，我可以進步到前段，所以幫我做便當。」夏生舉手，被我駁回。

「那如果妳幫我做便當到學期末，我的成績依然爛爛的呢？」樂宇禾看著便當裡豐富的菜色，抬起頭裝可愛地問我。

「我相信你不會。」給了他一個看似親切溫暖的微笑，實際上帶著明顯又強烈的殺意。

「……我可以不要便當了嗎？」樂宇禾回。

於是，放學後的念筆記行程再度復工，這次連夏生也一起加入，雖然大多時間他都在搗亂，他一搗亂，樂宇禾就跟著不專心，兩個人常在烹飪教室裡頭起鬨，甚至拿起桿麵棍打來打去，爲此我發了一頓好大的脾氣，只差沒用桿麵棍把他們的臉桿平。

所以我明白了，面對他們，我不能使用一般做法。現在就好像在訓練小狗一樣，要讓生性好動的狗定下來，就必須採用食物策略。

果不其然，第二天當我從冰箱拿出奶油時，他們兩個立刻安靜下來，一臉好奇地問我在做什麼。

「做餅乾。」我將麵粉倒進鐵製大鍋裡，加入牛奶與奶油開始攪拌，「你們每答對一題，我就給你們一塊餅乾。」停頓了一下，我又補充，「或是很乖也會給你們餅乾。」

「妳當我們是小狗啊！」樂宇禾生氣地喊。

「對啊，那要不要握手？」夏生也義憤塡膺。

但事實證明他們很吃這一套，尤其當烤箱飄出餅乾的香味時，兩個人比狗還乖。

從那天起，除了餅乾，我還陸續做了果凍、小蛋糕、派或是馬鈴薯沙拉等，把他們餵得越飽他們就越安分，對課業的吸收力也就越好。

夏生被樂宇禾幾乎聽過一遍就能記住的天賦嚇得目瞪口呆，感受到自己的排名岌岌可危，所以也開始認眞起來。

有這樣的結果我也很欣慰，但不可能老是無條件地使用烹飪社的食材，所以有時候週末我們三個會約出去購買食材，禮拜一再由住處離學校最近的夏生帶去學校。

「洵恩，我有事跟妳說。」

社團時間，我們在烹飪教室分組討論社展的菜單時，社長學姊走到我的桌邊。我突然想到社展結束就代表學姊即將畢業，這一點還眞是令人有些感傷。

學姊領著我走出後門，將門帶上後，直接問，「妳有興趣接任社長嗎？」

「我嗎？」這突如其來的問題讓我好訝異。

「妳和小唯都是我考慮的人選，但她畢竟在料理方面……總之，我先詢問妳的意願。」

社長沒有把話說得太白，但我知道她的意思。

「我從沒想過這件事情，社長，我才高一，是不是應該讓高二的學姊擔任比較合適？」

社長挑眉，「沒想到妳會注重這一點。」

我聳聳肩，雖然我認爲實力比輩分重要，但基本上的禮貌我還懂得遵守。

「烹飪社社長可以指定下一任社長，不需要經過其他社員同意，這點是烹飪社傳統。」

印象中在加入烹飪社時似乎有聽過這個說法。

「妳喜歡料理嗎？」

我點頭，社長露出微笑，將她的捲髮撥到頸後。

「我知道妳常利用放學時間在烹飪教室料理一些小東西。」

我大驚，「這不行嗎？」

「沒有不行，只是我以前也常做這樣的事情，弄些小東西給喜歡的人吃。」社長的眼神略顯落寞，隨即打起精神，「看見妳那樣，就讓我想起一些回憶。」

我咬著下唇，不知道該做何反應，覺得這種氣氛還眞是彆扭，難道對於樂宇禾的感情眞表現得這麼明顯？

「如果沒有意願的話，也不要勉強，我已經跟小唯提過此事，對方也認爲妳比她更能勝任。」社長看了下手錶，「這禮拜答覆我。快回去討論吧。」

回到小組討論後，岳小唯悄然靠近我身邊，問我剛剛是不是在講接任社長的事情，然後手肘用力頂了我一下，表示她很願意在我底下做事情。

「我覺得妳是最適合的人選喔！」她小聲地在我耳邊說，眼底盡是興奮。

有點，不習慣這樣的場面。

所以我只是扯扯嘴角。

簡單討論出社展的菜單，基本的蛋糕和餅乾一定會有，其他菜色中西混雜，還有壽司。

放學後，我若有所思地一邊想著要不要接任社長，一邊將平底鍋往上一拋，漂亮地爲鬆餅翻面。

「喔喔喔！」樂宇禾和夏生在一旁用力拍手。

「如何簡單區分宋詞元曲？」我開口。

「嗚！怎麼突然就殺來題目了，嗯……宋詞元曲很難區分耶，基本上原本好像是一體的，最後才分開，大概是風格吧，我記得元曲比較通俗活潑。」夏生搔搔腦袋。

「樂宇禾呢？」我將鬆餅放到盤子上，淋上蜂蜜。

「我哪知道怎麼分啊，這看起來好好吃喔！」他嚥了嚥口水，走過來就想吃，我先一步移開盤子。

「不說就沒食物。」

他哀怨地看著我，「我就不知道怎麼分啊！」接著語出驚人，「所以我都背下來了。」

「你開玩笑吧？」夏生先是笑了幾聲。

「他不說謊的。」而我沉著臉。

夏生立刻從書包拿出國文老師給我們的百首宋詞與百首元曲，隨便翻開一頁，「紛紛墜葉飄香砌，夜寂靜，寒聲碎。眞珠簾卷——」

「玉樓空，天淡銀河垂地。宋詞，范仲淹〈御街行〉。」樂宇禾準確接上夏生還沒念完的句子。

我和夏生都瞪大眼睛，他連作者和詞名都背起來啦？

「你好歹讓我念完，下一個。十年生死兩茫茫，不思量，自難忘。」

「千里孤墳，無處話淒涼。宋詞，蘇軾〈江城子〉。」

「再來！沒來由犯王法，不提防遭刑憲，叫聲屈動地驚天。」夏生不死心。

「元曲〈竇娥冤〉，關漢卿。」

「你不用再考了，樂宇禾說他背起來就是眞的背起來了，再問只會自信心受創。」我將兩盤鬆餅個別放到他們面前，樂宇禾開心地拿起叉子，夏生則像顆洩了氣的皮球有氣無力。

「樂樂啊，你這麼厲害，是不是該去登記什麼金氏世界紀錄，賺一筆啊？」

「這倒是不錯，要是以後找不到工作可以考慮考慮。」

「金氏世界紀錄沒有獎金可以拿。」我補充說明。

「高嶺啊，妳看樂樂那什麼臭屁的模樣，上天眞是太不公平了。」夏生哭著嗓喊。

「上天很公平啊，至少我不喜歡念書，讓你們可以往上爬。」樂宇禾眨眨眼睛，咬下一口鬆餅，蜂蜜從嘴角滴落。

「好，很好，」夏生看了我一眼，「那高嶺怎麼說，長得漂亮，身材也不錯，然後聲音好聽又會做菜，成績還很好，上天不公平的代表！」

雖然是在稱讚我，但聽起來眞令人生氣。

樂宇禾一手托著下巴，側頭看著我的臉，「上天是公平的，杜洵恩一定會有某些地方無法如願。」

「例如運動嗎？」

「不，她只是不想運動，不是喜歡運動卻運動神經很差，所以不能算數。」樂宇禾把鬆餅大口塞到嘴裡，這次蜂蜜沿著嘴角流淌而下的更多。

「你到底在幹什麼？」我伸出手想幫他擦去，忽然意識到這個行爲不妥。

於是，在手伸出的瞬間，立刻改爲抽出一旁的衛生紙，擦向他的嘴邊。

「總之，社展完就是期末考，要好好表現，知道嗎？」我對兩人精神喊話，他們喔了聲，乖乖吃光鬆餅。

當樂宇禾在洗碗盤的時候，夏生蹲在烹飪社教室前的走廊喃喃自語，說著「不可能」或是「不公平」之類的話。

拿他沒辦法，我走到他身邊，「別跟樂宇禾比，那種是天賦。」況且夏生本身也是個不公平的代表。

「我超震驚的。」夏生的心情我懂。

我們仰望著前方的天空，安靜了好一會兒，夏生從地上站起來，他的影子被太陽西曬拉得長長，蓋住了我。

「高嶺，妳有點不一樣了。」

「什麼？」我一愣，想含糊帶過，夏生卻盯著我不放。

「我猜對了吧？崩盤了吧？」

我沒有回應，夏生的雙眼似乎有些微瞠大，又好像沒有，他的背再次靠回牆上，仰頭看向天空。

「唉，遲早的啦，我早就預見了，這是必然。」

「什麼東西必然？」洗好碗從烹飪教室走出來的樂宇禾嚇了我們兩個一跳。

「沒什麼。」夏生聳聳肩，「我先走了。」

「一起走啊。」樂宇禾說。

「不了，我趕時間。」話雖如此，夏生卻走得慢條斯理。男生的瀟灑有時候也是有好處，樂宇禾沒想著要追問清楚，只是說了再見，然後跟我一起往反方向的校門口走去。

回家的路上，樂宇禾依然哼著國中校歌，看著被拉長的影子跟著我們一起前進，橘紅色的夕陽滿是溫暖，晚霞也將天空染得斑爛奪目，我不自覺地也跟著哼起校歌。

「杜洵恩，妳在唱歌呢！」樂宇禾在腳踏車前座上笑著。

他笑著笑著，我也跟著勾起嘴角。往地上一看，坐在腳踏車後座的我，和坐在前座的他，我們的影子在地面是連在一起的。

細細數來，我們相識的日子已過了一年多。

從沒料想過成日抽菸打架的樂宇禾有著過耳不忘的天賦，也從沒料想過我竟然會喜歡上這個說要和我保持純友誼的男孩。

我這是說謊嗎？應該不是吧？我只是沒說出口，沒說不代表說謊，這可是樂宇禾講的。

如果他開口問我，我一定會老實告訴他，我喜歡他。

「妳今天好像心不在焉，又感覺心情很好，到底怎麼回事呀？」他問我。

「社長問我要不要接任社長一職。」

「烹飪社嗎？太強了吧！」他聽起來很高興。

「你覺得呢？」

「接啊，幹麼不接？妳不是也很喜歡做菜嗎？」

「那我就接吧。」我笑著，順勢將原本放在他飄揚襯衫衣角的手，移到他的腰上。我可以感受到樂宇禾的身體微微一僵，不過他沒有其他反應。

「杜洵恩，答應我一件事情。」

「我要先聽過才能考慮。」

「喔，都幾年朋友了，先答應也不會怎樣啊。」

「才剛滿一年沒多久。」

「算得很精欸！」他叫了聲，「我是要說，答應我，只要妳還待在烹飪社，就要做東西給我吃。」

莫名其妙的要求，而我也莫名其妙的答應了。

這個約定所代表的意義，我認爲，友達以上，又還不到另一種層次。

我們之間的純友誼，已經不再純粹了。

在我開始別有私心的時候，就再也回不去最原始的友情。

這些改變固然違背我們最初的約定，但我很高興可以即時發現自己的感情。

✿

社展盛大開展，樂宇禾和夏生拿著招待券進場，沒過多久就快將我們社準備的食物掃光。最後在我出拳制止下，兩個人才收斂。

我一面忿忿地瞪著他們兩個，覺得實在讓我丟臉，一面有些拉不下臉地向烹飪社裡的其他社員道歉，大家好像對於我這樣爲難又尷尬的表情感到很新奇，甚至還謝謝他們這兩個白痴，讓大家可以親眼目睹難得可貴的畫面。

總之，大家捲起袖子，立刻再次製作食物，還推出隱藏版蛋糕——社長和岳小唯聯手的成品。我猜大概只有在豪門婚禮上，才能看見這樣一座裝飾華麗的三層蛋糕吧。

同時，我告訴社長學姊，我願意接任社長一職，學姊高興得當場發布這個消息，我接受了所有社員的熱烈掌聲。只是，我不太習慣有人這樣對我鼓掌，不太習慣岳小唯那樣全心託付於我、那樣全然相信我。

原來在不知不覺間，我已經不再是國中那個生性冷淡、對任何事情都無感的我。

如果不是樂宇禾跟我念同一所高中，如果不是樂宇禾在當時說要當我的朋友，夏生也會跟我這麼要好嗎？我會主動加入烹飪社嗎？

我大概還是那個坐在自己位子上看書的優等生吧。

後來我們三個繞去觀星社，裡頭只有一個打瞌睡的學生。觀星社展示的是夜空照片，美得如同潑灑在黑色畫布上的銀白繁星，看起來還些微帶著紫光，攝影的技巧著實不得了。

他們兩個在看到這樣美麗的照片後，開始後悔爲什麼沒有認眞參加社團，但說歸說，離開觀星社、感動退去後，他們還是認爲在家打電動最好。

社展落幕後緊接著就是期末考，我一如往常拿下全校第一名，但我懊惱的是，考數學前的那一節下課，樂宇禾講起他昨天看見的某一道數學推理題目，一堆根號、平方、小數點。就在我快解出來時，考試鐘聲響起，於是我又花了點時間解開謎題，回過神才發現應該要先寫數學考卷。導致原本應該可以拿到九十分的成績變成八十五分，這讓我非常不高興。

「請妳知足！」當夏生聽到我這樣說時，表情認眞加怨恨，我瞄到他放在抽屜的考卷，八十二分也不錯啦。

「哇哈哈，我差一點點耶。」樂宇禾的聲音聽起來好像很滿意自己的成績，所以我和夏生懷著既期待又怕受傷害的心情接過他的考卷。

五十九分。

「差一點點就及格了耶！哇哈哈。」更正，他的笑聲很像小丸子裡面的山田同學才對。

「你忘記答應過我什麼？」我冷聲提醒。

「我知道啦，要在全校排名中段，我記得啦！」但他看起來滿不在乎。

不過當我站在榜單前，我簡直不敢相信我的眼睛。而夏生早就跪倒在一旁，只差沒對老天爺吶喊。

樂宇禾的排名的確來到中段，詭異的是，他的成績除了數學五十九分、化學三十五分、理化七十分，其餘需要背誦記憶的科目統統滿分。

統、統、滿、分！

國文老師發考卷的時候甚至哭了，歷史老師也是，地理老師、英文老師等人都哭了！

夏生也哭了，但哭的原因和老師們大不相同。

「填鴨式教育啊，我是一隻吃得很飽的鴨子。」樂宇禾用滿分考卷搧著風，夏生必須用盡全力抑制自己想撲過去撕碎考卷的衝動。

「吃得很飽的話，不如以後就別吃點心了。」我微笑。

「妳幹麼啊？是妳要我念書的啊，怎麼我考一百分妳又嫉妒我了啊？」樂宇禾怪叫。

「樂樂，你保持這樣很好，不能死背的科目就盡量不及格沒關係。」夏生抓著他的肩膀哀求。

「數字什麼的真是太麻煩了！」樂宇禾哈哈笑著。

高三的畢業典禮在暑假前夕舉行，我最期待的是當天晚上的煙火大會。

早上我和岳小唯一起買了一束花，將花獻給我們那位個性有些歇斯底里但料理手藝了得的前社長。她選擇的大學科系，毫不意外是餐飲系，雖然我有點擔心她依然慘不忍睹的賣相會讓她備受刁難，但我相信學姊一定能克服一切，應該。

「以後烹飪社就交給妳們啦。」學姊眼角噙著淚水，拍了拍我和岳小唯的肩膀，「社長、副社長。」

「我會盡力做到最好。」我說。

「我們會加油的！」岳小唯雙手握拳，彎起手臂往下壓兩下。

「希望妳們畢業的那天，對高中生活一切滿意，留下的都是快樂回憶。」學姊感慨的模樣有些反常，她的眼神在人群中掃蕩，最後定在某一點，露出至今我從未見過的溫柔微笑。

「學姊，畢業快樂，有空要回來看看我們。」岳小唯給了學姊一個擁抱。

學姊對我們揮手，朝另一邊的教學大樓跑去，在人群之中，我彷彿看見她奔向某個人的懷中。我想看清楚，他們卻已經消失在轉角。

夜晚最高潮的活動當然就是煙火秀，樂宇禾在我打了五通電話後，才心不甘情不願地出門到學校。

「我正在打很重要的一場對戰，少了我一個戰士會差很多，煙火什麼的明年還有啊。」

他連連抱怨，我則捏了他的手一把，「明年跟今年的煙火怎麼會一樣？」

「啊不都是煙火……好啦，我這不是來了嘛！煙火這噱頭還眞的能招生呢……」

在他抱怨的同時，天空倏地炸開一整片煙花照亮天際，燦爛奪目。

「哇哇哇！」剛剛還抱怨個不停的樂宇禾，興奮地發出一陣陣驚呼。

煙火從小而大、由遠而近地擴散至整片夜空，像是在漆黑的宇宙中，某個行星突然爆炸，藍色、綠色、紫色、銀色、黃色的碎片組成一大片星海，讓人目不暇給。

最後一束煙火，像彩帶般在空中散開，灑落一地閃亮，看起來有些平凡無奇，卻是最完美的結尾。我幾乎感動得熱淚盈眶。

「杜洵恩，這麼感性？」

樂宇禾冷不防地將臉湊到我面前，我趕緊躲開，用力眨了幾下眼睛，恢復面無表情。

「哈哈哈，眞的很感動啊。」他笑著拍拍我的肩，手便再也沒離開過。「謝謝妳死拖活拖要我出來看煙火，夏生沒來就虛度今晚了。」

「夏生說，從他家裡就看得到煙火。」我喉嚨一緊，被他碰觸的肩膀像是要著火。他的氣息如此接近，彷彿我身上都沾滿了他的味道。

「杜洵恩。」他的聲音輕柔，對上那雙眼，我一看便心軟。「能來這所高中，和妳當好朋友，是我這輩子做過最對的一件事情。」

「這輩子才過多久。」

「幹麼這樣，我很感性耶！」他帶著酒窩的笑臉如此令人溫暖。

我也覺得，當時願意和他當朋友的自己，做了這輩子最對的一個決定。

高一暑假，我和樂宇禾不再像寒假那樣完全沒有聯絡，偶爾會傳LINE。最近樂宇禾熱衷於購買貼圖，一買到新的貼圖就會貼給我看，我總是忍不住面露笑容，卻用詞嚴厲地教訓他別亂花錢。

最大的改變莫過於我也加入了他們的線上遊戲。我搞不懂什麼時候要按鍵盤上的哪個鍵，有時候該補血時我攻擊，該攻擊時我卻補血，其他未曾謀面的隊友對我很生氣。

「不怕神一樣的對手，只怕豬一樣的隊友。妳這個大白痴！」同隊的某隊友這麼罵我，讓我有點喪氣。

「不覺得網路上的人講話都很眞心嗎？」樂宇禾私下傳了訊息到我們群組。

「如果他們知道這個豬隊友是朵高嶺之花，想必會立刻低聲下氣地說：『大大需不需要帶妳？』」夏生這麼回覆。

「這遊戲很無聊。」我回應。

「妳不能因爲自己不會玩就說無聊啊！」樂宇禾爲線上遊戲打抱不平，貼了生氣的圖片。

「是啊，這遊戲絕對會是經典。」夏生也說。

男生們，很無聊。

但是和樂宇禾一起做的這些無聊事情、這些微不足道的小事，讓我覺得好高興。

果然戀愛的女生都是傻瓜，甘願當個傻瓜。

# 第十章

突然間，我很怕聽到他所說的，實話。

開學後，升上高二，一群小高一湧入，在走廊上開始會有人稱呼我學姊，這一點讓我覺得很新鮮，國中時期可沒這樣。

「幫忙消化一點吧。」夏生滿面春風地從後門進來，手裡拿著許多巧克力、餅乾，「可愛的小高一送的。」

樂宇禾接過，打開一袋手工餅乾，咬了一口後吐掉，「我家杜洵恩做的比較好吃。」

「不能跟高嶺比啊！」夏生將餅乾搶回去，吃了一口後也皺眉，一臉難過地將食物全部放回紙袋，哀怨地看著我，「高嶺，這都是妳的錯。」

「又關我什麼事情了？」

「妳慣壞我們的味蕾了，我們再也沒辦法接受其他人的普通手藝。妳自己造的孽自己收拾，所以這學期的便當也請多指教了。」

「請多指教。」

兩個人在我面前雙手合掌，恭敬對我一拜。

「前提是……」

「又來了！她又要談條件了！」樂宇禾立刻起身兩手一攤。

「妳超適合當律師之類的，法條一、法條二，或是去談判！啊，對，就來談判怎麼樣？條件任妳開！」夏生也大聲嚷嚷。

「便當免談。」我將注意力轉回書本。

「妳就這樣對待自己喜歡……」聽到這裡，我立刻抬頭用最凶狠的眼神瞪夏生，他立刻改口，「……的好朋友們嗎？我們可是妳最好的朋友耶！」

我的眼神對上夏生，多逗留了好幾秒，要他別亂講話。

「我會努力讓數學及格、化學四十分，而且妳答應過我的事情妳忘了嗎？」樂宇禾沒發現剛剛的不對勁，像個孩子般繼續吵鬧。

「我沒忘。」別過臉，刻意讓頭髮垂下蓋住我的側臉，隱藏我忍不住浮現的淺淺笑意。

升上高二的我，接任烹飪社社長，岳小唯是副社長，我們兩個三不五時就會聚在烹飪教室裡，討論每個禮拜社團活動要安排什麼，或是分享最近發現了什麼料理新做法。

我發現岳小唯做的料理，雖然味道還是一樣糟糕，但裝飾倒是越來越厲害，而且她的料理概念其實挺充實又正確，就是不明白爲什麼老是失敗。

「沒關係，反正有妳，我們是黃金搭檔。」岳小唯對我甜甜一笑。

「嗯，好吧。」我扯出了一個靦腆的微笑。

「對了，妳聽說了嗎？」岳小唯的表情變得八卦，「來了一個轉學生。」

我們高中是這一區數一數二的明星高中，沒有退學制度，讓很多學生都抱持著僥倖的心態（例如樂宇禾），但卻沒有影響到升學率，因爲不愛念書的學生，在社團或是其他領域多半都有著傑出的表現，畢業後很快就會被相關企業網羅或出國留學。

每個年級二十六班，但二十班以後都是專科班級，像是美術、音樂、日語、英語、會計等等。學校校風崇尚的是「自由」，校方願意給學生自由發展的空間。

所以，即便在少子化的時代，這所學校的招生仍舊年年額滿，轉學率也是零，根本不可能有人中途轉學進來。

「聽說那個人轉學考全部滿分，根本怪物。」岳小唯撇著嘴，十足不屑，語氣卻隱約帶著羨慕。

「大概是所謂的天才吧。」我說，就跟樂宇禾一樣，擁有可怕的天賦。

「在我心中，洵恩妳是全才唷！」岳小唯俏皮地對我眨眨眼睛。

轉學生的事情似乎在學校引起不小騷動，但他的教室位在對面的教學大樓，對我們班沒有產生太大的影響，只不過當我偶爾看向對面大樓時，可以看見某個班級的走廊上擠滿了人。

「聽說那個轉學生是天才，又長得帥。」夏生一邊撥弄著他的頭髮，一邊翹腳看漫畫。

「我怎麼聽校園王子說，轉學生是死魚眼？」樂宇禾話說得有些漫不經心，「欸，別管那個了，高二上學期最重要的是什麼你們知道嗎？」

「模擬考。」我秒答。

「是球技大賽！」樂宇禾搖搖手指。

「怎麼又是球技大賽，感覺才剛打完。」夏生摸向自己的額頭，彷彿在表示之前撞到籃框的地方還隱隱作痛。

「去年因爲不可抗拒之因素我沒上場，今年我們一定要拿下冠軍！喔喔喔喔！」樂宇禾站到桌子上，雙手向空中高舉，發出白痴的吼叫聲。

班上其他原本正在看書或是聊天的男生，也忽然間立正站好，跟著一起發出「喔喔喔」的叫聲，好像對勝利勢在必得。

「他球是打得很好嗎？」

「我哪知道，我幾乎不懂籃球。」夏生繼續翻著漫畫，「不過大家倒是都會把球傳給他就是了。」

看著男生們像是喝了興奮劑一樣圍著樂宇禾喊來喊去，我對球技大賽也起了一點期待，不過這次我依然打算選羽球，而且我絕對要裝生理痛不下場。

喬碩蕾坐在位子上和她的姊妹淘討論雜誌上的衣服，偶爾當樂宇禾他們太大聲的時候才會轉過頭來看一眼。我不知道她還喜不喜歡樂宇禾，只是好奇被拒絕後，要花多久時間才能遺忘。

放學後念筆記給樂宇禾聽的習慣，在我們升上高二後依然持續。我們沒有參加晚自習，而是下課後聚在烹飪教室，對我們來說，這樣的學習方式比晚自習有用多了。

大多時候夏生都在一旁看漫畫或是睡覺，只有吃東西時才會睜開眼睛，而樂宇禾依然不是很專心地在聽著我念筆記。

假日的時候，樂宇禾會和班上同學去打球，並叮嚀我已經可以開始構思冠軍慶祝菜單了，我故意說高一籃球冠軍的C班曾經放話會拿三年冠軍，樂宇禾只是冷笑一聲，「高手一出馬，便知有沒有。」

面對他的自信，我覺得很可愛。

期中考當天，樂宇禾罕見地睡過頭，變成我騎腳踏車到他家接他，再換手讓他騎。

「你怎麼會睡過頭？」我看著手錶，再五分鐘第一堂考試就要開始了。

「我真的不是故意的，就練習很累啊，念書很累啊，打電動也很累啊，今天又超好睡，一不小心張開眼睛就這個時間了。」他賣力騎著腳踏車，下坡時甚至連煞車都沒按。

「如果遲到了該怎麼辦？」我抓緊他的衣角閉緊眼睛。

「哇，第一節考數學，我是沒差，但妳該怎麼辦？」他著急了，「下次遇到這樣的狀況，妳就自己先去學校，來回我家多花二十幾分鐘耶。」

「還有下次？」我用力捏了他的腰，他哇哇叫。

「別鬧了啦，時間已經很趕了。我只是舉例啊！下次如果再發生這種事，妳就自己先去學校。」

「下次我一樣會先去你家找你。」這我不會退讓。

「在某方面妳也很固執耶，好啦，保證以後不會有這樣的事情了，我會準時出現在妳家門口。」他停頓了一下，「一直到妳交了男朋友。」

一年前聽到一樣的話，我的反應是白他一眼，但如今我的心情複雜得很，不知道該高興還是難過。

也是有另外一種可能啊，也許我都不交男朋友，他也不交女朋友，我們可以維持這樣的關係長長久久。

又或者，不管我交不交男朋友，他都是唯一的選擇。

我們在鐘聲響起那一瞬間踏進校門口，樂宇禾慌慌張張地要我先去教室，但我堅持要在原地等他，拉拉扯扯之下又浪費了不少時間，最後他一邊碎念一邊快速騎進車棚停車，又匆匆忙忙跑出來。

「妳眞的是講不聽欸！今天是怎麼了啦！」一邊跑上樓梯他一邊惱怒地說。

我沒應聲，就只是覺得，該一起同進退。

當我們抵達教室，考卷剛發下來，監考老師小小念了幾句，便要我們快快入座。

這堂考試雖然很混亂，但大抵來說我還是有把每道題目解開，反觀樂宇禾大概在拿到考卷二十分鐘後，就趴在桌上呼呼大睡。

夏生爲我們捏了一把冷汗，說後兩天都要打電話叫樂宇禾起床才行，他也眞的那麼做了。

聽說從早上六點，夏生就開始每十分鐘打電話給樂宇禾一次，讓樂宇禾充分感受到什麼叫精神壓力，爲此他還在教室裡愼重拜託夏生別再打給他，他會每天一起床就傳LINE到群組，向我們報告美好的一天即將展開。

一個禮拜後，在期中考頒獎典禮那天，樂宇禾早上六點就傳訊息過來，而且還是私下傳給我，只有一張照片，是我家樓下大門。

睡眼矇矓，我呆愣了一下，才忽然領悟過來，打了電話。

「妳起來了喔！」樂宇禾的聲音怎麼有點像是從樓下傳來？我不敢相信地拉開窗簾，果然看見他在底下探頭探腦。

「你怎麼這麼早？」我趕緊從床上爬起來，一邊脫去自己的睡衣。

「睡不著，就乾脆起來走走，妳繼續睡吧，我晃一晃時間到了再過來接妳。」

「不，等我十分鐘。」說完我就掛掉電話，立刻換上制服並衝到浴室刷牙洗臉，頭髮隨便梳兩、三下，就在九分鐘後出現在一樓大門口。

「妳也太快了吧，身爲一個女人出門速度這麼快還眞是不可思議。」他坐在腳踏車座墊上，身體前傾手撐龍頭，上下打量我一輪後又說：「而且還沒有瑕疵。」

不自然地抬手掠了一下頭髮，我坐上後座，「還這麼早，去哪？」

「那就先吃早餐吧。」他微笑，踩著踏板依然哼著國中校歌。

「你還在哼國中校歌，都畢業這麼久了。」

「懷念啊，國中挺無憂無慮的。」他偏過頭，「不過我比較喜歡高中，因爲有妳跟夏生。」

我一愣，不由得揚起笑容，更多的是甜到心中的柔軟情緒，「少噁心了。」我輕輕打了一下他的背。

坐在後座，我可以肆無忌憚地看著他的背影，不用擔心與他四目相接時的尷尬（雖然只有我在尷尬）。

我仔細觀察他的後腦杓，頭髮有些凌亂，還有幾根翹了起來，以及他後頭露出的那節褐色肌膚，我都覺得好可愛，情不自禁伸出手就想要觸碰他，但瞬間我停住了手，低著頭咬住下唇。

天啊，我是變態嗎？

剛剛到底在幹什麼？竟然會想要去觸碰男孩子，怎麼女生也會有看男生看到出神的情況出現？

紅著臉，我偷偷抬起頭，明知道他不會轉過來，還是有些心虛。

他睡翹的頭髮，眞的好可愛喔……杜洵恩，妳這個變態，快停止這種可恥的想法！

一路上，我一下看著他的背影，一下臉紅，一下自我嫌惡，再重複這樣的輪迴。

離學校不遠處，有間很有名的豆漿店，一大清早店內已經擠滿許多人，夜遊至清晨的大學生、做完運動的老人、準備出班的上班族等。我和樂宇禾點了蛋餅和豆漿外帶，騎著腳踏車來到河堤邊。

「正巧現在天氣最舒服，不熱不冷，還有些涼風，在河堤邊吃早餐，接近大自然最棒了。」樂宇禾坐在長椅上吃著蛋餅，露出幸福的表情，「果然好吃。」

以往早餐在教室吃，有夏生一起；午餐在空中花園吃，有夏生一起；下午茶在烹飪教室吃，也有夏生一起。

我們雖然每天一起吃飯，但總是有夏生在一旁。

沒來由地，我忽然有些緊張，連張口吃蛋餅都不知道嘴巴要開多大，是該放在腿上還是拿在手上？要先喝豆漿還是先吃蛋餅？衛生紙要不要先拿出來，以免醬油不小心沾到臉頰？

光想著這些平常根本不會注意的細節，我就覺得耗盡腦力，到底「自然」該怎麼做？

「幹麼不吃？」樂宇禾已經吃完一半，我還在發呆。

「沒、沒什麼。」我將一邊的頭髮掠到耳後，緩緩把蛋餅放到嘴邊，因爲嘴張太小無法一口把蛋餅塞進去，最後咬了一小口，又覺得這樣太做作。

怎麼吃個蛋餅比念書還累！

「妳今天又怪怪的嘍。」樂宇禾身體往前傾，側過頭看我。

「哪有？」現在不要這樣看我啦！

「吼，說謊，明顯怪怪的啊！」樂宇禾伸出食指指著我。

「你幹麼睡不著？」

「妳這是轉移話題嗎？好吧，就讓妳轉。」他站起來伸個懶腰，「就昨晚睡前在背唐詩，結果看到一首覺得還不錯，沒想到腦袋就一直想著，然後天就亮了。」

我狐疑，「你怎麼可能為了一首詩睡不著？」

「冰雪聰明啊妳！其實也是因為昨天遊戲打得不太順利。」

我就知道。「是什麼詩？」

「李白的〈秋風詞〉，妳應該知道吧。」我才要念出口，他已經背對著我，輕輕念出：「秋風清，秋月明，落葉聚還散，寒鴉棲復驚。相親相見知何日，此時此夜難為情；入我相思門，知我相思苦，長相思兮長相憶，短相思兮無窮極。」然後他轉過身來，凝望著我，笑得溫暖，「早知如此絆人心，何如當初莫相識。」

我居然眼眶模糊。

樂宇禾伸出手，像是要碰觸我的臉，卻遲疑地停在空中好一陣子，最後他往前踏一步，蹲下身來與我視線平視，溫暖的手掌貼上我的臉，撫去莫名落下的淚水。

「因為詩而哭了嗎？妳知道這首詩的意思嗎？」他低沉的嗓音緩緩在我耳中迴盪。

「單戀。」就像我一樣。

「其實算是情詩，只是最後那一句，實在太讓人心碎了。」他伸出另一隻手，兩隻手就貼在我的臉頰上，用拇指替我擦去淚水，「我第一次看妳哭。」

我吸吸鼻涕，從書包裡拿出衛生紙，「我要擤鼻涕。」

「哈哈哈。」他收回手，往後退，人也起身轉向河面。

我擤了鼻涕後，喝了一口豆漿，偷偷咳了幾聲，還暗自啊了幾聲，確保自己不再有鼻音以後，才對前方的樂宇禾說：「怎麼會爲了這首詩睡不著？」

「早知道忘不了，早知道如此牽絆，那不如當初不要相識。」他背對著我發出的聲音如此陌生，「愛到什麼樣的程度，才會有這樣的想法？」

「你在單戀誰嗎？」半晌，我脫口而出，他微微一愣，沒有轉過身，而我馬上後悔自己問出口的話。

突然間，我很怕聽到他所說的，實話。

「妳呢？」他轉過來，悠悠地望著我。

「我……」

一道鈴聲打斷我要說出口的話，樂宇禾凝望我的眼神如此不同。他拿出手機看了螢幕，輕微地嘆一口氣，再次看向我時，眼神裡好像已經少了些什麼。

「夏生。」他說，接起來轉身講電話。

我立刻大呼一口氣，剛剛幾乎憋住了呼吸。我無法會意過來，忽然之間，剛剛那樣的氣氛是怎麼了？

如果夏生沒打來，我是不是就會說出口，說出我喜歡他了？

告白要在最好的時機，而我不知道剛剛是不是就是最好的時機，還是還不到時機？就此打住，會不會比較好？

樂宇禾掛斷電話，沉默了很久，才帶著一如往常的笑容轉過身來，對我說該去學校了。

不管剛剛是不是最好的時機，都已經過了說出口的時機。

✿

「我以為你又睡過頭了。」夏生站在校門口，瞇眼看著我們。

「我今天超早就起來。」樂宇禾摸了摸自己頭髮亂翹的後腦杓。

我瞪著夏生，覺得他剛剛的電話打的真不是時候，夏生接收到我的眼神，摸著自己的臉一臉狐疑，「高嶺，我又幹麼了嗎？」

「沒事！」我從腳踏車上下來，自己往教室走去。

朝會，全校四千人都站在操場上，今天要頒發期中考獎項，包含各班第一名、全年級第一名、進步獎和校外比賽獎項等。我們班離司令台有段距離，連講台上站的是誰都看不清楚。

當司儀開始唱名各班第一名時，我從隊伍中出列，樂宇禾拍了拍我的肩膀，對我豎起大拇指。

我淺笑，既甜蜜又緊繃的感情堆積在我的胸口，讓我好想問他白天在河堤說過的話。

領完這份獎項後，以往都會有老師叫我留步，等著待會頒發全年級第一名的獎狀，但這一次卻沒有，我看見國文老師對我笑著搖頭，一臉可惜，嘴型甚至說了「加油」。

樂宇禾和夏生看見我走回班級隊伍很訝異，問我爲什麼回到隊伍，我聳肩，「這次第一名應該不是我吧。」

「你們不知道嗎？沒看榜單？」聽到我們對話的喬碩蕾開口插話。

「什麼？」樂宇禾問，這一次我們拿到考卷只計算了自己的總分，還沒去看榜單。

「二年級第一名，B班那個轉學生。」喬碩蕾面對樂宇禾看起來很自然，至少比我自然。

「高嶺期中分數六百五十八分耶！」夏生訝異竟然有人的分數比我還高。

「那個人考七百分呢！」喬碩蕾邊說邊翻了個白眼，不知道是對我，還是對轉學生的分數。

「接著頒發二年級全校第一名，二年B班……」

「滿分？」樂宇禾和夏生的驚呼聲和麥克風傳出來的聲音重疊，導致我沒聽見新榜首的名字，但是七百分就好像是會算數學的樂宇禾一樣，怪物等級。

當了一年的榜首，現在落爲第二，並沒有讓我失落多少，只是樂宇禾和夏生好像以爲我會很在意，一整天都對我噓寒問暖，深怕我情緒低落似地。

我看著在我面前努力講笑話逗我開心的樂宇禾，就覺得再假裝情緒低落一陣子也好。

某天我和岳小唯在社團時間討論下學期社團展覽的菜單時，她忽然提到，「我收到天才的入社申請單。」

「什麼天才？」我在菜單上寫下日式煎蛋捲，覺得這是不錯的選擇。

「擠掉妳變成第一名的那個轉學生啊，他不知道從哪裡打聽來我是副社長，把入社申請單拿到我們班給我，嚇死我了。煎蛋捲不錯，應該很好做。」然後她在煎蛋捲旁邊打勾。

「男生想加入烹飪社？我們社員人數已經滿了呢。」烹飪教室裡的設備有限，勢必不可能大肆招收社員，所以我們是少數有限制社員人數的社團。

「是啊，我也這樣跟他說，他挺失望的，雖然臉上沒什麼表情啦，哈哈。義大利麵怎麼樣，我覺得這也是一個不錯的選擇。」

「很好做，但要弄得好吃不容易。」不過我還是加到菜單上。

「我們也可以邀請學姊回來，我看她臉書發的文，現在好像又變得更厲害了，不過賣相一樣糟糕啦。」她格格笑著，我也笑了。

差不多一個禮拜後，又發生一件大事情。

事情發生得很突然。放學後，我一如往常坐在樂宇禾腳踏車後座，夏生在一旁跟著我們跑。因爲今天烹飪教室消毒，習慣在這個時間吃點心的我們，買了學校附近那間名爲「花之冰」的店家限量推出的紅豆湯，到河堤坐著吃。

河堤聚集了許多學生，有我們學校也有其他學校的，還有看起來像是大學生的年輕人在橋下準備烤肉，以及一些看起來並非善類的男人聚在一旁抽菸。

那群男人一直往我們這邊打量，那眼神很噁心、很討厭，但因爲有樂宇禾和夏生在，我並沒有多害怕。而且，樂宇禾有意無意地擋住那群人看向我的視線。

「夏天，我們居然在吃紅豆湯，還熱的喔！」夏生一邊擦汗一邊吃。

「別有一番風味啊！別人吃冰我們就要喝湯，跟別人不一樣最特別。」樂宇禾吃到鼻涕一直吸，我笑著拿出衛生紙給他。

「好溫柔啊。」夏生故意這麼說，我再次瞪了他。「好凶！」

他皮在癢，現在越來越喜歡想到就戳一下我和樂宇禾的關係，就算眞的有什麼在萌芽好了，也會被夏生這樣的強硬灌溉給淹死，所以這一次我要徹底讓他明白。

「哇哇！妳幹什麼！」看見我氣勢洶洶地走向他，夏生下意識往後退了幾步，把紅豆湯高舉著。

就在這一瞬間，剛剛明明還離我們有段距離的那群男人，不知道什麼時候來到夏生身後，也不知道他們是不是故意的，夏生的紅豆湯莫名其妙就這樣灑在他們其中一個人身上。

「三小啊。」穿著黑衣的男人先是一吼。

「哇，抱歉抱歉。」夏生立刻道歉，而樂宇禾也站起來靠向我，將我往他身後拉。

「小鬼，說抱歉就可以了喔？」另一個嚼著檳榔的紅嘴唇說。

「洗衣費什麼的我會賠償，眞的眞的很對不起。」夏生並沒有嘻笑，而是正經地對他們行禮道歉。

但對方四個人就是故意找碴，將眼神定在我臉上好一會兒，露出不懷好意的笑容。其中一個穿背心的男人想靠近我，但夏生一個箭步擋住他的去路。

「大哥，弄到您兄弟的是我，找我就可以了。」

「幹，那個湯是想害我兄弟燙傷是不是？道歉就沒事了？」對方操著國罵。

「我們有看到，是和小妮子在打情罵俏，才會撞到我們。」另一個穿有舌環的人說。

「不然你們想怎樣？」樂宇禾臉上是沒有酒窩的笑容。

「氣勢很兇喔，簡單啊，醫藥費來個七、八千是基本。」

我雙手握拳，這幾個人分明找碴，夏生一臉無奈，真的是遇到神經病！

「明星高中耶，頭腦都很聰明。拎杯最討厭書念得好的小孩。」紅嘴唇看了看我們的制服，往草地吐了口口水，更正，應該是血紅檳榔。

「好燙啊，可能三度灼傷啦。」被潑到湯的人倒在草皮上打滾。

我真的忍不住翻白眼，往前走一小步。

「沒知識就別開口，三度灼傷是全層皮膚灼傷，貫穿整個真皮層，會導致患部呈現焦黑色或蒼白色，重點是不會有疼痛的感覺。要造成這樣的傷害，絕對不會是區區可以放到口中的溫度能辦到的！」

我一說完，那群男人完全目瞪口呆，然後馬上響起樂宇禾和夏生的大笑聲。

「記住，我下次可能會考。」我對笑個不停的樂宇禾說。

「高嶺啊，現在不是教書的時候吧！」夏生也抱著肚子。

「馬的，死女人。」結果舌環男居然像是想要揍我似地，舉起一隻手就衝過來。

當下我的反應是用雙手擋在前方並側過頭，緊閉雙眼。感覺到好像有什麼搶先擋在我的身前，我張開眼睛，看見樂宇禾單手抓著舌環男的手腕。

「打女人？你有沒有搞錯啊？」樂宇禾的眼神很冰冷，就連夏生的臉色也很可怕。

「我連你們一起……」原本趴在地上的「三度灼傷男」衝過來就要幫忙，樂宇禾將他另一隻手上的紅豆湯再次往他身上灑去。

「幹——」

「怎樣？這次是幾度灼傷了？」極盡所能地挑釁，樂宇禾用力一踢眼前的舌環男，順勢將我往後推，對著我喊：「快跑。」

「我不要！」我大喊，樂宇禾瞪大眼睛看著我。

「叫妳跑就跑！」

「我不要！小心後面！」我放聲尖叫，背心男一腳踢中樂宇禾的背，他整個人往我這邊撲，我立刻衝過去抱緊他，卻承受不住突如其來的重力加速度，整個人往後倒。

他們看機會來了，兩個人立刻衝過來，樂宇禾想從草地上爬起來反擊，但在起身的瞬間再一次被踢中，整個人又往下，用力壓在我身上。

樂宇禾倒下的太過突然，沒抓好距離，他的額頭重重撞上我的鼻子，我喊了一聲，一陣痛楚從鼻頭直擊我的腦門，將我的眼淚逼了出來，接著嘴裡嘗到鹹鹹的味道。

我淚光婆娑地看見樂宇禾驚愕的神色，他瞠目結舌地看著我的表情很是驚恐，下一秒，忽然他的背又傳來一記重擊聲，這一次他閃過我，直直撞到我耳邊的草地上。

「馬的，再囂張啊！」兩個人對著趴在我身上掩護我的樂宇禾拳打腳踢，樂宇禾雙手護著我的頭，將我整個人藏在他的身下，不讓我被波及。

我眼淚掉了出來，這些可惡的壞人，我不是怕他們，也不是怕痛，是怕樂宇禾受傷。夏生，快來幫忙！

從樂宇禾懷中的空隙我可以看見夏生根本無暇顧及其他，他一次要對付兩個人，雖然他一直想過來，但他一分心又中了一拳。

「救命啊！呀！」我大喊尖叫著，許多人都看見這一幕，有些人怕惹麻煩選擇逃開，有些人拿著手機錄影，有些人則趕緊撥打電話。

河堤下的大學生們手裡拿著隨地撿的木棒或籃球，有人甚至拿著烤肉架衝來要幫忙。

「我報警了，也錄下來了，這邊有證據，你們還不快滾！」在河堤對面，一個穿著我們學校制服的男生大喊，他身邊正拿著手機的女孩也穿著一樣的校服。這一喊，那群男人停下手，觀察現場發現苗頭不對，落下了幾聲沒意義的粗口便匆匆離開現場。

「你們沒事吧？需要幫忙嗎？」我聽見大學生們靠過來的聲音。

「沒事，謝謝你們。」然後是夏生拒絕人家的好意。

「樂宇禾？」我雙手緊抓著從剛剛就一直顫抖的樂宇禾的襯衫，看不見他的臉，不知道他傷得多重，我的眼淚一直掉一直掉。

夏生蹲在我們身邊，拿出手帕蓋在我的鼻子上，那抹紅瞬間染溼了潔白的手帕，夏生面無表情地看著我，「樂樂，你可以起來嗎？」

樂宇禾抱緊著我的手緩緩放鬆，吃力地撐起自己的身體，坐到一旁。

「妳還好嗎？」夏生看著我的臉，他的嘴唇有血，眼睛周圍也瘀青了，頭髮更是亂七八糟，頓時我眼淚掉得更凶，用力搖著頭。

他將我扶起來坐在草地上，仔細看著我的臉和全身，「除了鼻血，還有哪裡受傷嗎？」

我想止住顫抖。往樂宇禾的方向看去，他一隻手掌深深陷入一旁的泥土裡，捏得老緊，垂下的眼眸看起來很生氣。

「樂……」

「妳在搞什麼東西？」忽然，他對我怒吼，我嚇了一大跳，整個人呆住。

「我叫妳跑，妳不跑是搞什麼鬼？」樂宇禾瞪著我，我從沒見過他這樣的表情。

「我只是……」

「剛才那種情況，妳根本不該留下來，白痴都該知道的事情！」

「樂樂，你少說幾句。」夏生手搭上我的肩，我才發現自己連牙齒都在打顫。

「如果是更重的傷呢？」樂宇禾從草地上站起來，氣急敗壞走過我身邊，往河堤上去。

「樂樂，高嶺呢？」夏生嘆口氣，大聲對著樂宇禾的背影喊，他停頓一下，轉過來看著我。

我的臉沾著血和眼淚，或許還臉色發白吧。我說不出半句話，就連樂宇禾的身影也看不清楚，淚水早就模糊一切。

他走回來，對我伸出手，但我怕得要死，這樣發飆的樂宇禾我很陌生，下意識地我往後縮，埋到了夏生的懷中。

我不敢看樂宇禾，只能緊閉著眼睛，忽然間就放聲大哭。

「你送她回去。」樂宇禾這樣說。然後，我聽見他離去的腳步聲。

恐懼、不安、陌生、自責等情緒在我心中交雜，我只感覺到夏生輕撫著我的頭髮，他的手掌很溫暖，想安撫我，而我腦中全是對我生氣的樂宇禾。

等到我冷靜下來，天空也暗了，河堤吹著颯颯風聲，草也隨著風發出沙沙聲響，大學生們玩樂的喧囂聲從橋下傳來。

我緩緩離開夏生的懷中，看著天上稀疏的兩、三顆星星。

「好點了嗎？」夏生說著，我才發現他的手牽著我的。

「嗯。」我想抽開手，他卻抓得更緊。

「夏生。」

「高嶺，妳喜歡樂樂對吧？」他看著前方河岸，語調平板，「所以妳才不離開對吧？」

「對。」我怎麼可能離開，留下他？

對於我的承認，夏生沒多大訝異，他低下頭，笑著搖了搖頭，「如果是我要妳離開，妳會跑嗎？」

「我不知道。」

「妳該跑的，不管是我或是樂樂，妳都該跑，我們都不希望妳受傷。」他抬起頭凝望我的眼，那雙眼眸中的情感在此刻表露無遺。

我一直都知道夏生用什麼眼光看著我，也明白他一直以來有多壓抑，我知道的，我都看見了。

然而，就像喬碩蕾對樂宇禾的感情一樣，都被我忽視了。

「高嶺，妳想聽我的實話嗎？」

在那零點幾秒，我立刻搖頭，用力地搖頭。

夏生苦笑，再次垂下眼。

我依然喜歡聽眞話，依然不希望身邊充滿謊言，但爲什麼隨著時間過去，我越來越害怕聽到眞話，也越來越怕說眞話？

我站起來，往後退了幾步，然後牽著樂宇禾的腳踏車往河堤上奔去，一抵達柏油路，我甚至連回頭都沒有，跨上腳踏車後便猛踩踏板，一路狂奔離開。

逃離，夏生的眞實。

# 第十一章

## 喜歡這件事情是很講究天時地利人和的。

我將腳踏車騎到樂宇禾家門口，卻不敢按下電鈴，最終只能傳訊息告訴他腳踏車停在門口，還有我的鼻血止住了，現在也不會痛了。

然而他沒有回傳，這在我意料之內，潛意識中我也明白，或許明天也看不見他出現在我家門口。

我不認爲這件事會影響到我們之間的友誼，但隱隱約約地，我覺得這會是個轉折，感覺所有事情在這一天過後，全都不一樣了。

一場覺睡得極不安穩，在忽夢忽醒之間已經來到鬧鐘響起的時間，我先是看了訊息和LINE，樂宇禾和夏生都沒有消息。

懷著憂鬱的心情，我慢條斯理地準備起床，一切弄妥後才低著頭走出門。

「怎麼這麼久？」出乎意料，樂宇禾站在我家門口，儘管皺著眉頭，還是掛著一派輕鬆的笑容。

「咦？」我倍感訝異，說不出話來。

他踩上踏板，看著手錶，「快點，以免遲到了。」

一切顯得很不眞實，我以爲他不會來了。

我坐上似乎變得有些陌生的後座，竟猶豫要不要如往常般拉住他的襯衫衣角。

看著他的背，我好不容易找回自己的嗓音，「你昨天……」

「話說昨天太早睡了，所以今天又很早起來，覺得時間過得好快啊，馬上就要期末考了，這次妳覺得可以拿回全年級第一名的寶座嗎？」

我愣了愣，淡淡地回，「我不知道。」

「喔？也有妳不知道的事情啊，我倒是覺得很有機會，就不相信轉學生下次還可以全拿滿分。」樂宇禾笑著，卻很生疏。

一如往常，他在騎著腳踏車到學校的這段路上，天南地北地跟我聊天。

但他不唱歌了，不哼國中校歌了。他的聊天內容是刻意挑選過的，那些無關緊要的日常。

對於昨日他的態度、我的眼淚和訊息，他隻字不提。

我三番兩次鼓起勇氣開口，想問他背上的傷有沒有好一些，想跟他道歉說自己昨天應該聽他的話，但他不給我說出口的機會，只要我一提及，他便轉到下一個話題。

這樣的一如往常，很不一如往常。

到了學校，樂宇禾要我先進教室，他牽腳踏車去放，以往他也都會這樣說，但這一次看著他毫無笑意的眼神，我只能點頭拖著步伐走上樓梯。

進到教室後，我看見夏生趴在桌上睡覺，我抓緊書包背帶，猶豫了一下，還是選擇直接走過他的身邊，到自己的座位拿出課本。

過了一會兒，樂宇禾進到教室時，也是直接走到我前面的位子，立刻倒頭就睡，我偷偷轉過頭看了夏生一眼，他的手指微微敲打著節奏，我知道他並沒有睡著，而前方的樂宇禾也是。

我深吸一口氣，將想哭的情緒化成唾液往喉嚨吞。

第一節上課沒多久，學務處忽然插播了廣播，請樂宇禾和夏生到學務處，我馬上想到應該是跟昨天打架有關。

當夏生抬起趴在桌上的臉，我才看見他貼了OK繃，班上的同學也竊竊私語。

「快去吧。」台上老師微微嘆氣，他們兩個一聲不吭地往前門走，而我立刻站起來。

「杜洵恩，怎麼了嗎？」老師問。

「我……」

停在前門的樂宇禾凝望著我，面無表情，瞬間我定住不動。

夏生並沒有看我，他經過樂宇禾身邊往教室外走，樂宇禾又看了我兩眼，然後也緩緩往外移動。

「杜洵恩？」

在全班同學與老師的注視下，我緩緩坐回位子上，咬著下唇用頭髮遮住自己的臉，偷偷掉下眼淚。

如果不是我自作聰明挑釁對方，如果樂宇禾叫我跑我就跑，那樂宇禾就不會生氣，夏生就不會想跟我說實話。現在這個時候，我們三個是不是就能把昨天的事當作一樁笑話？

下課時，我到學務處偷偷東張西望，卻被走出來的教官趕回來。

等他們兩個回到教室已經是第二節上課了。兩個人臉上依然都看不出情緒，但樂宇禾卻狠狠踢了自己的桌子一下，發出咚的聲響，桌子翻倒在地。

「你幹什麼？」台上的老師板起臉孔。

「沒事。」樂宇禾語氣非常差，夏生面無表情，只看了他一眼，便趴回桌上。

我站起來，替樂宇禾把桌子扶起並推回原處，樂宇禾沒有反應，班上的人也靜默一片。

「不要遷怒。」我平靜地說。他瞪著地板，最後拿了書包就站起來往外走去。

「樂宇禾，你給我站住！」老師大吼，但樂宇禾沒有停下。

我跑到後門，看著他的背影消失在樓梯轉角，在心裡不斷大喊他的名字，卻沒喊出口。

而夏生面對這一切騷動，自始自終都沒有抬起頭來。

樂宇禾蹺掉一整個上午的課，自從我認識他以後，他不曾這樣過。

我眞的不明白，昨天的事情爲什麼會有這麼大的影響？是哪個環節出錯，還是我忽略了什麼，導致情況變得這般脫序？

中午，我打了好幾通電話給樂宇禾都是關機狀態。平常嫌他們兩個吵，但現在才發現，只有我一個人的空中花園顯得太過寬敞，我將便當蓋起來，回到教室看見夏生依然趴在桌上。

他全身散發著低氣壓，沒有同學敢靠近他，也沒有人敢開口詢問到底發生了什麼事。

「夏生。」我走到他旁邊，他身體微微一顫，過了好幾秒才側過臉看著我。我輕聲說：「吃飯。」

「我不餓。」他聲音冰冷，班上的人都悄悄看過來。

「那你跟我上來。」我看著他，略帶懇求，「拜託。」

我知道這樣他就不會拒絕我，就如同我對樂宇禾的心軟，夏生一樣如此。

他撐起身體坐直，深吸一口氣後站起來，往後門走。

到了空中花園，他坐上長椅，手肘靠在膝蓋上彎著腰，「我不知道樂樂去哪了。」

「我沒有要問這件事情。」我坐到他身邊。「學務處有處罰你們嗎？」

「嗯，但不嚴重，至少沒記過。」夏生依舊沒抬頭，「只是被禁賽了。」

「禁賽？你是說球技大賽嗎？」我瞪大眼睛。

「所以樂樂才不爽。」

樂宇禾從高一期待到現在，最近也時常利用下課或放學時間練習，卻因爲一樁不是我們的過錯而被禁止參賽。對一般學生來說，也許這件事情沒什麼，本來就只是校內的比賽，沒有記過或警告已經是萬幸，但對樂宇禾來說，他寧願記過。

「怎麼可以這樣！是對方先來找碴的，我要去跟教官說。」說完我立刻站起來，卻被夏生拉住。

「從頭到尾都不關妳的事，因爲樂樂壓著妳，沒有人看到妳的臉。」他的眼神好遙遠。

「可是、可是……」

「高嶺，聽我一句，別再提這件事情了。」夏生凝視著我，似乎我不答應就不放開我的手。我咬唇，唯一能選擇的只有點頭。

下午，樂宇禾回來上課了。我問他去了哪裡，他說在對面的教學大樓天台睡覺，我看見他手指頭上居然塗著彩色指甲油，又問了他那是什麼？

「在天台遇見什麼指甲社團，說有新的顏色要試，不由分說就拉我過去。」樂宇禾的態度有些緩和。

「沒拒絕？」夏生懶洋洋地搭話。

「對方說：『反正你也是蹺課，不想我去告狀就借畫個指甲。』不知道是哪班的女生，有夠臭屁。」樂宇禾皺眉看著手上的紅色指甲油。

我的心一緊，在我不知道的地方，他和我不認識的女生有了短暫交集，這讓我隱隱感到不安。

可是現在，我們三個在說話了，雖然氣氛還有些奇怪，但至少我們在說話了，我必須讓這話題延續下去。

「幾年級的女生？漂亮嗎？」我的問題讓兩個男生都有些驚訝，他們互看一眼，流露出不自然的笑容。

「妳也會對這種事情感興趣？」樂宇禾問，而夏生一臉複雜。

「就……好奇啊，居然敢主動對你搭話。」

樂宇禾褐色的眼珠在我臉上打轉了好幾秒鐘，嘴角勾著不知所云的笑意，才開口：「我也不知道，總之，不會再碰面了吧。」

他的視線瞥往窗外，似乎還因爲想到那個女孩的事情而微微笑著。

此刻最重要的是，我們要回到以往和諧的氣氛，個人的小情小愛，必須放到一邊。

我這麼告訴自己。

「洵恩，天才還沒放棄耶。」

「放棄什麼？」

「加入我們社團啊，他到現在還沒參加社團，說只願意加入烹飪社。雖然我們學校也不是硬性規定每個人都要加入社團啦，但已經是潛規則啦！」岳小唯咕噥著，「我在想我們社團多一個人也沒關係吧？學校應該不會這麼嚴格，不過這種事情本來就是社長說好就好，所以我是來詢問妳意見的。」

✿

「是社長決定就行的嗎？說到這，怎麼從來沒見過我們社團的顧問老師？」

「我也沒見過耶，前社長好像說過顧問老師不管事，全權都在社長身上。」岳小唯歪著頭思索，我們兩個居然到了高二才想到應該要有顧問老師。

「算了啦，反正有沒有老師沒什麼影響，前社長也都自己決定呀。」

「嗯，這麼滿懷熱忱想要加入，我是很高興，但如果開了先例，未來難保不會有同樣的事情發生。」我平板的語調沒有情緒起伏，腦中想的全是這些日子以來發生的事。

「說的也是，好吧，只能拒絕他了。」岳小唯有些失望。

「回家嘍。」樂宇禾背著書包站在烹飪教室後門。

「男朋友耶。」岳小唯露出調侃的表情，但我就連應付的微笑都裝不出來，輕聲說了再見便往外走去。

下樓途中，我們依舊有一搭沒一搭地聊著天，有關明天的球技大賽卻隻字不提，我也不好問樂宇禾怎麼想，我問不出口的事情越來越多。

樂宇禾牽起腳踏車時，我看見他指甲上的顏色又換了，現在是橘紅色，我的心猛地一抽，嚥了口水，用極不自然的聲音問，「你還有跟那個女生見面啊？」

「喔？這個啊。」他看了自己的手指頭一眼，「昨天去C班找校園王子，意外發現他和那女生同班，所以又小聊了一下。」

「是喔，那她……她看見你有很高興嗎？」樂宇禾坐上座墊，我也跟著坐上後座，裝作漫不經心。

「高興？還好耶，普通，只是又要我試了新顏色。」他踩動踏板，駛出校門口，迎風吹來舒服的氣息，還有屬於樂宇禾的味道。

「喔……」

「明天球技大賽，妳一樣要假裝肚子痛嗎？」

「應該是吧，沒意外的話。」沒想到他主動提及這件事，所以我鼓起勇氣問，「那你跟夏生……」

「我們一樣會去看妳打羽球，夏生被禁賽樂得很，一切都是命，明年我也沒興趣打了，就讓校園王子那班一直連霸好了。」他的聲音聽不出是生氣還是自嘲，但這樣總是好的發展，至少他願意主動提及球技大賽了。

我在後座扯開笑容，手也準備抓上他的衣角，樂宇禾忽然笑了一聲。

「那個女生……我都叫她亮亮，亮亮也是報名參加羽球比賽喔。」

霎時，我覺得眼前一黑。

手也滑落到自己的膝蓋上，強烈的不安席捲至咽喉處，想吐卻吐不出來。

你來看羽球比賽的原因，是因爲我，還是因爲她？

問不出口，我什麼都問不出口。

最近每一次我都要反覆思索過，才敢說出話、做出動作，因爲我深怕一個不好，就弄得跟之前一樣，氣氛如此糟糕。

對於樂宇禾的一字一句、一舉一動，我都戰戰兢兢。

我什麼時候變得這麼喜歡他？

因爲喜歡，才害怕他的反應。因爲喜歡，所以我唯一能說的話，就是順著他的話說，讓他開心。

「看樣子你對那個亮亮很有興趣啊，你以前不曾在我面前這樣提過一個女生呢！」

他的背影微僵，踩著踏板的腳也有些微停頓，鏈子發出沙沙聲響，接著他輕笑，沒有轉頭，繼續踩著踏板上了橫跨河堤的橋。

「只是有點在意。」他的聲音聽起來是什麼情緒？我已經分辨不出來。

夕陽染橘了整片天，彷彿也覆蓋了我們，這顏色如同樂宇禾指甲上的那些橘紅，格外刺眼。

所以我閉上眼睛，扯出一個難看的笑容說：「加油。」

「加什麼油啦！」他笑了，卻很陌生。

很笨的回答、很傻的祝福，這些我都知道。

感情並不像考試一樣有標準答案，在課業上我得心應手，但在此刻，我只是一個白痴。如果我能再早一點發現自己的感情該有多好？

✿

球技大賽當天，原本想裝肚子痛的我還是決定拿起球拍。今年喬碩蕾選了排球，而我站在球場上，看著樂宇禾和夏生在一旁聊天，時間彷彿時空錯置，回到一年前的今天。

我們三個之間像是平靜的海，即便海底下有多麼深、有多少看不見的黑暗、藏著多少沒浮出水面的感情，乍看之下都只是一片平靜的海。

一個女孩走過去和樂宇禾打招呼，我猜那就是亮亮，距離太遠，我看不清她的臉，及肩短髮，看起來很瘦，她伸手摸上樂宇禾的手，讓兩個男生都嚇了一跳，但看起來只是在研究指甲顏色。

對方似乎參加雙人羽球賽，第一關就被刷下來，而我因爲太過分心觀察亮亮，也在首輪就被刷下。

當我走回樂宇禾他們身邊時，亮亮和她的搭檔已經離開。

「沒留她下來聊天？」我喝了一口水，第一句話是這個。

「她去看籃球比賽，今年好像打得比較快，現在已經是冠亞軍爭奪賽了。」樂宇禾直接往後躺，而夏生一直用奇怪的表情看著我。

「要過去看嗎？」我裝作沒注意到夏生的異狀。

「不了啦。話說回來，亮亮剛剛說這一次籃球比賽，各班男生似乎有打賭。」樂宇禾坐起身，「夏生，你有聽說些什麼嗎？」

夏生聳聳肩，「我對這些又不感興趣。」

「就因爲我被禁賽，居然沒人跟我說這件事情。」室外的籃球場上聚集了已經打完比賽的各班參賽球員，樂宇禾站起來往那處看去，「我們班的好像有幾個在那裡，我過去好了。」

「你要去打球？」夏生一臉拿他沒辦法。

「球技大賽，不動一下還是滿奇怪的。」他笑得燦爛，揮手跑開。

而我坐到剛剛樂宇禾的位子，看著前方還在進行羽毛球比賽的選手。

「妳怎麼回事啊？」夏生思索一會兒後還是開口。

「什麼？」

「妳在撮合樂樂跟剛剛那個女的？」

「沒有，只是樂宇禾對她好像挺有興趣，所以我順口說說。」我語氣平淡地開口。

夏生不可思議地道：「妳在想什麼啊？妳喜歡樂樂卻把他往外推，是怎樣啊？」

「也許就是因爲這樣，所以我才希望不要傷害到他。」想起那天在河堤打架的事情，我的眼眶變得模糊。

「拜託，河堤的事情根本就不重要，不需要放在心上好嗎？」夏生無奈喊著。

「那爲什麼我們之間會變得奇怪？」我瞪他，夏生愣了一下，隨即眼神黯淡下來。

「是妳選擇不聽實話，那就不該用眞實的眼睛去看待一切。」

「我不知道該怎麼做，也不想要你教我該怎麼做。」我雙手環抱膝蓋，咬著下唇，「只要可以恢復以前的相處方式，那樂宇禾喜歡別人又有什麼關係呢？」

「高嶺，我有時候真的搞不太懂妳到底是笨還是聰明？」夏生的聲音聽起來很沮喪，「但這是妳自己的決定，別後悔就好。」

我悶不吭聲，這世界不就是這樣嗎？

喜歡的人也喜歡自己，本來就是一件很不容易的事，通常都是她喜歡他、他喜歡她、她喜歡他的無限循環。

現在樂宇禾對別的女孩有興趣，那是一回事。我喜歡他，又是另一回事。

總有一天的，反正總有一天，他總會喜歡上我的。

就如同我發現我喜歡上他一樣。

球技大賽的結果跌破眾人眼鏡，二年B班奪得冠軍，打破了校園王子在高一朝會時誇下的連霸宣言。

聽班上有去看比賽的人轉述，B班的那個轉學生是致勝關鍵，我聽不太懂什麼零秒出手那些比賽過程，但樂宇禾眼神卻熠熠發光，就連對籃球沒興趣的夏生都聽得津津有味。

「啊！早知道就該去看了啊！」樂宇禾聽完後抱頭大喊。

我注意到，他從頭髮縫隙中露出的指尖，又換上了不同顏色。

也許是感到不妙，放學時我對他提議，「樂宇禾，我們很久沒有念筆記了。」

「啊？不用了啦，都快要高二下了，我自己也會認真一點。以前比較不懂事，老是麻煩妳，我想點心之類的，以後也不用再特地做給我了。」我還沒反應過來他說的話，樂宇禾已經掛上賊笑的表情，「當然如果妳要繼續做給夏生吃，那也是可以的。」

「爲什麼會提到夏生？」我呆住了。

「就不用明說了吧。」樂宇禾用手肘頂了頂我的肩。

「我不知道你誤會了什麼，可是絕對……」

「喂！」一個女孩的聲音忽然出現在我們教室外。

樂宇禾轉過頭，我也看過去。

「亮亮。」樂宇禾走過去。

「又叫我亮亮。」她沒好氣地翻了白眼，「我正要回宿舍，正巧看見你還在教室，所以順便來跟你說一下，你知道我們班跟B班男生籃球賽賭的是什麼了嗎？」

「聽說了啊，賭女生電話，有點愚蠢。」樂宇禾對她笑著。

「是滿白痴的啦，不過爲了這個而爭奪冠軍的男生也很白痴啊。」亮亮看了我一眼，「啊，之前的榜首！」

聽見她直率地對我喊出這句話時，我不由得一愣，正是這樣的個性，才會讓樂宇禾著迷不是嗎？

「她是杜洵恩，我們從國中就認識了，現在也……」樂宇禾拉著我靠過去。

亮亮的眼睛在他抓著我的手腕處打量，「我知道，女朋友對不對？很厲害耶，校花呢！」

我滿腹狐疑，我一直以爲他們處於曖昧階段，但亮亮的反應卻不是那麼回事。

「不是啦，我們是好朋友，純友誼那種啦。」樂宇禾倏地放開我的手，抓著頭尷尬不已地解釋。

「哈哈哈，純友誼啊。」不知怎麼地，亮亮的眼神似乎有些飄遠，「會強調是純友誼，事實上多半就已經不純了耶。」

「我們真的……」一聲鐘響打斷樂宇禾的解釋。

亮亮猛然大叫：「鐘響了啦，我要先回宿舍了，改天再見，掰嘍！」

接著她就蹦躂地往宿舍方向跑去。

「她是住校生？」

「是啊。」樂宇禾看著亮亮的背影直到不見為止。他也許不知道自己臉上的笑容有多溫柔，但我卻看見了，他曾經用這樣溫柔的目光看過我嗎？

我好嫉妒，好難過，好想哭。

「你是不是喜歡她？」所以我問了，只要問出口的話，樂宇禾就不能敷衍。

「應該是還沒吧。」他嘆口氣，「就只是有點在意，亮亮看起來好像都很開心，可是下次有機會妳觀察一下，她一個人的時候會發呆或是嘆氣，看起來很可憐。」

「可憐？」我無法將這個詞與剛剛那女孩聯想在一起。

「因為她喜歡上有心上人的男生啊。」樂宇禾看著我，「她喜歡校園王子。」

「啊？」我的聲音忍不住拔高。

「妳幹麼啊？」他揉著耳朵。

「她、她、她有喜歡的人？」這是什麼超展開？

「是啊，我第一次在天台遇見她，她就劈哩啪啦地把這些事情都跟我說了，明明才第一次見面，她居然就告訴我這些事情，所以一開始我覺得她有點白痴。」

樂宇禾說，亮亮一邊威脅他要告發他蹺課的事情，一邊將他拉進她的社團教室，然後拿出指甲油，也不問他的意願就塗上顏色，接著便開始說起自己的事情。

「也許那時時候她正好很脆弱吧，所以她才會對我這個陌生人講了一堆心裡話，說什麼好朋友喜歡校園王子，但兩人還沒發現互相喜歡之類的，其實我聽不太懂，總之就是她喜歡上和自己好朋友兩情相悅卻還沒在一起的校園王子。」

一下子腦袋吸收太多東西，我有些轉不過來。

所以說，我這些日子以來，到底在傷心什麼？

亮亮有喜歡的人，就算是可能不會成功的戀情，但至少她有喜歡的人！

忽然間，我覺得什麼陰霾啦、黑暗啦……負面情緒統統消失了，我的心情好得不得了。

「妳幹麼啊？笑成那樣。」樂宇禾皺著眉頭，用一種好像我是瘋子一樣的眼神望著我。

「沒啊，心情很好。」我背起書包，「我一樣會繼續做東西給你們吃，那是我的興趣，回家吧。」

「我覺得妳好像有點壞欸，我都說了有點在意亮亮，妳聽到她有喜歡的人後卻這麼開心。」樂宇禾看起來好像也不是真的難過，只是在耍嘴皮子。

我勾起笑容，側頭看著他的臉，「多一點顛沛流離、多一點困難重重，這樣開花結果的時候才格外美麗啊。」

「但也可能是落了一地的花瓣都是真心，卻被無視喔。」樂宇禾不忘引用〈一棵開花的樹〉。

「但也許來世上一遭，只為了與對方相聚一次，那瞬間發生的所有甜蜜悲悽就足夠啦。」我轉了轉眼珠，用〈抉擇〉回應他。

「所以盼望的就是那一瞬間嘍？就算之後離別，也不要求長久，只要回首時短短的一瞬？」他也回我。

我格格笑了起來，瞇著雙眼望著他，「這些詩篇你都還記得啊。」

「當然，不過我最喜歡的還是〈秋風詞〉，早知如此絆人心，何如當初莫相識。這一句。」他看了一下手指甲上的顏色，「亮亮很適合這些單戀的詩呢。」

我也很適合啊，我也正在單戀啊。

我輕勾起唇瓣，笑臉盈盈地看著他。

還不到說出口的時刻，當下我是這樣認為。

✿

樂宇禾真的開始自己念書了，但因為他是過耳不忘，不是過目不忘，所以圖書館或是咖啡廳什麼的根本不適合他，必須找個吵鬧的地方，讓他大聲念出來，才有辦法記到腦子中。

而夏生正好相反，他在吵鬧的環境無法念書，光是待在速食店十五分鐘他就快要崩潰。

「所以我決定，如果今天跟樂樂來速食店，那我就看漫畫。如果今天是去圖書館，樂樂就睡覺，這樣如何？」

「不如樂宇禾自己去速食店，你去圖書館這樣如何？」我找出兩全其美的方法。

「一起念書還可以討論啊！」夏生抓頭，「為什麼不跟之前一樣去烹飪教室就好？」

我看了正在玩手機的樂宇禾一眼，「他說想自己念書。」

「是啊，也要讓杜洵恩有時間念書啊，轉眼就期末考兼寒假，然後就模擬考，再來過沒多久就是大考，所以更要認眞念書。靠，死了啦！」樂宇禾哇哇大叫，把手機往旁邊丟。

「你還有空玩遊戲啊。」夏生拿起樂宇禾的手機，皺眉看了看螢幕，「你已經打到這關了喔？你到底有沒有念書啊？」

「別擔心我啦，反正我又不念大學。」樂宇禾從夏生抽屜裡拿出漫畫，「你不也還是在看漫畫。」

「因爲劇情很緊張啊。」夏生解釋，玩著樂宇禾的手機，「喔喔，樂樂，有妹敲你。」

「誰啊？」樂宇禾拿回手機，原本皺著的眉頭鬆了些，「是亮亮。」卻在看了訊息後又皺起眉頭喊了聲：「怎麼回事啊？」

「怎麼了嗎？」我和夏生好奇。

「搞不清楚欸，我打個電話給她。」他走到後門外。

「打電話幹麼要迴避我們？」夏生發出疑問。

「私人空間吧。」我翻了一頁課本，用螢光筆畫上重點。

「高嶺，我不曉得妳是很有自信還是怎樣，但樂樂和亮亮越來越親近，妳就不會擔心嗎？」

「擔心什麼？」

「他們總有一天會走在一起啊！」

我停頓了下，總有一天會走在一起的應該是我和樂宇禾，不是亮亮。

「亮亮有喜歡的人。」我蓋上螢光筆的蓋子，換拿起藍筆。

「有喜歡的人又怎樣，誰說會一直喜歡那個人？有可能今天喜歡A，明天就喜歡B了！」夏生壓低聲音急促地說，他比我還緊張。

「但同樣的公式也可以套在每個人身上不是嗎？也許樂宇禾今天在意亮亮，明天他就會在意我了啊。」想也沒想，我這樣回。

夏生有些訝異，一手摸著下巴低聲沉吟，「但說不定是先在意妳，現在卻在意亮亮了啊。」

他說了一個我沒想過的可能，我握著藍筆的手停下，盯著課本上的字。

「高嶺，喜歡這件事情是很講究天時地利人和的，彼此喜歡的人錯過時機，最後就算告白也不會有結果的啊，妳懂我意思嗎？時機，timing啊！」

「什麼時候是最好的時機？」

「現在，Now，いま！」他果斷地說了三國語言的同義詞，而我卻猶豫著。

「但我覺得還不到時候。」最後我下了這樣的定論。夏生張口看似還要跟我爭辯，此刻樂宇禾卻鐵青著一張臉從後門進來，走回位子上拿起自己的運動外套。

「幹麼？你要去哪裡？」夏生問。

「我去找一下亮亮，她好像在哭。」樂宇禾的表情很凝重。

夏生先是看了我的臉，又看了樂宇禾，「她在哭關你什麼事情啊？」

「總是會擔心的吧。」樂宇禾有些不悅，「下堂課可能會晚一點到，老師問起的話，就說我拉肚子吧。」

「是可以拉多久啊，乾脆說你昨晚吃麻辣鍋算了。」夏生一隻手在空中搖擺，看起來很不屑，樂宇禾拍了拍他的肩膀後，從前門走出去。

「時機，時機很重要。」夏生搖頭嘆氣。

「樂宇禾很容易心軟，你記得他高一對待喬碩蕾的態度吧？」我試圖說服夏生，同時說服自己。

「高嶺，妳未來會後悔的。」夏生的表情忽然變得認眞，「這次不一樣，妳應該比我更能感受到。」

我沒應聲，上課鈴響後、老師進來後，樂宇禾依舊還沒回來。

夏生依照約定，宣稱樂宇禾吃了麻辣鍋，現在正在廁所竭盡全力拉肚子，還跟老師說不信可以去廁所看。

「我才不要勒！」國文老師這樣回答。我發現他無名指上多了一個戒指，沒想到這麼幼稚的老師，也是有女人願意嫁給他的。

距離下課只剩二十分鐘時，樂宇禾終於回到教室，被國文老師調侃說沒那個屁股就不要吃那個瀉藥，而樂宇禾似乎若有所思，對這樣的話破天荒地沒有反應。

自討沒趣的國文老師，要他回到座位，繼續上課。

樂宇禾像是失了神，靜靜看著窗外，我隨著他的視線，望向對面的教學大樓。

透過窗戶，你在看著誰呢？

中午，夏生和我圍著樂宇禾，我拿飯糰給他們當午餐，樂宇禾愣愣地接過，眉頭微皺，「不是說可以不用了嗎？」然後他又瞥了夏生一眼，了然於心地補上一句，「煙霧彈。」

他一定誤會了什麼，但礙於夏生在場，我不好解釋，也許放學騎腳踏車回家途中，我可以好好解釋。

一整天樂宇禾沒有再離開過教室，心卻彷彿不在這裡，魂也不知道飛到哪去，看起來就是一直在發呆。

忍耐到放學，在校門口和夏生道別後，我才有機會可以將憋了一整天的疑惑問出口。

「所以亮亮在哭什麼？」這個問題在下課後夏生也問過，但樂宇禾沒有回答。

「就……嗯，我之前跟妳說過，她喜歡校園王子的事情……我跟妳談論這些事情不知道好不好耶……」坐在腳踏車前座的樂宇禾顯得有些猶豫。

我卻皺眉，用手搖著他的肩膀道：「是我耶。」

「我知道是妳啦，哈哈，我知道妳不會說出去，不要搖啦。」他笑著往河堤下駛去，「但畢竟這是亮亮自己的事情，把她的事情說給別人聽總不好吧。」

喬碩蕾的時候你有這樣在乎嗎？

我差一點就要這樣脫口而出，但還是忍了下來。這句話讓我感覺很不好，我懂樂宇禾的意思，但我是「別人」嗎？

「女生的煩惱女生比較了解，你說給我聽聽，我也好給你些建議。」

聽到我這麼說，樂宇禾猛一回頭，眉頭蹙得更緊，露出不可思議的眼神，「沒想到妳還會這樣說話呢，好像女孩子。不，應該是說，妳真的懂一般女生在想什麼嗎？」

「你這樣很失禮。」我捏了他的腰際，他吃痛叫出聲來，這個瞬間，我真真切切感覺到，回到了以往。

我們在河堤老地方下車，我先確認周圍沒有上次那群惡霸，才放鬆警戒坐在長椅。

「我看你一整天失神失神，不太對勁。」我拍了拍長椅邊。

「很明顯嗎？」他停好腳踏車，坐了下來。

我點頭，「所以說到底怎麼了？」

「就……好啦，亮亮的好朋友今天似乎終於發現自己喜歡校園王子，簡單來說，校園王子和那個好朋友只差一步就會在一起，雖然亮亮早就知道這件事，但眞的親耳聽見打擊還是很大。」

樂宇禾歪著頭，想盡量表達完整，「當然亮亮在朋友面前表現得很灑脫，不過我到的時候，她一個人哭得都換不過氣了，然後我就……」

忽然樂宇禾低下頭，左手搔著後腦，夕陽西曬，一片橘紅霞光照耀在河堤上，河面閃耀著橘紅色的光。

當樂宇禾抬起頭，那片橘紅也印染上他的臉頰，他一手摀住唇角，有些不好意思地看著我。

「然後我想，糟糕了，好像已經不只是在意。」他說。

# 第十二章

缺角的杯子，只要轉個方向，就看不見了不是嗎？
假裝那邊沒有缺一角，假裝那邊沒有傷痕累累。

一大清早，在樂宇禾還沒抵達我家樓下前，我就先站在大門口等待。
當他騎著腳踏車從巷口轉彎，看見我已經站在這裡時，驚訝地「啊」了一聲，加快速度騎了過來。
「妳怎麼這麼早就下來了？」
「想早點到學校念書。」我坐上後座，拍了拍他的背要他出發。
「也好啦，早點去學校也好。」他憨憨笑著。
「才能早點見到你的亮亮對吧？」
「妳幹麼啦，我又沒那樣想。」
「少來。」我調侃著他。
亮亮失戀，不代表樂宇禾和她就會有結果，我還是這樣告訴我自己。
總會有一天，樂宇禾會喜歡我的。
當然，夏生並不這樣認爲。
「妳知道這樣下去，最後樂樂只會和亮亮在一起。」

下課時間，樂宇禾又去亮亮的班級時，夏生蹙著眉這麼說。

「最後是什麼時候？」我抄寫著黑板上還沒擦掉的筆記。

「現在都快期末了，我自己覺得……高二下，亮亮一定會喜歡上樂樂。」夏生數著手指，「我只是不敢相信，樂樂居然會喜歡上別的女生。」

我沒接話。他看著我的眼神，好像樂宇禾就該喜歡上我。

「本來就該這樣啊，正常都是這樣發展。」夏生讀出我的心思。

「剛好他不太正常。你這次小考考試幾分？」

「九十，我有看到妳一百。」

「你知道樂宇禾幾分嗎？八十五。」

夏生滿臉驚訝，「眞的假的？但是現在妳沒有念筆記給他聽，他也沒有去速食店念書啊，怎麼有辦法考這麼高？」

「也許他認眞了。」我看著他放在桌上的課本，上面有著零星筆記，就連上課，樂宇禾也不再打混了。

「樂樂說，他覺得自己會喜歡上亮亮，是因爲脆弱。」夏生身體前傾，坐在位子上小聲地說：「我想，他看見了亮亮的脆弱與堅強，或者兩者又重疊出了什麼，反正喜歡這種事情通常等到察覺時，都已經喜歡上了。也許亮亮是他沒接觸過的類型，也許他們認識的時間剛好落在我們三個之間陷入奇怪氣氛的時候，我跟妳說過了，時機是很重要的啊。」

「你比我還關心這件事情。」我輕瞄了夏生一眼。

「我猜妳現在只是還不能接受事實。」夏生往後坐直，「妳會後悔的，高嶺。」

「你講了好幾次。」

「趁現在，跟樂樂講清楚，說妳喜歡他，還來得及，我是說眞的。」夏生鼓吹，但我搖頭，現在還不是時候。

我覺得現在還不是時候。

「我的天啊。」夏生第一次對我翻白眼。

午餐時間，當我將便當拿給樂宇禾時，他看起來有些遲疑，問他怎麼了，他卻反問，「夏生呢？」

「剛要上來的時候被美髮社的人叫走了，說什麼不答應當社展模特至少平常幫忙一下。」我坐到他身邊。

「是喔。」

我打開自己的便當，今天菜色是簡單的飯糰、幾個豆皮壽司，搭配番茄和煎蛋。

「下學期社展，我們有一項菜單是日式煎蛋捲，這是我早上試做的，你吃看看如何。」

我見他還沒打開便當，便主動替他打開。

「妳做的話一定是沒問題的啊。」他不知道在猶豫什麼。

「幹麼不吃？」

「因爲……我不是說了不用再幫我做便當嗎？」

「不差這一個，我不是一樣要做嗎？」

「但……」他嘆了口氣，「好吧，我覺得自己已經喜歡亮亮了，是不是不該和別的女生太過接近，像是不該再吃妳做的便當。」

我握著筷子的手一緊，「別的女生？」

「不要抓我語病，妳知道我的意思，我是說，這樣不是不好嗎？」樂宇禾看著我，「對妳也不好不是嗎？」

我喉嚨緊緊的，胃部也悶得難受，我用盡力氣扯出微笑，「但我們是超越性別的好朋友不是嗎？你說過的，純友誼。」

「是啊，我說過的，也確實遵守著。但是……如果有人看到我吃妳做的便當，還單獨一起吃，那傳出去被亮亮聽到了會怎麼樣？亮亮會怎麼想？」

「她什麼也不會想吧。」我輕聲笑著，內心卻如淌血般疼痛，「前提是亮亮也喜歡你，她才會在意這些事情。」

「我知道啦……妳的毒舌還是一點也沒變。」樂宇禾闔上便當蓋，把便當放在長椅上，然後站起來，「這些給夏生吧，我去買麵包。」

「樂宇禾。」在他要下樓梯前，我喊了他，「你忘記跟我說過的話嗎？」

「我要說，答應我，只要妳還待在烹飪社，就要做東西給我吃。」

他的腳步停了下來，輕描淡寫地說了句：「記得。」

「那爲什麼？」

「因爲這是不一樣的事情，專程跟順便，是不一樣的。」

「你以前在乎過嗎？」

「……沒有，但現在在乎了。」他沒有再看我一眼，便離開了空中花園。

我看著便當裡的飯糰，上面甚至用海苔片做出笑臉。此刻有水滴落了下來，我以爲下雨，抬頭才發現是自己的眼淚。

「說謊！騙子！說謊！」我輕聲喊著，不知道是在說他，還是在說自己。

最後，兩個便當一口都沒有動過，就被我直接丟進廚餘回收。

彷彿是爲了賭氣似地，即便當初加入烹飪社的理由不是因爲樂宇禾，但曾幾何時我所做的食物，都是想著他會不會喜歡。

所以我來到二年E班——岳小唯的班級。

「洵恩，妳怎麼來了？」看見我第一次出現在他們班的岳小唯很驚訝，轉頭對在她後頭叫囂的男同學們吼：「閉嘴啦，你們這些色胚。」

「我有東西要給妳。」我將一張折起來的紙交給她。

岳小唯掛著狐疑的表情接過那張紙，打開後，不可置信地看著我，「爲什麼？」

那是張退社申請單。

「我是社長，所以不需要經過社長同意，至今爲止謝謝妳。」

「可是爲什麼？怎麼會突然要退社？妳有其他想去的社團了嗎？」岳小唯拉住我的手急切地問著。

我輕輕搖頭，「沒有，我不想加入社團了，想要專心準備大學考試。」

「我們現在才高二上學期，這也太突然了吧？而且妳成績這麼好，這根本就只是藉口，有什麼其他原因嗎？」

「……我只能說，做料理的最大原因，又或者說熱忱，目前暫時消失了。」我努力扯出一個微笑，「不要再問我了。」

岳小唯欲言又止，最後只能垂下眼睛，捏緊那張退社申請單，「那、那社長呢？社長怎麼辦？」

我拍拍她緊抓著我手腕的手，「當然就是妳啦，從今天起，妳就是烹飪社的社長。」

「可是、可是我料理做得那麼爛，我只會裝飾，沒有妳我該怎麼辦？下學期社展怎麼辦？我們一起計畫好的啊，但什麼都還沒開始……」岳小唯的眼淚撲簌簌地滴下。

「我相信下學期妳就能找到很棒的夥伴，對了，那個轉學生不是一直很想加入烹飪社嗎？現在我離開了，烹飪社就有一個空缺，這樣他就可以加入啦。」我輕輕撫摸著她的臉頰，「我很高興可以認識妳，下學期社展一定要招待我，給我招待券唷！」

「那是、那是一定的啊！」岳小唯緊緊抱住我。

我感謝她的體貼，感謝她沒有繼續追問。

退社的理由無聊至極，只因爲樂宇禾不再吃我做的東西，我就有了這樣的決定。

但這是個對應關係，只要我還在烹飪社，就要做東西給他吃，當時我答應過他的。

所以當他不再吃我做的東西時，不也就代表我不在烹飪社了嗎？

只要這麼一想，就不會是他拒絕了我，而是因爲我離開了烹飪社，所以才不再做便當。

後來，岳小唯傳訊息告訴我，那位轉學生如願加入烹飪社，而且手藝好到令人驚豔不已，直說是撿到了寶。

「但我還是希望妳也一起在烹飪社就更好了，不過我會連同妳的份一起加油，雖然手藝還是很糟糕，不過我似乎找到可以搭配的夥伴了（當然妳才是我最棒的parnter）。」

岳小唯總是這麼窩心。

✿

期末考結束，這次我依然還是全校第二名，明明已經很努力了。看來怪物不是那麼好打敗。

「我的天啊，那個轉學生又是七百分。」站在榜單前，夏生頭昏眼花，「高嶺，這樣就代表我們是平凡人。」

「那邊也有一個怪物。」我看了排名，樂宇禾居然差點進入前一百名。

「他這麼努力到底是爲什麼。」夏生這句話其實不是疑問句，我也大約明白。

樂宇禾的奮發向上，八成和亮亮脫不了關係，我想，不是亮亮要他念書，而是樂宇禾不想自己表現得太差勁。

男生總是不希望自己比女生弱吧。

「這樣眞的好嗎？高嶺？」夏生這些日子以來總是說這句話。

「不然你覺得我該怎麼做？」我看著他。

「妳該在回家的時候，坐在腳踏車後面緊緊抱住樂樂，然後跟他說妳喜歡他，只要四個字就能解決一切。」

我以爲他會說出什麼好建議，但這樣直線的思考方式反而令我笑了出來。

樂宇禾聽到我退掉烹飪社的反應，只有一句「是喔」，若是我跟他說了喜歡他，現在又能改變什麼嗎？

他甚至連國中校歌都不再哼唱了。

「我認爲時機還不到。」

「那妳覺得的時機是什麼時候？」夏生反問我。

我思忖著，離開榜單前的人潮，往花園的椅子走去，夏生跟在我後頭，蹲在花圃前看著紅白相間的花朵。

「至少等到樂宇禾跟亮亮告白後，被她拒絕後，我們再當回毫無芥蒂的朋友後，大概就是那個時候吧。」最後我這麼說。

夏生對我搖搖手指，「妳這個假設有個很大的漏洞，妳知道嗎？」

我注視著他，夏生坐到我旁邊，「如果樂樂告白了，亮亮卻沒有拒絕呢？」

「不會的。」我的視線落向前方，「互相喜歡這種事情，不會這麼輕易發生的。」

「高嶺，妳眞的是天眞得可怕。」夏生忽然將手搭在我的肩膀上，我瞥向他的手，「我告訴妳，就像我之前說過，男生很笨，只要漂亮女孩不經意的肢體碰觸，可能就會喜歡上對方。同樣的，女生也是笨蛋，只要在需要陪伴的時候，一直有個人在身邊等她，而恰巧對方又長得很順眼、個性不錯，像是樂樂那樣，那後果眞的會有點嚴重喔。」

「我聽你在……」

「你們在這啊？」忽然，樂宇禾從前面花圃邊的圍牆轉過來，像是找了我們很久。先愣了下，才緩緩露出笑容，「不然你們先聊吧，我在教室等你們。」說完就轉身離開。

這是什麼奇怪的話？我和夏生對看一眼，才發現彼此靠得太近，臉頰幾乎就只有一個手掌的距離。

「哇！」夏生反應比我還大，整個人往後彈，差點就直接摔下椅子。

「你幹什麼？」我盡量佯裝鎮定，畢竟剛剛距離實在太過靠近。

「……沒有，反正我就是笨男生。」他趕緊站起身，「回去吧，祝妳和樂樂寒假能有些進展。」

「嗯。」我跟在夏生後面，感覺到臉頰的灼灼熱度。

就像夏生說的，忽然間的肢體接觸、忽然間的凝望，也許都能讓對方怦然心動。

但那畢竟只是短暫的心動，連好感都稱不上，就像剛剛對於夏生的心情，我喜歡他這個朋友，除此之外，沒有任何其餘的念頭。

會不會，樂宇禾也只是把對亮亮的短暫心動當作是喜歡？

✿

寒假有寒假輔導，高一時，我們三個都沒有參加，而這也是我們高中的一大特色，可以自行決定要不要參與，這次我選擇了參加。

因爲我不希望和樂宇禾又是一整個寒假不見。

「你們知道嗎？看到下學期的活動行事曆了嗎？」夏生拿著一張單子走到我和樂宇禾身邊。

「下學期社展的日期訂出來了，話說我們又都沒去觀星社了，去年不是有說要偶爾去露個面嗎？」樂宇禾想起去年在觀星社看見的那些照片。

「得了吧，我們根本就不是靜態社團的料，要我們靜靜坐著不可能的啦。」夏生倒挺有自知之明，「今年高嶺也沒有烹飪社要忙，我們到時候就可以瀏覽一遍全校所有社團，不賴吧！」

「那你到底要講什麼事情？」我把話題從烹飪社上扯開。

「對啦，這個。」夏生在我們面前展示那一張行事曆，「我們高一那年，只有高三畢業典禮那天才有煙火，但今年在學期中就會有煙火耶！」

樂宇禾瞇眼看著行事曆，「所以煙火的時間在社展和模擬考後，但是爲什麼？要慶祝什麼嗎？」

「好像沒有特別原因，想放就放吧。」夏生也不清楚，「總之，有煙火可以看，還管它是爲了什麼事情。」

「你在家不就看得見？」我說。這就是家住在附近的好處。

「但高一聽你們說起現場欣賞煙火的震撼，我就覺得既然自己都成爲這所學校的學生了，一定要親自到現場看一次才行啊。」

「沒錯，夏生，一定要站在煙火底下看才對。」樂宇禾拍拍他的肩膀。

寒假第一天，導師在黑板上寫下考試倒數的日子。夏生抱怨感覺才剛考完高中，沒想到一下子又要考大學，還順便抱怨老師們都很沒創意，每次都喜歡從距離考試三百六十五天前開始倒數。

但其實對我和夏生來說，這數字一點意義也沒有，只要保持平常水準，結果就不會差到哪裡去。對樂宇禾來說更是沒有意義，他又不考大學。

不過，我好奇的是，他有跟導師討論過這件事嗎？話說回來，樂宇禾也不是會去討論這種事的人，他會照著自己的想法行事。

一整個寒假都沒有發生什麼特別的事情，一樣上課念書，樂宇禾一樣接送我。偶爾下課他會去找亮亮，偶爾放學只要我們還在教室，亮亮回宿舍途中都會過來打聲招呼。

樂宇禾沒有主動提起亮亮的事情，我也不會去問。

缺角的杯子，只要轉個方向，就看不見了不是嗎？

假裝那邊沒有缺一角，假裝那邊沒有傷痕累累。

同樣的，亮亮的事情也是一樣。

寒輔過後，在開學前，將要迎來西洋情人節。

夏生在一個禮拜前就不斷叮嚀我要做巧克力給樂宇禾。

「他都說不再吃我做的東西了。」他說過的，專程和順便不同，我還記得。我以前沒送過，現在送意圖豈不是更明顯？

「就是要讓他知道啊，已經要開學了，我覺得樂樂會告白……等等，有插撥。」夏生按了保留，我正要切斷電話，夏生又切回來，「高嶺，是樂樂打給我，我看能不能套出什麼話再跟妳說。」

「不用，我怕你講錯話越弄越糟。」喜歡樂宇禾這件事，我希望他是從我嘴裡知道，而不是從其他人嘴裡知道。

「怪了，你們不是崇尚實話實說嗎？但最近這些日子以來都不是這麼回事喔。好啦，反正我自有分寸，掰嘍。」他切斷電話。

我愣愣地看著手機螢幕好一會兒，才想起自己原本正打算去洗澡，我看了下臉書，樂宇禾頭貼旁邊亮起了綠燈，但想了半天，也不覺得自己能想到什麼好理由約他出來。

在情人節這一天約見面就是個很奇怪的舉動吧。

我停頓了一下，忽然蹲下身體，嘆了一口大氣。

基本上，會這樣想的我，才更是奇怪吧。

洗完澡後，我邊吹頭髮邊順手按下手機螢幕，瞥見夏生的未接來電和傳來的訊息——

「套不到話☹」

原想回應他多此一舉，但最後決定，針對他的白目，已讀不回才是最好的做法。

當我一切準備就緒，爬上床準備關燈時，手機螢幕突然閃了一下。原以爲又是夏生，想說忽略不看，卻抱著姑且一試也許會是樂宇禾的期待，點開了訊息。

「我在妳家樓下，沒睡的話下來一下。」

我瞪大眼睛，眞的是樂宇禾。

立刻從床上跳起來，回應他「好」之後，趕緊換上牛仔褲及T恤，再拿件外套，小心翼翼地打開房門，確定父母都睡了，才躡手躡腳偷偷摸摸來到門口，輕聲解開鎖鏈後，穿上娃娃鞋一路往樓下狂奔。

當我站在電梯口，透過一樓鐵門看見樂宇禾的影子隨著月光灑落在地時，我的心一揪，深吸一口氣打開鐵門。

「抱歉，這麼晚了。」樂宇禾穿著帽T和休閒褲，旁邊立著他的腳踏車。

「不會。」我嚥了嚥口水，將頭髮掠到耳後，有些不好意思地站在他身邊。

空氣中瀰漫著一絲談不上是曖昧，卻的確怪異的氣氛。隨著涼風飄送，我聞到樂宇禾身上淡淡的沐浴乳香味，以及那股專屬於他的味道。我偷偷看了他的側臉，嘴唇輕抿。

「妳剛剛在跟夏生講電話？」忽然間他問。

「我？沒有呀，我剛洗好澡出來，然後準備要睡覺而已。」

「抱歉，我吵到妳了。」

樂宇禾短短幾句話已經跟我道歉兩次，我有些不悅，「幹麼這麼見外？我只是準備要睡，但還沒有睡。」

「抱歉。」他又道歉了，臉上卻笑著。

「這麼晚了，你怎麼會來這裡？」

「來找妳。」他的話語在靜謐的夜晚聽起來格外清晰，直直穿過我的心，褐色眼睛在月光下溫暖迷人，再次將我綁住。

「怎麼、怎麼了嗎？」

他的雙眼緊緊盯著我，以前他偶爾也會用這樣的眼神看我，但從沒像這次這麼直接，頓時我感到臉頰一熱，一時無法反應。

他就只是這樣凝視著我，靜靜地，過了一會兒才緩緩移開眼神，看向前方。

「我想問妳，如果說，假設我跟亮亮告白了，妳覺得怎樣？」

我瞪大眼睛，呼吸彷彿停止，思緒像打散的拼圖亂成一團，我用力掐著自己的手指，喉嚨苦澀難耐。

「嗯……很好啊……」在我意識到這是自己說出來的話時，樂宇禾輕輕側過頭看向我。

「眞的？」

「眞的啊，總是要把自己的心情告訴對方吧。」然後等你被拒絕，等你回來，等我們之間不要再這麼彆扭，那就是最好的時機了。

樂宇禾靜靜地看著我，眼神瀰漫著看不清的情緒，我不敢再看，深怕多看他幾眼，一直壓抑在胸口的情感便會傾瀉而出，怕我會說出很自私的話，要他哪都不准去，要他除了我誰都不能看。

「所以我眞的該告白？妳眞心這樣覺得？」他又追問。

「對，不管結果好或壞，我都會在你身邊。」我停頓了一下，想著這句話聽起來不太對，好像別有用心一樣，所以我補上一句，「以好朋友的身分。」

他漂亮的眼睛微微睜大，看起來略顯驚訝，讓我懷疑自己是不是說錯話了，不過，過沒幾秒他馬上露出笑容。

很淺，僅輕輕勾起一邊嘴角的笑容。

「我知道了。」他拍拍我的頭，「謝謝妳。」

我也微笑。

快點告白，然後快點被拒絕，快點死心。

快點發現，其實你是喜歡我的。

那個「時機」就快要到來，那個「總有一天」也會到來。

「晚安。」他跨上腳踏車，「妳快回去睡吧。」

「你騎車小心一點，到家跟我說一聲。」

「我還打算晃一晃，難得晚上月光這麼美，街道這麼安靜，空氣也很好，我晃晃再回家比較好睡。」

「那我也……」跟你一起去。

「杜洵恩。」他突然喚我的名字，讓我一愣。

「妳就像是梅花一樣。」

「怎麼突然……」

「君自故鄉來，應知故鄉事。來日綺窗前，寒梅著花未？」他念了王維的詩句，「既然你從故鄉那裡過來的，應該知道那裡的事情。當你出發的時候，我家窗前的寒梅是不是開花了呢？」

我歪頭看著他，不明白他此刻念出這首詩的意思。

「其實，他眞正牽掛的並不是家鄉的梅花吧，而是故鄉、留在當地的人事物，當時的回憶，都讓人魂牽夢縈。」他看著灑落在前方的月光好一會兒，才又轉過來看著我，「不管將來我到了哪裡，我一定會一直想起妳，我最要好的朋友，最美的高嶺之花，只要看到梅花，我就一定會想起妳。」

「樂宇禾，你怎麼了？你要到哪裡去嗎？」我抓住他的手，覺得他好像就要消失了一樣，這宛如告別的話是什麼意思？

他反握住我的手，對我掛著不見酒窩的悲傷笑容，「杜洵恩，我眞的很高興國中有死纏著妳，堅持要妳當我的好朋友。」

「我也很高興可以和你當好朋友啊，可是你到底怎麼了？你這個樣子我很害怕。」我鼻頭一酸，覺得太不對勁了。

「我沒事啊，過幾天開學就要開始準備模擬考什麼的，我只是有些……怎麼說，就是……算了，也不重要。」他用另一隻手摸摸我的頭，忽然停住不動，接著似乎將我往他的懷裡輕輕摟了一下。

一眨眼就結束，我自己都不確定他是不是有抱我。嚴格說起來，他只是將我朝他拉近一點，額頭輕靠在我肩膀上，連身體都沒有碰觸到。

「晚安，杜洵恩。」我還沒看清楚他的表情，樂宇禾已經騎車離開。

我站在原地，眼淚忽然滑落，爲了什麼我不知道，這種從未體會過的情緒堆壓在胸口，逼出了眼淚。

我一直以爲很了解樂宇禾，但是不是每個人都像包覆在薄膜內的細胞，即使靠得再近，也無法眞正融合。

✿

這件事情我沒有告訴夏生。

情人節前一晚，夏生在群組裡提議我們一起出去。在那個奇異的夜晚過後，我和樂宇禾就沒再私下聯絡過，我在手機前坐立難安，等著樂宇禾的回應。

「好啊。」樂宇禾說。

「高嶺，你看見沒，樂樂說好！」接著夏生馬上私訊我。

夏生說，如果我不敢單獨約樂宇禾，那就由他來約，我們三個一同出去，然後我把巧克力一起交給他們兩個，但對他是義理，對樂宇禾才是本命。

「沒辦法，我看你們這樣拖拖拉拉會著急，就讓本大爺推你們一把吧！」夏生貼了個撥頭髮的貼圖，但我警告他千萬別給我搞什麼臨時有事必須先離開的那招。

「我打算這樣做欸！」他貼了張生氣的貼圖。

「不要這樣，順其自然就好。」我無法想像夏生離開以後，我和樂宇禾會有多尷尬。

「好吧，我會看情況，如果你們氣氛不錯我就會先閃，但目前先答應妳我會準時到，可以吧？」

我回給他一個OK的貼圖後，立刻跑到廚房拿出巧克力塊，放到鍋子裡頭隔水加熱。隨後用一旁的鍋鏟乾炒核果，直到傳出香氣再撈起放到小碗。接著，從冰箱拿出夏威夷豆，小心翼翼地將已經融化的巧克力用小湯匙澆進模型裡，並投入核果或是夏威夷豆，最後，只要等巧克力結塊，再放到盒子裡裝飾就好。

想到明天可以見到樂宇禾，我的嘴角就不自覺上揚再上揚。

將那晚反常的樂宇禾完全遺忘。

情人節當天，我難得穿上洋裝。這件是過年時覺得很可愛買下的，但也因爲太可愛，老是找不到機會穿。

這件洋裝的裙襬有著夢幻的蕾絲，上頭滿是粉紅色與白色交間的小碎花，特殊的剪裁讓身形看起來更顯修長。我穿了雙有些高度的鞋子，拿著巧克力出門。

當我快要抵達約定碰面的地點時，收到夏生傳到群組的訊息，說他已經到了，還附上噴水池的照片證明。我也回覆我快到了，拍下人行道旁的店家圖片傳過去。我猜樂宇禾可能正在騎腳踏車，所以才沒有回應。

昨天樂宇禾私下還有傳訊息給我，說今天直接約那邊集合，因爲地點離我家並不遠，走路過去剛剛好，我說好。

當我抵達公園的小廣場時，看見夏生坐在噴水池前的背影，我小跑步過去。

「夏生。」

正在玩手機的夏生抬起頭來，張大眼睛看著我，也張著大大的嘴巴久久說不出話。

「樂宇禾還沒到嗎？」

夏生忽然闔上嘴，然後才聳肩說：「也是啊，這可愛得不得了的打扮是爲了樂樂，我早就知道的啊。」

「你幹麼啦。」我紅著臉。

他的眼神又在我臉上多停留了一會兒後，才傳了一則手機訊息到群組。

「高嶺已經到了，樂樂你人呢？」

我也拿起手機看著，樂宇禾貼了一張sorry的圖，「抱歉，我去不了，你們自己玩吧。」

我和夏生瞪大眼睛互看，夏生二話不說立刻撥電話過去。

「喂喂，樂樂你搞什麼啊，什麼事情不能來？怎麼不早點說？」

夏生的表情既困擾又生氣，我也皺著眉頭。

我聽不見樂宇禾講什麼，只有依稀幾個字飄散在空氣裡。

「蛤？有沒有搞錯，就說不是了啊，你現在過來……什麼？不是那個……那也不是這個問題啊，如果眞的有事情，你就應該在高嶺出門前跟我們講一聲，大不了就取消啦。喂，今天情人節欸，沒情人的我們一起約一約不是很好嗎？什麼？好啦，算了啦，你去忙你的。」越說越生氣的夏生直接掛斷電話，一屁股坐到噴水池前。

「他說什麼？發生什麼事情了嗎？」我也坐過去，一臉焦急。

「高嶺，就跟妳說過時機很重要，樂樂誤會大了。」

「啊？」

「我猜也許樂樂誤會我們之間有什麼，我之前隱隱約約就有這種感覺，剛剛他居然對我說出『我在幫你們製造機會』這句話。」

我的腦袋轟隆一聲。

夏生垂下眼睛，非常不好意思地看著我，「我隱藏得不夠好，樂樂會發現我的心意可以理解，但他誤會妳喜歡我，這眞的是始料未及，妳要不要快點跟他說清楚？」

瞬間我掉下了眼淚，夏生哇了一大聲，手忙腳亂拿出衛生紙幫我擦掉眼淚。

「可是……他誤會了我的心情，卻說要爲我們製造機會，那我再告訴他什麼不也都沒用了嗎？」

「不要哭啦，高嶺，我的媽啊！」夏生又拿出衛生紙塞到我手中，「怎麼會沒用，至少別讓他誤會啊。」

我的眼淚並沒有因爲夏生的話而停住，反而掉得更凶、更大顆。

我不該是愛哭的人，卻屢次爲了樂宇禾在夏生面前掉淚。

夏生凝視著我，彷彿萬般眷戀不捨，只是深深凝望，將我望進他眼中最深處。

「高嶺，不要這樣子。」他爲我拭淚的手滑落到我的肩膀上，我嚇了一跳，立刻甩開他的手站起來。

「你才不要這樣子。」

他垂著眼，好像回到了在河堤打架的那天，他問我要不要聽眞話的時候。

我不該在他面前哭，我立刻擦乾眼淚，往來時的方向跑去，拔腿狂奔。

跟那天一樣，再一次逃離了夏生。

# 第十三章

我依然想相信，總有一天，總會有一天的啊。

對於樂宇禾的誤會，其實也許早有前兆。

但因爲我別有用心，所以才不知道該怎麼解釋，我怕如果說得不好，反而會處理得更糟。

而這一次樂宇禾甚至故意不來，說是要爲我和夏生製造機會。

他來到我家樓下的那個夜晚，所說的那些像是告別的話語，到底又是什麼意思？

我打了電話給他，樂宇禾沒有接，傳訊息要他回電，也依然沒有得到回應。

我忽然覺得，一直等待著什麼最好的時機根本是不對的。

「現在，Now，いま！」

夏生的話在我腦中迴盪，我明白自己這樣一而再、再而三地逃開，對夏生是多麼嚴重的傷害。

但他早就知道我的心意，說與不說出口又有什麼關係？

說了，只會讓一直假裝若無其事的我不得不正視這個問題，然而最後我依然只能說出傷害他的話語，那何不把那份心意深深埋藏在心中，讓我們永遠當個保持純友誼的好朋友？自己以爲的那種，純友誼。

開學第一天，樂宇禾一如往常站在我家樓下，他雖然笑著，但表情和以前不太一樣。

「你爲什麼情人節那天放我們鴿子？」開門見山地，我坐上腳踏車後座後直接問。

「給你們一些私人空間啊。」他的笑聲很刺耳。

「我和夏生是好朋友，你這樣很奇怪。」

「我知道啊，我們都是好朋友。」樂宇禾又說。

「等等停在河堤。」我放棄邊騎車邊說話。

經過河堤時，樂宇禾似乎想假裝沒這回事，就要直接騎過橋，我立刻捏了他的腰一把，要他停下，他才不甘願地煞車。

我從後座跳下來直接往下走。他沒辦法，只好牽著腳踏車跟著我。

「爲什麼不回我電話，也不回訊息？」我忿忿地看著他。

「因爲，我大概料到妳要說什麼，不外乎就是剛剛那些話，放鴿子什麼的，把我罵一頓吧。」他臉上淡然，看不出情緒。

「你也知道會被罵，那爲什麼要做這種事情？」這讓我更生氣。

「我說了啊，給你們一點機會。」

「樂宇禾！」

爲了不讓他繼續誤會，現在，我現在就要說：「其實我——」

「我跟亮亮告白了。」

他打斷我的話，輕輕地說出字句清楚，在我聽起來卻一片模糊的話。

「什麼？」

「妳不是說早點告白嗎？」

「那你被拒絕了嗎？」

他失笑，看著眼前的河流，「怎麼會以我被拒絕爲前提呢？」

那就是我要向你告白的前提啊！

「所以亮亮她……說什麼？」我感覺到舌頭僵硬不已，感覺到呼吸困難。

「她說，她考慮看看，先當朋友。」樂宇禾沒看我，直接轉身回到腳踏車上，「所以，今天是我最後一次接妳上學了。」

「爲什麼？」

「這不是廢話嗎？我都跟她告白了，還每天接送另一個女生，這怎麼講都不對吧。」

我眼前一片黑，「可是、可是你們又沒有在一起。」

「如果我繼續接送妳，就不可能跟她在一起了。」樂宇禾停頓了一下，「要是她看見了，會怎麼想呢？」

千言萬語全部卡在我的喉頭，所有情感全都堆壓在胸口，我的心猛烈撞擊著，每一下都是痛。

「以前是說載妳到妳有男友爲止，不過看樣子，應該會是我先有女友喔。」他對我微笑，但因爲背光、因爲視線模糊，所以我看不清楚他有沒有露出酒窩。

我一直在等待最合適的時機來臨，告訴樂宇禾我喜歡他。

我以爲那個時機還沒到，但現在才發現，早該在那個河堤，在樂宇禾問我是不是單戀著誰的那個時候，我就該說出口。

最好的時機不是沒到，而是我已經錯過了。

✿

「妳這個大白痴，他告白了又怎樣？現在還沒在一起，一切都來得及，妳是蠢豬喔！」中午在空中花園，夏生氣急敗壞地繞著我打轉，我連吃飯的力氣都沒有。

上一次被罵「豬」是高一暑假，和他們兩個玩無聊的線上遊戲，被陌生人罵。

「高嶺，我去跟樂樂說好了，我看不下去了。」他蹲在我面前，帶著殷殷期盼的目光。

「我的感情該由我自己傳遞才對。」我搖頭。

夏生嘆口氣，兩手肘撐在膝蓋上面，「我同意妳說的，但妳根本不會把握機會啊，如果我是妳，早就告白了，就不會有現在這些鳥事。妳到底在拖什麼啊？」

他問我的問題，我也想問自己。

明明有過好多機會，我卻說不出口。

再一下下好了，再等一下下好了。

樂宇禾現在每節下課都會去找亮亮，現在絕對不是說的時候。

樂宇禾現在開始念書，說了考慮念大學——爲了亮亮。所以現在絕對不是說的時候。

樂宇禾現在每個禮拜五，在亮亮不用住校可以回家的時候，會牽著腳踏車在校門口等她，所以現在絕對不是說的時候。

我明顯感覺到，我們之間漸行漸遠，以前我們總是三個人走在一起，而現在樂宇禾總是找亮亮，理所當然，我和夏生變得常在一起。但其實我們並沒有改變相處模式啊，我們在一起的時間還是一樣多，只是少了樂宇禾。

我從沒想到，會因爲這樣有了奇怪的傳言。

樂宇禾偶爾會有意無意地問一下夏生和我的進展。夏生爲此更是不高興。

某天，當樂宇禾再次開玩笑地問了同樣的事情，夏生忽然整個人從座位上跳起來，用力推了樂宇禾。

「你有種再說一次試試看。」夏生的大動作，嚇壞了其他同學，大家能閃多遠是多遠。

「你幹麼啊？我只是關心……」樂宇禾也嚇到，尷尬地笑著想走近夏生，但夏生全身散發出來的冷冽氣息，讓人無法開玩笑。

「你只要閉嘴，就是最好的關心。」夏生說完，就從後門大步離開。

「他怎麼了？」樂宇禾搞不清楚狀況地問我，我只是淡淡地看了他一眼，便追著夏生出去。

班上發出奇怪的起鬨聲，我無暇顧及其隱藏的意義和可能帶來的效應，只是直直奔向空中花園，看見蹲在地上的夏生。

「我的反應很糟。」夏生沒有回頭。

「嗯。」

「但我只是看不過去。」

「嗯。」我走到他的背後。

「我看不慣他這樣子，我也不想看見妳難過。」

「嗯。」我蹲下，雙手抱著膝蓋，看著夏生的背影，「謝謝你。」

「不用謝我，反正一直以來我大多的行動，都只是為自己好。」他側過頭，嘴巴部分被肩膀遮住，只看得見他的眼睛，以及臉頰的紅暈。

「但還是謝謝你。」我微笑。

放學時，我收到樂宇禾的訊息，他對於夏生一整天不理睬他這件事情很在意，我跟他說沒什麼，夏生到明天就沒事了。

「我想，妳抱他一下，他會更快沒事吧。」

當他以開玩笑的方式回了我這句話時，我來到校門口，看見亮亮從我旁邊經過，而樂宇禾倚靠在校門邊的矮牆，對亮亮露出我曾經熟悉的笑容。

當天晚上，我第一次在被窩裡哭泣，哭著睡著。

我再次夢見了國三那年的校門口。樂宇禾依然站在校門口，可是這一次，他等的卻不是我。

他的身影逐漸模糊、逐漸走遠，梅花遍地凋零，像極了一棵開花的樹，我在這痴痴盼望，他卻不會瞥一眼地上那屬於我的心。

「登登登！我送來熱騰騰的招待券了！」岳小唯拿著手繪的烹飪社招待券，笑咪咪地在我眼前晃啊晃。

「謝啦。」我接過招待券，她給了我三張，「一個人不是只能分配到三張嗎？妳全給我了？」

「社長可以拿比較多啦。」她眉開眼笑地對我搖晃手指，「而且今年不太一樣，總共有三百張。」

「三百張！」這數字讓我震驚到了，是往年的三倍吧。

「自從B班小天才加入烹飪社後，常常有女生會躲在門口看我們做菜，還眞是不習慣。不過也因此烹飪社人氣變高，學校撥給我們的預算也提高了，所以小天才提議不如社展做得盛大些。當然我這個社長一開始是反對啦，往年一百張我們就快應付不來了，不過小天才手腳實在俐落，所以就想說好吧，試試看！」岳小唯講得神采奕奕，看得我也笑了起來。

「雖然洵恩不在烹飪社我很寂寞，不過希望當初妳退社的理由到了現在已經有得到好的結果，我是說，就是一切順心、事事如意那樣啦！」她握著我的手，原本笑嘻嘻的臉顯得有些憂心，「怎麼了？洵恩，妳看起來氣色好差。」

「沒什麼啦，最近念書太累了。」我盡量擠出個可以讓她放心的笑容。

岳小唯鬆一口氣，「也是啦，最近模擬考眞的搞得我一個頭兩個大，雖然我們社的小天才一臉愜意很令人火大……不過話說回來，洵恩也會因爲模擬考吃不消，讓我忽然覺得親近好多。」

我拍拍岳小唯的頭，她嘟著嘴問我幹麼，我只是輕輕笑著，覺得光是看著她，就有種心靈被洗淨的感覺。

我還給她一張票，告訴她只要兩張就好，岳小唯沒有多問，只說了期待那天見面。

我將另一張票交給夏生，他先是開心了老半天，說又可以吃到好吃的東西，隨即皺著眉頭問，「妳會找樂樂去嗎？」

「不會。」

「爲什麼？」

「沒有爲什麼。」因爲他不再吃烹飪社的東西了不是嗎？

「那要不要邀他一起逛社團？」夏生又問，看著我猶豫的表情，忍不住說：「拜託，逛個社團而已還好吧，我去問他。」

正巧手裡拿著一本書的樂宇禾從後門進來，聽到夏生的提議先是一口答應，卻說：「不過我會去亮亮的社團看一下耶。」

「她什麼社團？」夏生沒好氣。

「指甲彩繪。」

「都是女人的社團你去幹什麼啊！」夏生大喊。

「哈哈哈，反正我會去看看，時間也不一定。」樂宇禾看了我一眼，「你們兩個去逛好了，說不定到最後我就會一直待在亮亮那了。」

可以逃離現實。

「你們現在到底是怎樣啦，有沒有交往？」夏生直接問，我也張大耳朵。

「沒有啦，但……有點不一樣。反正就這樣啦。」樂宇禾的眼神飄忽不定，有些臉紅。

我撇過頭，將注意力移回課本，告訴自己，不要去看、不要去聽、不要去想，這樣子就可以逃離現實。

社展是學校一年一度的重點大活動，不時有其他學校表示希望可以參觀我們的社團展覽，但校方一直沒有答應，希望這樣的盛事可以只屬於自家學生。

社團展覽當天，樂宇禾整天跑得不見人影。我不去找他，也制止要打電話給他的夏生。

「難得我們兩個都沒有社團，就隨便逛逛吧，看看其他社團都是怎麼經營的。」

「我有社團啊，我是觀星社。」夏生挺起胸膛，我揍了他一下，在他閃躲的時候聞到了淡淡的香味，不是香水，是一種很自然的味道，像是沐浴乳或充分曬過陽光的被子。

「你不擦香水了？」

「我不擦很久了，妳不是說噁心嗎？我事後想想，男生擦香水好像真有點噁心。」他乾笑幾聲，我也笑了。

我們先去觀星社，再一次被那些宛如銀河般的星空照片震撼得五體投地。離開後，夏生像去年一樣扼腕，表示應該要多多參加觀星社的活動才是，也如去年一樣，走沒幾步，感動退去後就說這一年來線上遊戲升了好幾級比較重要。

我們還去了田徑社，他們的社展就跟平日練習一樣，零星幾個社員在操場上跑步或跨越障礙物。

「學校的田徑社挺強的，每次比賽都會拿前三回來。」夏生為我講解，「旁邊就是體育館，要不要去看看籃球社？」

「樂宇禾這麼愛打籃球，為什麼沒參加籃球社？」

「他喔，因為懶啊！籃球社操的很凶，我們學校籃球社每次出去比賽，也一定會拿前三。」夏生就像那種覺得自己女兒是全世界最可愛的傻爸爸。

我笑了起來，「被你這樣一說，我們學校有哪個社團不強啊？」

「都很強啊，出國比賽都一定拿冠軍！」夏生搞笑地在空中描繪出獎杯的圖案，自己哼著頒獎配樂歌曲遞給我，用眼神要我快點接下。

但是實在太過愚蠢，我搖頭就是不願伸出手。

「妳很不配合耶！」

「我不想配合這種東西。」

「什麼這種東西！」夏生嘴裡抱怨，臉上卻有著和煦的笑容。

對運動都沒有興趣的我們並沒有進去體育館，而是轉身到另一棟大樓，經過了老歌研究社，聽到裡頭傳來的經典旋律，夏生隨著音調哼了幾句，我非常訝異他居然還會唱老歌。

「老歌有另一種風味呀。」他笑著說。

接著往前走了幾間教室，來到熱音社，傳來了貝斯、電子琴、鼓聲等吵雜的聲響。

「妳知道我們學校熱音社也滿有名的嗎？」

「不會又是每次出去比賽都得獎吧？」而且熱音社有比賽嗎？

夏生笑著搖頭，「是地下樂團，不知道哪屆的學長畢業後成為了知名地下樂團主唱，現在聽說在當音樂製作人，時不時會回來幫助一些在地下樂團打拚的學弟妹。」

陸陸續續逛了幾個社團，發現社團的確非常多元，而且難得的是，大家對於社團經營似乎都非常認真。

我們也繞到專科班級看了他們的展示，果然美術社和美術班的等級就差很多。期間，我們還經過了指甲彩繪社，我站在走廊往裡頭看去，只見亮亮專心地幫客人彩繪指甲，樂宇禾則坐在一旁的椅子上，時而翻閱手中的書，時而看著亮亮的側臉。

「走吧。」我拉過夏生，不願多看這畫面一秒。

「樂樂看見我們了。」夏生對樂宇禾揮手。

我沒轉過頭，只是拉著夏生往前加快腳步。等繞過一個彎後，才放慢速度，也鬆開緊握住夏生的手。

「高嶺……」

「什麼也別說。」我不想聽，「前面就是烹飪教室，走吧。」

夏生沒接話，跟在我後頭走著。快要到烹飪教室時，一個女孩從後門跑出來，和我撞個正著。

「對不起！」那個女孩眼眶泛紅，低頭道歉後立刻跑過去。

「妳沒事吧？」夏生皺眉看著她的背影，轉過頭問我。

揉了揉肩膀，我輕輕搖頭，馬上又有另一個男孩從烹飪教室跑出來，對方看見我後緊急停住腳步，才沒一頭撞上我。

「抱歉，請問是要參觀烹飪社嗎？」那個有著細軟頭髮的男孩問，看起來有些眼熟，卻記不起來他是誰。不過，不認識我的應該是烹飪社的新社員吧。

「請從前門進去。」他對我指了前門後，立刻快步追上剛剛的女孩。

「哇，怎麼回事？該不會這就是青春吧？」夏生等著看好戲的八卦嘴臉又出現了，我斜睨著他。

「哇！哇哇！洵恩妳來了！」一進到烹飪教室，岳小唯立刻興奮地過來迎接我。

「看樣子很成功喔。」我看向桌面上的杯盤狼藉，食物幾乎被一掃而空，其他社員正加快手腳繼續製作補盤。

「嘿嘿，預算提高，當然食材也準備的比較多，只是還是有定量啦！我懷疑大家根本就是餓著肚子來上學，準備在我們這裡大快朵頤。」說歸說，岳小唯還是很高興。

稍微看了一下桌面擺著的菜單，菜色幾乎都是當時我們一起決定的，沒有辦法參與其中我感到非常可惜。

夏生很自動地拿起盤子，走向桌面上剩餘不多的食物，完全不需要招呼他。

「對了，要不要吃吃看我做的蛋糕？」岳小唯拉過我的手，來到另一張流理台邊，上面放了塊很大的蛋糕，雖然已經被吃掉不少，不過依然看得出原本該有多豪華。

「妳做的？」我挑眉。

「我只負責裝飾啦。」岳小唯嘿嘿笑著，切了一塊蛋糕放到盤子上遞給我。

咬下一口，口感鬆軟無比，綿綿密密似乎頃刻就能融化，我驚訝地看向岳小唯，「這蛋糕……」

只見她掛著得意的笑容，「很棒對不對？這就是大……那個天才呀，妳記得吧？轉學生，這是他做的……」岳小唯的眼神在烹飪教室裡四處搜尋，「啊，妳來遲一步，他剛跑出去了，真可惜，不然就能介紹你們兩個認識了。」

我想起差點在後門相撞的黑髮男孩，大概就是他了。

「不用介紹了，王不見王。」咬著煎蛋捲的夏生跑到我旁邊。

「喔，對耶！畢竟他搶走全校榜首的位置，洵恩，妳很介意嗎？」岳小唯擔心地看著我。

「她介意的要命啊，妳知道……」我立刻踩了胡言亂語的夏生一腳，他慘叫了聲。

「別聽他亂講。」我白他一眼，「以後總有機會的。」

「哈哈。」岳小唯乾笑幾聲，忽然靈光一現，「對了，洵恩，妳要不要做幾道菜呢？」

「呃……可是……」我有些猶豫。

「好啦，就做做看啦，很久沒吃到妳的料理了。各位！想不想吃前社長做的菜啊？」岳小唯拉著我的手，對著大家放聲大喊。

「當然要啦！」所有社員齊聲贊同，連其他參觀學生也舉手贊成。

「好耶好耶！」夏生在一旁拍手叫好。

「所以快點吧！」岳小唯笑嘻嘻地從櫃子取出新的圍裙，繫在我腰際。

有點被趕鴨子上架，不過當我的手指輕劃過流理台的邊緣，這感覺很令人懷念，摸上刀子，高一的記憶就回來了。

一陣風吹來，眼前的景象瞬間模糊，好像重疊了過去那段時光——放學時，我與樂宇禾在這裡一邊料理食物，一邊念著筆記。

「我知道妳常利用放學在烹飪教室料理一些小東西。」

「這不行嗎？」

「沒有不行，只是我以前也常做這樣的事情，弄些小東西給喜歡的人吃。」

想起學姊對我說過的話，當時她的眼神落寞，我並沒有多想。

然而，是否學姊也跟我一樣，不過短短時間，原有的一切都變了樣。

「洵恩？」見我愣住不動，岳小唯擔憂地喚了我一聲。

「啊，抱歉，我剛剛出神了。」我立刻打起精神，「好，那我就不客氣嘍。」

「好哇！等很久了，大家拍手！」岳小唯的雙手興奮地用力拍著，烹飪社響起一片熱烈掌聲。

只有夏生，明白我剛剛的失神，是爲了什麼。

社團展覽結束後，樂宇禾手上多了兩片指甲彩繪，看起來很奇怪，他卻說很可愛。

「你沒救了。」夏生對他翻白眼。

緊接而來的便是模擬考，令人訝異的是，樂宇禾竟然也拿著參考書苦讀，夏生忍不住問他，「你高一不是說不考大學？」

「是啊。」樂宇禾在參考書的練習題上填寫答案。

「那你現在是怎樣？單純不想考不好嗎？」夏生發現參考書的書名是《模擬測驗集

合》。

「不，我現在改變心意了，會考大學。」樂宇禾依舊認眞看著練習題。

「眞的假的？我以爲你上次開玩笑的，爲什麼？還有你這題寫錯了，是A才對。」夏生順手指向剛剛樂宇禾才寫下的答案。

樂宇禾抬頭瞪了夏生一眼，用筆塗掉原本的C改成A，「那天跟亮亮聊到她要考的那所大學裡有哪些科系，有幾個我滿有興趣的，反正就考考看，沒上就算了。」

他若無其事地說出一個驚人的消息，爲了亮亮，他從之前宣稱可能考大學，到現在確定要考大學，而且還想跟亮亮上同一所大學。

高一時，我要交換條件才能讓他願意待在烹飪教室聽我念筆記，他總說自己不考大學，從國中就一直說自己對念書沒興趣，讀完義務教育就要出社會工作。

但現在，他卻爲了亮亮而改變。

「我很不想給你自信，但說眞的，只要你有心，你一定考得上。」夏生拍拍樂宇禾的肩膀，回到位子上開始念書。

我看著樂宇禾的背影，久久無法動彈。

模擬考成績出來了，我依然拿到全校排名第二，全國排名前三十。朝會時，校長宣布全國模擬考榜首在我們學校，一點也不叫人意外。

我看著樂宇禾拿著模擬考成績單往外跑，想也知道他去找誰。

現在對於這件事情，我有一種維持現狀也無所謂的想法。

這世界不就是這樣嗎？任何事情都不能隨心所欲，我喜歡你、你也喜歡我的機率本來就少之又少。

我依然想相信，總有一天，總會有一天的啊。

樂宇禾總會喜歡上我。

這樣的想法在幾天後正式崩盤。

我以爲夏生說過的，「總有一天會崩盤」的那個總有一天，已經在我發現喜歡上樂宇禾的那一刻就發生了。但直到現在我才明白，其實是現在，現在才是眞正的崩盤。

那天，我發現樂宇禾有點不一樣，某節下課他出去找亮亮，回到教室後就顯得有些不同，他的神情參雜喜悅與困惑，夾帶一絲絲猶豫，讓他陷入失神的狀態。

我沒多問，然而強烈的不安襲捲而來。明明我就坐在他後面，距離如此接近，瞬間卻覺得他離得好遠。

一下課，我立刻拉了拉他的衣服，他沒有反應，我用力拍了他的背，想將他不知道飛到哪去的思緒拉回來。

樂宇禾愣愣地轉過頭來看著我，我忽然發現，即便他回過頭，我和他的眼神許久都沒有交會。

「有煙火，這個禮拜六。」

他一臉疑惑，我拿出桌墊下的行事曆，指了這個月的行程給他看。

「煙火大會，這個禮拜六，你忘記了嗎？學校舉辦的啊。」

他失焦的眼神似乎終於凝聚，訥訥地點頭，「所以？」

「我們一起看啊，你忘記去年了嗎？煙火不是很漂亮嗎？」

「去年都看過……」

「去年你也說不想來，也是我把你拉來的，後來你不是感謝我，說還好有來嗎？」我打斷他的話，竭力想說服他。

他迎上我的眼睛，相互凝望好一會兒，最後他開口：「幾點？」

我大喜過望，「煙火七點開始，我們約六點半？」

「直接在學校？」樂宇禾的話讓我一愣。

對耶，他已經不再接送我了。這些日子以來，都是我自己騎腳踏車上下學。我忘了這件事情。

我以為時間還停留在去年嗎？

「嗯，對，六點半在學校見吧。」我低下頭，把一邊的頭髮掠到耳後，想掩飾尷尬。

「夏生，禮拜六，六點半。」樂宇禾對著剛進教室的夏生喊。

「什麼禮拜六……喔喔，對，煙火大會。」夏生顯然比樂宇禾更把這件事放在心上，他興沖沖地跑過來，「很期待吧。」

「還好。」樂宇禾聳聳肩，緩緩站起來往外走，我以為他又要去找亮亮，卻發現他往反方向去。

「他怎麼怪怪的？」夏生也發現了他的不對勁。

「應該等禮拜六就好了。」我說。

週六，我一個人踩著腳踏車來到學校。

學校人聲鼎沸，這次還有開放給校外人士參觀，所以人潮更是洶湧。

「高嶺！」當我停好腳踏車站在校門口發愣時，夏生冒出來拍了我的肩膀。

「你居然穿拖鞋。」我低頭看向他腳上的夾腳拖鞋，不怕被踩到嗎？

「學校就在我家附近啊！」他笑了幾聲，「而且我沒想到人會這麼多。」

「是不是後悔，應該要在家裡看才是？」

「對啊，要不要建議樂樂一起到我家那邊看，不會那麼擠，只是沒辦法看到全貌，煙火會被其他大樓擋住。」

「就說了要現場看才震撼。」夏生這個人真是容易看到苗頭不對就想退縮。

「樂樂呢？」

「我不知道，你打電話給他。」

夏生沒多問，他知道樂宇禾不再騎車接送我了，但自從上一次他對樂宇禾發飆後，再也沒多管閒事，對一切睜一隻眼閉一隻眼。

「怪了，他沒接電話。」夏生皺眉，「不會又放我們鴿子吧？」

「不會吧！」我挑眉，但心裡很是懷疑。

忽然煙火炸開在夜空裡，我和夏生嚇了一跳，立刻抬頭往上看。

「怎麼回事，不是還沒到七點嗎？」我看了手錶，明明才六點四十五分啊！

「會不會是提早了？喂，高嶺，小心啊！」因爲煙火突如其來的綻放，讓原本還慢步行走的人紛紛急切地湧入學校，站在校門的我被人群擦撞，差點往前跌，夏生眼明手快拉住我的手。

「嚇死我了！」天上的煙火不間斷地施放，地面被照耀得一明一暗。

「我們先往裡面去，不然等等卡不到好位子。」夏生原本拉住我手臂的手滑到了我的手腕，一面看著夜空的煙火，一面領著我往人群裡頭鑽。

看他興奮的模樣，明明就很期待，剛剛還想回家呢！

多虧夏生人高馬大，我們卡到還不錯的位子，期間夏生當然不忘打電話給樂宇禾，但我想就算他已經到了，現場這麼吵鬧，他根本也聽不見手機鈴聲。

「哇哇，眞的不一樣耶！在這邊看眞的很漂亮。」夏生大喊。

群眾隨著一發發燦爛美麗的煙火發出驚豔的讚嘆聲，一記紅色光點倏地像朵花般盛開，在夜空中灑落金色的光帶，夏生轉頭看著我，「那很像冰霜凍花，妳記得嗎？」

「什麼？」因爲群眾的歡呼聲和煙火的炸裂聲，我聽不清楚夏生其實不算小聲的話語。

「我說，」他靠近我的耳邊，「那很像冰霜凍花，屬於妳的花。」

我看著空中一朵朵花朵形狀般的煙火，用力搖頭，「我不是冰霜凍花。」

「妳說什麼？」夏生大聲問。

「我是梅花。」我低喃。

忽然覺得，我現在不該站在這裡才是。我該找的人是樂宇禾啊。

我拿出手機立刻撥給他，夏生見狀，對我大聲說：「我已經打過好幾通了，他沒有接。」

轉到語音信箱，我不死心立刻又打一次，天空的煙火我已經無心觀看，我希望和我一起看煙火的人是樂宇禾啊。

我只是希望和他站在同一片夜空下，在同樣的場景下，說不定他就能回到高一那時候，那個對我露出帶著酒窩的溫暖微笑的他。

「高嶺！我說了樂樂他……」夏生吼得更大聲了，但我不理他，只是繼續撥打手機。

「杜洵恩！樂宇禾他放我們鴿子了！」

夏生雙手抓住我的肩膀，周遭人群的注意力全放在天空的煙火，沒有人注意到我們。

「妳也差不多該死心了，樂宇禾已經不會回頭了！」他對我吼著，表情既難受又猙獰，「妳到底還要為他哭到什麼時候？」

經他這麼說，我才發現沾溼在臉上的眼淚。

「妳也差不多……該看看我了吧？」忽然間，夏生想將我擁入懷中，我想也不想地推開他，看見他又驚又愕還夾帶著歉意的神情。

我立即轉過身，穿過人群往別的地方跑去，我聽見夏生在後頭叫我的名字，而我只是不斷穿越重重人群，從這一群人跑向另一群人。

「這個好像梅花的圖案啊！」當我跑經某處，恰巧聽到旁邊的人說了這麼一句，我立刻抬頭，見到空中有朵五瓣花卉狀的煙火，瞬間我笑了起來。

「樂宇……」我回過頭想喊他的名字，想要大聲跟他說，天空出現了我的花、出現了他說的花，那屬於我的花。

可轉了身，卻沒見到他，而是看見夏生喘著氣站在我身後。

他越過重重人群，追上了我，來到我身後。

夏生的臉頰隨著夜空煙火綻開而一明一暗，此刻他眼中的感情格外清晰。

那是我一直逃避且不願正視的。

「杜洵恩……」我從夏生一張一合的嘴型裡，讀出我的名字，他的眼底充滿傷痕。

我用力搖頭，希望他什麼也別說，他對我伸出手，我只能再一次退後、再一次別開目光、再一次逃離他往別處跑。

一面跑，我一面回頭確認，確定夏生沒有追上我。

我鬆了一口氣，靠在花圃的石頭矮牆上，這時，我看見了樂宇禾。

我跳起來，開心不已，樂宇禾並沒有放我鴿子！

「樂……」我想大聲叫他，卻從人群縫隙中，看見了陪在他身邊的人。

那是亮亮。

他和她，牽著手，抬頭看望天上煙火。幸福洋溢著，連站在這裡的我都能感受到。

剎那間，我的世界一片天旋地轉。

他們在一起了嗎？

他們什麼時候在一起了？

我大哭起來，在燦爛煙火下、在人聲鼎沸下、在驚慌失措下，我忍不住嚎啕大哭。

「全學年第一名杜洵恩？我敢打賭對方一定是戴著眼鏡的書呆子。」
「但我想跟妳一起上高中，一定很有趣。」
「要說妳是怎樣的高嶺之花，那就是梅花，在寒冬中努力開花的白梅。」
我看著眼前的樂宇禾，他和亮亮十指緊扣的手，像是槌子朝我的心重重一擊。
「妳說的道理我都懂，我也知道做到絕情才是最好的拒絕方式，可是杜洵恩，就算是妳，看到喬碩蕾說那些話的表情時，一定也不會忍心。」
「妳在搞什麼東西？我叫妳跑，妳不跑是搞什麼鬼？」
「我們第一次吵架欸，雖然有點莫名其妙，不過我還挺高興的。」
往前一步，我想過去拉著樂宇禾，告訴他我在這邊，問他記不記得明明是和我約好的？為什麼會帶著亮亮呢？
「然後我想，糟糕了，好像已經不只是在意。」
「我想問妳，如果說，假設我跟亮亮告白了，妳覺得怎樣？」
「我跟亮亮告白了。」
但我停下腳步，拿起手機，撥打了樂宇禾的號碼。

站在他後頭，我清楚看見他從口袋拿出手機，看了幾眼後再次放回口袋。不是煙火太大聲，不是他沒注意到。

是他不接。

「能來這所高中，和妳當最好的朋友，是我這輩子做過最對的一件事情。」

「早知如此絆人心，何如當初莫相識。」

我喊了他的名字，也許很小聲，也許都被我的哭聲模糊了，也許都被煙火聲蓋過，也許是因爲人群的聲音過於嘈雜，又也許，那是眼中只有亮亮的樂宇禾不想聽見的聲音。

「上天是公平的，杜洵恩一定會有某些地方無法如願。」

上天是公平的。

即便我多麼渴望，樂宇禾這個人，再也不會與我同在。

# 第十四章

我沒有要妳說謊，只是要妳什麼也別說。

我夢見國中時期的樂宇禾躲在花圃的樓梯下偷抽菸。我輕瞥了他一眼，他沒有反應，也不怕我去告狀，面色淡然，繼續抽了一口，而我沒有停下腳步，只是邁步往自己要去的地方前進。

還有幾次，我從教室走廊的陽台，偶然看見樂宇禾翻牆蹺課離開，或是遲到所以從牆外翻進校。從此也不知怎麼地，我三不五時便會到那去站著，看看他是否會出現。

他是三年一班的問題學生，朝會常常聽到他的名字，有時候朝會進行到一半，他從校門口大搖大擺進來，眼尖的學務主任會直接大喊他的名字。

還有時候，他臉上會帶著瘀青來到學校，幾天後公布欄上便會出現他被記小過的單子，原因寫著校外鬥毆。

我知道他這個人很久了，所以當他那次站在榜單前，我才會特別留意他。

所以當他念出我的名字，並說我是書呆子的時候，我想也沒想便直接上前跟他搭話。

看著他目瞪口呆的表情，我覺得很好笑，讓我一整天心情都很好。

沒想到，之後他開始黏著我，並且說要和我當好朋友。

我記得國中畢業那天，他站在校門口等著我的模樣。

升上高中後，我們一同上下學，在河堤上度過數不清的時光，他盜用我的〈一棵開花的樹〉，好在我準備了〈抉擇〉，最後還念了〈盼望〉給他聽。

我一如往常坐在他的腳踏車後座，看著他襯衫隨風飄揚，聽著他哼唱國中校歌。

我微笑著感受眼前的美好，卻忽略不了強烈的違和感，忽然間就掉下了眼淚。

望著樂宇禾慢條斯理踩動踏板的背影，這一幕曾經如此稀鬆平常，此刻卻只會出現在夢中。

景物依舊，但人事已非。

爲何以前，我從沒珍惜這樣的時光？

爲何以前，我從沒把握這樣的機會？

我該如何回到高一？如何回到那一天？難道眞的再也回不去了嗎？

回不去無數個共騎腳踏車的日夜交錯，回不去他在夜市追上我的細心溫柔，回不去念誦席慕容詩篇時的曖昧甜蜜，回不去他問我有無單戀對象的那個河堤。

就不能讓我回到他第一次跟我說話的時候嗎？

原來我從以前就喜歡他了，才會老是注意他在哪，才會知道他都躲在哪抽菸，或是從哪裡翻牆。

倘若讓我回到過去，我會緊抓住他的腰際，說出那些沒能說出口的實話——樂宇禾，我喜歡你。

然而，當我醒來，依舊是「今天」。

眼上的淚沒有乾過，我只能懵懵懂懂地意識到，國中畢業典禮那天，等著我的那個十五歲的他，已經漸漸淡出我的世界了。

✿

「很高興可以在這邊公布這個好消息，想必很多同學已經都知道，今年學測偏難，創下了歷年來唯一一次只有一位同學奪得滿分的紀錄，而那位全國榜首就在我們學校，三年B班……」

校長在朝會上喜形於色地宣布這個大消息——全國榜首在我們學校。

而我看著自己慘不忍睹的學測成績，並沒有難過的感覺。大不了，七月再努力就好了。夏生成績不錯，不要選太危險的學校，應該都會上。

而樂宇禾和亮亮考上了同一所大學，爲此他樂不可支。

我背上書包，緩緩往校門方向走去。

「高嶺。」

我停頓了一下，沒有回頭，緩步離開教室。

「她好像考的很差。」我聽到樂宇禾這麼說。

我考得不算差，至少還在中間排名，但跟以往比起來當然差多了。

不禁自嘲，我是這樣的人嗎？如此脆弱，居然會因爲失戀，連書都念不好了。明明失戀已經是高二快結束時的事情，卻影響到了我的學測成績。

爲此父母不是很高興，從以前到現在，這還是我第一次因爲成績的事情讓他們擔心。

我很想振作，告訴自己這沒什麼。不過是失戀，不過就是我喜歡的人不喜歡我。

我不是也知道嗎？喜歡的人也喜歡自己，本身就是個奇蹟。

總有一天，我也會遇上這樣的奇蹟，只是那個對象不會是樂宇禾。

這時，我不得不意識到，有的人會留在我的心裡，卻不會再出現在我的生活中了。

這樣，眞的好嗎？

我和樂宇禾明明約定過，要一直對彼此說實話，而我自從發現自己喜歡他後，卻沒再說過實話。

我就要這樣帶著謊言從高中畢業，然後和樂宇禾離別嗎？

畢業就代表離別，樂宇禾有了亮亮，他和她會到外縣市上大學，我和他以後只會越來越少交集。

我意識到這樣不對，必須說出口才對。

很簡單的，只要說出那四個字，然後讓他拒絕我，接著，我就可以放下這顆心，專心準備指考。

畢業典禮當天，全校榜首上台致詞完畢，所有畢業生依依不捨地相互擁抱。

而我只是專心地尋找樂宇禾的身影。至少在最後，讓我誠實，讓我對得起初衷。

但現場家長太多，群聚在一起照相的畢業生也太多，瞬間，樂宇禾的身影就淹沒在人潮裡。

我很焦急，明白若是錯過此次機會，我可能再也說不出口，我也必定永遠爲此懸掛。

「高嶺。」夏生走到我身邊，「我有話想對妳說。」

「夏生，現在不是時候。」我往後退，不希望聽見夏生要說的話。

「我不是要說那個。」他苦笑著搖頭，「我覺得先讓妳知道比較好。」

我盯著他。

「其實我被妳傷得很重，傷了好幾次，妳自己也知道吧？」他望著我，淒楚地笑著，「我現在不是要責備妳，妳別又逃走了。」

他看出我又想要逃避，所以先聲明。

「所以，我有點想要惡作劇。」他見我沒有要逃的打算，鬆口氣後繼續說：「我剛剛跟樂樂說了。」

「說什麼？」我不安地問。

「說了妳早該說出口，卻沒說出口的實話。」這一刻，夏生的笑容和眼神，全都冰冷得沒有溫度。

我睜大眼睛，感覺到一股憤怒從心底燃起，「你憑什麼擅自告訴他？那是我的心情，該由我說出口才對！」

「因爲我被妳傷得遍體鱗傷，所以也想要把你們都傷得體無完膚。」他冷峻的眼神看著令人發寒。

「夏生……」

他扯出了一個無所謂的笑容，轉身離開。那樣的笑容並不適合他。

這三年來夏生給了我很多。但我又給了他什麼？除了傷痛，我還給了他什麼？讓以往總是無憂無慮的他，今日竟連掛上一個微笑都要如此逞強？

隱藏在他笑容背後，是無處可逃的絕望。

我幾乎承受不住，差點就要直接跪下。

「哇！杜洵恩，妳沒事吧？」與我擦身而過的喬碩蕾趕緊拉住我。「妳臉色好差。」

這個曾經也喜歡過樂宇禾的女孩，至少有了說出口的機會，至少她勇敢把握住最好的時機，而我呢？

「我扶妳到旁邊坐著好了，妳們幫我拿一下，我扶她過去。」她將手上的畢業證書捲筒交給她的姊妹淘，扶著我來到一旁的長椅。確認我坐穩後才輕輕放開手，我虛弱地向她道謝。她沒有離開，我抬頭看了她一眼。

「我沒想到小禾會交別的女朋友。」她忽然開口，我沒料到她會提起這個話題。

「喂，妳沒事吧？妳也喜歡小禾對不對？」她問我，我點點頭。

「我就知道，我本來不想跟妳講的啦，因爲我是被拒絕的人啊，就算發生很多意想不到的事情，我還是覺得不關我的事。」

聽不太懂她在說些什麼，但此刻我連發問的力氣也沒有。

喬碩蕾嘆了一口氣，「妳知道我高一對小禾告白的時候，他怎麼回答我嗎？」

我看著她，搖搖頭。

喬碩蕾勾起一個略帶嘲弄的笑容，「他說：『我身邊有很重要的人，我很重視她，所以沒辦法回應妳的感情。』那時候他還沒遇見現在的女朋友，那麼妳覺得，那個『重要的人』會是誰呢？」

我腦中轟隆一聲，喬碩蕾的話在我的心中瘋狂迴盪。

「我問他，是喜歡嗎？他沒回答，我氣不過接著問，那個冰冷冷的女孩有什麼好的，他只說了『你們不會懂』，然後露出『就拿她沒辦法啊』的微笑。所以我一直想，總有一天，你們會在一起。沒想到世事難料。」喬碩蕾拍拍我的肩膀，「畢業快樂，掰掰。」

望著喬碩蕾遠去的背影，我無法置信。

總有一天的，反正總有一天，他總會喜歡我的。

就如同我發現我喜歡他一樣。

「也許樂宇禾今天在意亮亮，明天他就會在意我了啊。」

「但說不定是先在意妳，但現在卻在意亮亮了啊。」

「什麼時候是最好的時機？」

「現在，Now，いま！」

現在！

我立刻從椅子上站起來，拿出手機按下樂宇禾的號碼。

第一次他沒接電話，我又撥了第二次，同時開始在校園裡尋找他的身影。

「喂？」他接了！

「你在哪裡？」

「我在空中花園，妳抬頭看看。」

我往上看，發現樂宇禾趴在欄杆邊，對我揮了揮手。

「你等我。」掛掉電話，我立刻往樓梯上跑，很久沒有跑得這麼急，每一分、每一秒都等不及。再快一點，快讓我見到他。

喘著氣踏上空中花園，我瞧見樂宇禾的側臉，微風吹亂了他的頭髮，也帶來了他獨有的氣味。

「樓下很熱鬧。」他淡淡地說。

我深吸一口氣，來到他身邊，離他有半個人的距離，也朝欄杆下望去。

校門口圍了一大群人，一個男孩抱著一個女孩，他不知道對她吼些什麼，接著那個女孩騎著男孩的腳踏車離開了校園。

我看見岳小唯站在人群中，還有亮亮也在那裡。

「似乎要去告白。」樂宇禾輕輕笑著，「畢業是最後的告白機會了。」

我心一緊，雙手緊緊握拳，最後的機會。

於是我心一橫就要開口：「樂宇禾……」

「杜洵恩，妳記得我那天晚上說的話嗎？」樂宇禾有意無意地打斷我的話，接著說：「君自故鄉來，應知故鄉事。來日綺窗前，寒梅著花未？」

我訥訥地點頭，樂宇禾依舊望著站在校門口的亮亮，眼神已經抵達我觸及不了的地方。

「我永遠不會忘記妳，看到梅花、念起詩句，就一定會想起妳。」

這一次我無法克制，淚如泉湧沾滿了臉龐。

「爲什麼要這麼說話？爲什麼像是要跟我說再見一樣？」我拉著他的衣服搖晃，「只是畢業，我們之間還是……樂宇禾，我要跟你說，我一直沒告訴你……」

忽然間，他抓住我的手腕，眼睛依舊看向下方，「什麼都不要說。」

意識到他明白我要說些什麼了，我的感情最終都不是由我自己親口說出來。

「可是樂宇禾，我不想說謊了。」我用另一隻沒被抓著的手擦掉眼淚。

「我沒有要妳說謊，只是要妳什麼也別說。」他依然看著校門，也依然抓住我的手腕。

但不說出口，我的感情要何去何從？

這早已違背了我們當時的約定，果然要做到百分之百的誠實是不可能的嗎？

人與人之間的關係，就是建立在一層又一層的謊言上嗎？

「杜洵恩，妳就沒想過男女之間會有純友誼嗎？」

「從此我們是最眞實的純友誼好朋友。」

不對，我們的友誼從來就不是建立在眞實，或沒有感情攪和的前提之下，因爲我那時就喜歡他了，只是我尚未察覺。當我答應了彼此只是純友誼關係的瞬間，也是謊言的開端。

我們的友情，建立在愛情與謊言之上。

在那個瞬間我就已經撒謊了。

但是樂宇禾呢？

他那時候是喜歡我的嗎？他從什麼時候喜歡我的？他眞的有喜歡我過嗎？

如果他眞的喜歡過我，如果我們的確有段時光曾經彼此喜歡，那一直在等待最好時機表白心意的我又算什麼？

我早就錯過了，我們之間早就回不去以前。

此刻再說些什麼，又有什麼意義？

就算我們確實曾經兩情相悅，知道眞相也不會讓我們彼此更好過。只會後悔從前的不勇敢，只會懊悔我們自以爲是的誤會以及錯過。

如果說出口的心意，並不會讓我們高興或釋懷，說出口又有什麼意義？說不出口的實話，即便對自己殘忍，也好過像這樣毫無意義地說出口。

「我知道了，我什麼也不會說的。」最後我只能掉著眼淚，哭著說完這句話。

樂宇禾終於將臉轉向我，從他的凝眸深處看到了如釋重負。

✿

「其實，他眞正牽掛的並不是家鄉的梅花吧，而是故鄉、留在當地的人事物，當時的回憶，都讓人魂牽夢縈。」

「早知如此絆人心，何如當初莫相識。」

我坐在河堤邊，手抱膝蓋，任由淚水滑落，別人看來，應該都只會認爲我是捨不得畢業。看著陽光折射在河面上的波光粼粼，我們在這邊度過了如許青蔥歲月，在這邊有著我一輩子也不會忘記的青春回憶。

不管未來，我到了哪裡，我一定會記得樂宇禾。

總有一天，我們都會接受這段帶著遺憾的青春，伴隨我們長大，將我們推往未來。

忽然，有一個人坐到我身畔，不用抬頭我都知道是誰。

夏生面無表情，陪我坐了幾分鐘後才說：「不想道歉，但還是要說。」

「不用了。」

他側過頭，遞了衛生紙給我。半晌，我才伸手接過，擦掉自己的眼淚。

「現在妳願意聽我的實話了嗎？」

「如果是我想的那樣，請不要。」到了最後的最後，我依然只想逃避。

「不是妳想的那樣，一直以來我都沒有打算說出口。」夏生嘆息，自嘲地笑了幾聲，「待在你們身邊，對我而言既快樂又痛苦，我喜歡你們這兩個朋友，也討厭你們這兩個朋友。如果事情如我預料般進行，那絕對不會是現在這樣。」

我沒有接話。

「高嶺，既然不讓我說出口，那給我一個離別的擁抱不算過分吧？」他凝視著我，攤開雙手，而我搖頭拒絕。

「一個朋友的擁抱也不願意？這麼殘忍？」他露出苦笑。

「我認爲，給你一個擁抱才叫殘忍。」我吸吸鼻涕，「明明你要求的不只是朋友，爲什麼又要假借朋友的名義呢？」

「好吧。」他站起來，手插口袋看向河面，「但是畢業不代表離別，至少對我而言。先告訴妳，我要念的大學就是附近這區最好的那所，妳填選志願時，只要落在我大學方圓半徑五十公里內，我一有空就會一直去找妳。」

我皺起眉頭，「那包含整個大台北地區了耶。」

「妳錯了，還包含一點點宜蘭和桃園。」他笑了起來，「所以說，如果妳不想這樣，就選遠一點的學校吧，逃離我越遠越好。」

看著他臉上那得意洋洋，但明顯是強裝出來的表情，我不禁啞然失笑。

「我為什麼要為了逃離你，放棄自己想念的學校，逃到遠遠的地方去？」我挑眉看向他，夏生哈哈大笑。

「這一次，我保證只當妳純友誼的朋友，就跟當年妳和樂樂曾經約定的那樣。」

「你在說謊。」

「謊言者悖論嗎？哈哈，但那句應該是『我在說謊』吧，對，我是在說謊。」他神情柔和，與我一起看著河面。

我微微詫異，原來夏生也知道謊言者悖論。

最後我揚起一抹微笑，靜靜看著河面，夏生站在身旁，吹來一陣風，夾帶著他的氣味。

我想起樂宇禾，他說不會忘記我，但他的確與我道別了。

也許在那個夜晚，他就把一切感情都連根拔起了。

「只要看到梅花，我就一定會想起妳。」

每年都有梅花季，總有許許多多的人去看梅花，新聞媒體都會提供賞梅情報報導，網路

也會有人分享拍攝的梅花照片

一年中，總有那麼一個季節，總會有那麼幾天，你會想起我。

你總會記得我的。

永遠。

全文完

# 番外 夏的苦戀

她只讓我當她的好朋友。

我喜歡一個女孩，她很特別。

第一眼見到她的時候，就喜歡上她了。

雖然我得承認，一開始是被她的外表所吸引，但眞正引起我注意的，是她那彷彿對什麼都不屑一顧的高傲。那股冷若冰霜就像深海裡的暗流一樣，將我拖往深處。

高一開學那天，當她走進教室，原本還鬧烘烘的班上頓時安靜下來，不論男女，大家只是愣愣地看著她看傻了眼。

說她是仙女下凡有些矯情，但說她是精靈，可絕對不爲過，我從來沒有想過有人可以漂亮到這種程度，清新脫俗。

她隨意找了個位子坐下，從書包裡拿出小說，逕自沉浸在書本裡，完全沒想要與未來即將同班三年的同學進行交流。

她的美麗帶著距離，沒有人敢靠近。

正當我鼓足勇氣，想要主動過去向她打招呼時，一個男生從教室後門走進來。

「杜洵恩，妳眞應該去看看學校的腳踏車車棚，實在是太大、太誇張了，我放學的時候一定會在裡面迷路。」

「怎麼可能。」她說話的時候，表情幾乎沒有變化。而那個男生自然而然地坐到她身旁的空位。

他們沒有任何肢體碰觸，後來也沒再多作交談，只是各做各的事。

可在那個瞬間我就知道，我的這段戀情，注定不會有結果。

✿

「恒生，跟我一組啦！」

「跟我啦！」

「不，跟我！」

幾個女生吵吵鬧鬧，一個拉著我右手腕，一個拉著我左手腕，我堆起親切的笑容，禮貌地抽回自己的手，「抱歉，我已經有組了。」

「怎麼可能，才剛下課而已，我們根本還沒看見你跟誰搭話。」

我微微扯動嘴角，看向坐在窗邊、還在整理筆記的高嶺。

她們隨著我的眼神看過去，露出不屑的表情，「又是杜洵恩，你們老是黏在一起，是在交往嗎？」

「我們是好朋友。」才怪，她只讓我當她的好朋友。

「掛羊頭賣狗肉，這年頭男女之間哪還有什麼好朋友，少來了。」大學和高中不一樣的地方就是大家都誠實多了。

純友誼這種東西，不是沒有，只是存在的可能性微乎其微。

所以我笑了笑，「既然妳們知道，那就不用多說了。」

丟下滿臉錯愕的她們，我朝高嶺走去。

「我快好了。」她頭也沒抬。看著她的側臉，我苦笑一下。

「我等妳。」我坐在她旁邊，拿出手機開始玩遊戲。

高中畢業已經快要兩年，現在都已經是大二下學期末了。

在畢業典禮那天，我告訴高嶺，我願意只當她的純友誼好朋友，但她顯然不信，因為我們都知道，我別有用心，我在說謊。

我喜歡她，才能這樣無條件付出，無怨無悔地待在她身邊，我有私心，我有目的，否則怎麼可能無緣無故對一個女孩好呢？

但一直到現在，她連我的告白都不願意聽。

不過沒關係，可以這樣待在她身邊就夠了，這是我自己選的，我不會有怨言。

我原本以為，她會去其他地方念大學，畢竟她總是將我推開得那麼乾脆，但我沒料到，她居然會選擇和我念同一間大學，還同一系所，這表示我可以有所期待吧？

一想到這裡，我忍不住看向她，她把書本一一收進袋子裡，站起身問，「幹什麼？」

「沒什麼，走吧。」別傻了，別做多餘的幻想。

能和她當朋友，總比她疏遠我好，總比她和樂樂現在這樣好。

畢業至今，她和樂樂完全沒有聯絡。

「夏生，也許下次你可以和其他人一組。」在公車上，高嶺看著窗外突然開口，沒想到剛剛明明距離這麼遠，她也有聽見。

「我和妳一組比較好。」我故作漫不經心，「只有妳的程度跟得上我啊。」

「自我感覺良好。」她轉過頭對著我笑。

自從樂樂喜歡上別的女生後，高嶺雖然多半時候還是面無表情，但比起高中那時，現在的她更常對我笑了，那些曾經只會給樂樂看見的表情，終於也慢慢在我面前展露。

大一開學沒多久，高嶺說了她想剪頭髮，於是我陪她到美髮店，一同揮別了我們高中三年都沒變過的長髮造型。

「你不必跟著我一起剪短的。」高嶺頂著一頭清爽的短髮，依然漂亮。

「留長髮很久了，換換新氣象也不錯。」我摸了摸後頸，感覺有些涼颼颼的。

「你不是說長髮是你的特色？」

「是那些美髮社社員說的，可不是我。」我大笑了幾聲，想起蕭如箏和張珈瑩兩人誇張的模樣，順便模仿了幾句，高嶺聽了也輕輕笑了起來。

剪掉頭髮，也許代表著想要對過去說再見，也許代表著她終於想要放下對樂樂的感情。

那時我覺得眼前一片光明，還大言不慚地告訴那個在河堤邊偶遇的高中學妹，自己會盡最大努力將高嶺搶到手。

但也許在我心底，還是要自己別抱多餘的期待。我了解她，所以我知道，在她雙眸深處，還有一個他。

「喂，你和那個冰山到底是怎樣啊？」格子叼著一根菸，順便遞給我一根。

「沒怎麼樣啊。」我微笑拒絕他的菸，之前抽過一次，高嶺擺了臭臉給我看，說她討厭菸味。

「少跟我來純友誼那一套。」格子因爲老穿格子襯衫，所以有了這個外號。平常雖然不太正經，但還算是個值得深交的朋友。

我乾笑幾聲，高中你說純友誼，只有鬼信，大學你說純友誼，連鬼都不信。

「還能怎麼樣呢？」

「你從大一就對她跟前跟後，一直到現在還是，一點長進也沒有。拜託，什麼時代了，你還花時間慢慢追。」格子在呑雲吐霧間露出賊笑，「乾脆直接推倒，生米煮成熟飯。」

「我可不想被扭送警局。」我拍拍格子的肩膀。

「感覺冰山的確會做出這種事情。」格子大笑，「你們的關係眞彆扭。」

不用他說我也知道，但才過了兩年，我不急迫，她心底的人不是我著急就逼得走的。

「夭壽，冰山的眼神是想殺我嗎？」格子將菸蒂丟到地上踩熄，露出討好的笑容看著站在前方轉角處的高嶺。

「你抽菸，我身上就會沾到你的菸味，等等她就會聞到菸味，所以她不爽。」我解釋高嶺那冰冷的眼神所爲何來。

「靠，你這麼了解她，你們還在瞎混什麼？浪費時間。」格子怪叫。

從旁人眼光看來，也許我和高嶺，就像當初我看著她和樂樂一樣，覺得他們只差一步，覺得他們在浪費時間，覺得他們總有一天會在一起。

但同時我也一直認爲，他們之間的關係總有一天會崩盤，那是我所樂見卻又不願見到的情景，我不想看見高嶺傷心，也不想看見她和別人走在一起。

雖然大家都說，讓喜歡的人露出幸福的微笑才是眞正的愛情，但如果她也有機會在我身邊露出笑容，爲什麼要把她拱手讓人呢？

「夏生，快要來不及換教室了。」她皺著鼻子，手還在鼻前揮舞，企圖搧去菸味。

「知道了。」

「黏成這樣還說沒在一起。」我聽見格子在後頭嘀咕。

以前樂樂和她黏得更緊，也是沒有在一起啊。

我和高嶺走在走廊上，準備前往電腦教室。

她走過的地方理所當然會引起眾人注目，剪短至肩膀的頭髮隨風飄動，飄散在風裡的洗髮精香味和高中時一樣。

「夏恒生，我們要去唱歌，要不要一起？」同系的女生三兩成群，從機車停車棚遙遙對我大喊。

「我還有課，不了。」我微笑婉拒。

「偶爾蹺課也不會怎樣，都大學生了。」某個女生說。

蹺課似乎是每個大學生都會做的事，我瞥了高嶺一眼，她仍舊面無表情地目視前方，我順著她的眼神往前看，那處有片用紅磚砌成的小圍牆。

念高中的時候，樂樂雖然不會翻牆蹺課，但高嶺曾和我說過，樂樂國中時常會在上課時間翻牆出去打架。所以我知道，透過那片圍牆她想起了樂樂。

我不想看見她那樣的表情，不想看見她想念著另一個人的眼神。

所以我故意高聲回，「還是算了，妳們玩得開心。」

「你很掃興。」那些女生沒好氣地埋怨了幾句。

高嶺好像被我的音量嚇了一跳，有些惱怒地橫了我一眼，我厚著臉皮堆起笑容，「走吧，上課去。」

然後我不容拒絕地搶過她拿在手上的書，逕自就往教室方向走去。那些女生碎嘴的抱怨連這裡都聽得到，但我才不在乎她們說什麼。

「夏生，我自己拿就好了。」高嶺追上我，想要搶回我手上的書本。

「我拿。」我邁開腳步，讓她追不上，她索性停在原地瞪著我。

然而，她對我生氣只會讓我更開心，因爲這種時候她就會看著我，只看著我。

「夏生，我要生氣了。」也會叫我的名字。

「什麼妳要生氣了，妳是小孩子嗎？」我笑了起來。她瞇起眼睛，不發一語地朝我走過來，我趕緊轉身往教室跑。

我把她的課本放在旁邊的位子，她坐下來後又瞪了我一眼，但什麼也沒說，只是專注地研究起電腦螢幕上教授所示範的操縱模式。

一手撐著頭，我看著高嶺的側臉，她眉頭微微一皺，輕聲說：「看螢幕，不要看我。」

「高嶺，下個週末妳有什麼活動嗎？」

她還沒接話，我立刻又說：「一定沒有吧，除了我，妳就沒有其他朋友了，所以說那天要不要和我出去？」

她咬著下唇扭過頭，甚至輕輕舉起手像是想要打我。最後她嘆了口氣，緩緩放下手，將視線落回螢幕，沒有回答。

我聳聳肩，大略看過教授在螢幕上的操作示範後，就趴在桌上睡覺。

我可以感受到高嶺時不時傳來的視線。我從垂下的髮絲間微微睜眼偷瞄她，她無奈地看著我不時嘆氣，然後我能從她的眼神裡察覺，透過我趴在桌上的身影，她看到了另一個人。

✿

大學的課可以自由選擇，每學期修課上限為二十八個學分，我大概選了二十個左右，但高嶺就是高嶺，排滿二十八個學分不說，甚至向助教申請加修學分。我問她幹麼這麼拚，大學可不是只有拿來念書的。

「不然還要幹什麼？」高嶺冷笑。

「和同學交流啊。」

「你知道我的個性，我不討人喜歡。」她聳肩。

「妳不討人喜歡是因為老板著一張臉，不然妳這麼漂亮，誰會不喜歡妳？」我這句話讓高嶺氣得踩了我的腳，「哎呀，幹麼啊，不是愛聽實話嗎？」

「現在我發現實話太刺耳。」

「年紀大了，已經承受不了實話的刺激了嗎？」我故意笑著說。

「最該說實話的時候有時卻說不出口。」她輕嘆一聲，「我不想討論這個了。」

「那和妳說正經事好了，妳高中獨來獨往那一套在大學可不適用，多和別人交流對妳大有好處。」

她的眉毛挑得高高的，等著我繼續往下說。

「趁現在多認識些朋友，等於提早累積未來人脈，畢竟以後大家都將在不同工作領域發展，那不就等於擁有各行各業的朋友了嗎？」

高嶺微張著嘴，漂亮的大眼睛眨呀眨地，最後竟衝著我笑，「我還眞沒想到，夏生，你有時候還挺有用的。」

我被她突如其來的笑容電得有些發暈，隨即也跟著笑了幾聲，掩飾自己的慌張，「這樣說還眞是過分，我一直都很有用的啊。」

「好吧，我會嘗試和大家交流，但不是因爲你的話，是爲了未來的我。」

「那當然。」

自從那次談話以後，高嶺的確不再縮在角落做自己的事情。但她本來就缺乏社交能力，所以和人搭話的技術彆腳得很，不過因爲她長得漂亮，只要她願意主動站過來，自然會有一堆人搶著跟她說話。

「所以冰山……不對，杜洵恩，妳和恒生是高中同學？」格子也是主動向她搭話的人之一。

高嶺點頭，忽略了格子那句「冰山」。

「你們認識這麼久，都還只是朋友啊？」格子哪壺不開提哪壺。

「當朋友不好嗎？」高嶺皺眉。

「不是不好，只是這樣很奇怪啊。」格子似乎還想繼續說。

正巧上課鐘聲響起，我趕緊岔開話題，「好了好了，別說這種無聊的事情，上課了。」

「大學誰還講究準時回座位啊。」格子抱怨。

「有啊，我啊！」我瞪他一眼，推著高嶺回到座位上。

我不敢看她的臉，也不想知道她的反應。現在這樣就很好。

下課的時候，我急著去找格子算帳，高嶺卻叫住我。

「你怎麼了？」

「我怎樣了？」

「為什麼不敢看我？」

「我……我長針眼啦，會傳染。」說完我立刻逃出教室，還是沒敢看她。

格子坐在陽台上的吸菸區抽菸，我衝過去就想給他一腳，鑑於我已經是知書達禮的成熟大學生，所以只是坐到他旁邊，用眼神威嚇他。

「你剛才很白目，問那什麼問題。」

格子笑嘻嘻，「幹麼，我故意的啊，你們兩個那樣不乾不脆的，看了很煩，你不會崇尚什麼曖昧最美吧？」

其他男生也笑著附議，同時又遞了一根菸過來。我有些心煩意亂，所以這次接過了菸。

「如果可以在一起，誰要浪費時間曖昧。」我點燃菸，苦澀的味道從喉間灌入鼻腔，沿著支氣管往肺部蔓延。

「那你跟冰山在拖什麼？」不只格子，其他人也有同樣的疑問。

「我們之間不是你們想像的那麼簡單，我們從高中就認識了，中間發生過很多事情。」緩緩吐出一口菸，我看向他們，「所以別多嘴。」

格子聳聳肩，其他男生也沒再多說什麼，這個話題就此打住。

我又抽了一根菸，最後帶著渾身菸味回到教室。

一走近座位，我便察覺事態嚴重，因爲高嶺臉上的神情是前所未見的冰冷。

「高、高嶺？」我試探性地叫了她，並朝她靠近些。

她卻突然站起來，收拾桌上的東西，逕自往最前排的空位走去。她的大動作引來全班一陣錯愕，也包括了我。

愣了幾秒，我立刻拿起自己桌上的東西也跟著她往前坐。

「你這堂課離我遠一些。」她看也不看我。

「爲什麼？」這點程度的拒絕我還承受得了，所以厚著臉皮又朝她走近。

「你身上很臭。」她皺起眉頭往後一縮，語氣認眞。

我趕緊往後退，決定離她越遠越好，於是跑到最後一排，在格子旁邊找了空位就坐下。

「靠，你根本被她吃得死死的，在全班面前欸！而且還有其他系的學生，眞是丟臉死了。」格子音量不小，惹來一片笑聲。

「閉嘴。」我只是看著前方的高嶺，她的背影依舊筆直，抬頭挺胸，永遠不會因爲別人的話語而受影響。

「夏恒生，你過來一下。」下課的時候，一票常和我搭話的女生走過來。

格子露出賊笑，拍了拍我的肩膀便先離開。高嶺還坐在座位上，想著自己身上或許還有菸味，出去散散味道也好，便跟著她們步出教室。

停在樓梯邊放有桌椅的休息區，那幾個女生雙手環胸，語氣帶著不滿，「我們覺得很奇怪，夏恒生，杜洵恩根本就不尊重你，你幹麼還這麼沒有尊嚴的跟在她身邊？」

「就算眞的在交往好了，那樣不給你面子的女朋友不要也罷，哪有人會當著全班的面這樣對待自己的男朋友。」

「是啊，依照你的等級，要多少女孩有多少，何必單戀一枝花？」

「哇，妳講話好老派喔。」我笑著說，惹來她們的怒目相對。

「我現在說得很認眞！」有個女生特別氣憤。

「我也很認眞啊。」我看了眼教室的方向，「說眞的，我選擇怎麼做，和妳們一點關係也沒有，不是嗎？」

雖然我依舊掛著微笑，但她們顯然被我的冷漠言詞所嚇到。

我自己的事情，不需要旁人說嘴，也不需要旁人插手，對於這一點我很堅持。

「愛到卡慘死。」她們又用了一個老派的形容。

「上天還眞是不公平，什麼好處都讓杜洵恩占盡了。」其中一個女生感嘆。

這句話讓我微微愣了愣，最後忍不住笑了起來，「不，上天是公平的喔。」

她們當然聽不懂，憤憤地搖頭離開。

才一轉身，就見高嶺沉著臉站在樓梯邊，手上拿著我的背包，一等我接過背包後，她不發一語立刻就往樓下走去。

「妳聽見了嗎？」我跟在她背後，跟以前一樣，我永遠只看得見她的背影。

「我在她們眼裡就是那樣的女生。」她突地停下腳步，我差點撞上她的背。

「妳在意嗎？」

她搖頭，反問，「你在意嗎？」

「妳都不在意了，我有什麼好在意？」我聳聳肩，站到她旁邊。

「不是那個，是她們說依照你的等級那件事。」

我有些訝異，沒料到她會問我這種問題，不，應該說，沒料到她竟然會願意和我聊到感情這一塊。

面對她毫不退縮的雙眼，我忽然覺得口乾舌燥，因爲心跳加快而有些呼吸困難。

「夏生？」她朝我靠近了些，而我立刻往後退，急急就想離開。

其實我演練過好幾遍，也許哪天她會願意和我談起這件事，那時候我該如何抱住她、該如何坦承自己依然喜歡她、該如何表示就算她忘不了樂樂也沒有關係。

結果當她眞的跟我說起了，我卻只想窩囊地逃開，這時我才稍微能夠理解高嶺以前一直逃開我的心情了。

「夏生！」

但高嶺不愧是高嶺，她動也不動，只是站在樓梯間喊了聲我的名字，就能讓我瞬間停下腳步，僵立在走廊。

我緩緩轉身看向她，她定定地迎向我的視線，「等我下去。」此時正值下課時間，不少同學都親眼目睹了這一幕。高嶺和我早就成了學校裡的焦點人物，是大家閒暇熱衷討論的八卦之一。

高嶺朝我走來，張口想說些什麼，卻被周遭蠢蠢欲動的圍觀群眾分散了心思，結果什麼也沒說，直接往車棚方向走去。

「我們去咖啡廳。」掠過我身旁時，她撂下一句話。

我愣了一下，這還是她第一次主動說要去哪裡。過去兩年我們一起去過不少地方，但全都是我拉著她走。

這讓我開心得立刻快步追上她，伸出手就想拉向她的手腕，但下一秒又趕緊縮了縮手，差點就得意忘形了，要是不小心弄巧成拙，可就得不償失。

我們來到學校附近一間以咖啡聞名的小店，這個時間店裡的客人不多，高嶺選了角落的位子，點了黑咖啡，而我則點了拿鐵。

「你幹麼笑成那樣？」高嶺滿臉狐疑。

「有嗎？」當然是因爲我很開心啦。

「你跟以前一樣奇怪。」她的嘴角彎起美麗的弧度，雙手托住下巴，瞇著眼睛，剛送上桌的黑咖啡熱氣氤氳，迷濛了她精緻的五官。

「我一點也沒變，全部。」我自然而然地接話，高嶺聞言臉色立刻一變，我頓時驚覺還不到可以談論這個話題，是我太急迫了。

「我的意思是……」

「夏生，我有件事情想跟你說。」高嶺打斷我亟欲想要解釋的話語，垂下眼睛，燈光將她纖長睫毛的影子根根分明地映照在她的臉上。

「我可以不要聽嗎？」我努力撐起一個微笑。

「就像她們說的，也許你不該浪費時間在我身上。」高嶺終究還是說出口了。

她剛才說的話好像從很遙遠的地方傳來，經過好久才傳送到我的腦中，我端起拿鐵喝了一口，明明奶泡細膩綿密，我卻覺得滿嘴苦澀。

「或許有其他女孩更適合你。」高嶺的雙眼透露出堅定的神采。一直以來，她的眼睛都一如初見，那麼美麗、那麼帶著遙不可及的距離。

「是啊，高嶺，我也這麼想。那妳知道我喜歡什麼類型的女生嗎？」我搖晃著手中的咖啡杯，「我喜歡老是考第一名，但其實很笨的女生；我喜歡看似冷漠，其實只是不善交際的女生；我喜歡將長髮剪短以為這樣就能告別過去的女生；我喜歡即使沒有人了解，她也無所畏懼地朝自己的道路前進的女生；我喜歡誠實的女生、我喜歡不說謊的女生、我喜歡崇尚誠實，卻不敢說出實話的女生。」

「夏生……」她為難地開口。

「所有我喜歡一個人的理由，都只會拼湊出一個妳。」

高嶺明顯一愣，卻用更加堅定的聲音說：「也許離開我你會更幸福。」

「這憑什麼是妳決定的？」

「什麼意思？」

「這是我自願的，妳又知道一年後、兩年後妳會不會有所改變？」我抓住她放在桌上的手，高嶺微微掙扎，我不肯放開，「妳不也在浪費時間？兩年了，妳不也一直在想著那個不可能回頭的人？」

我知道這句話可以傷害到她，也的確傷害到她了。

她美麗的雙眸瞬間浮起一層霧氣，但更多的是對我的氣憤，她用力抽開被我抓住的手，動作太大，桌上的咖啡杯摔落在地，應聲碎裂。

服務人員急忙衝過來，高嶺滿臉不可置信地看著我，最後她咬緊下唇，拿起包包匆匆離開。

我很久沒見過她哭了，也很久沒見過她那樣脆弱的表情。

我一直告訴自己別想太多，但無形中，我還是給了自己期待。

我以爲在她心裡，樂樂會隨著時間消失，我以爲她的眼底總有一天會看見我，我以爲只要我一直待在她身邊，總會有一天，一切都會如我所願。

沒想到我還是太天眞，不希望樂樂傷害她，我卻還是用樂樂傷害了她。

我將一張大鈔放在桌上，跟服務生說了聲抱歉後立刻追出去。

樂樂和她認識多久，就存在她心裡多久，我爲什麼就不能再耐心一點？

高嶺正要走上公車，我喊著她的名字，但她充耳不聞，從她的側臉我知道她還在哭。

我立刻拿起手機撥打她的電話，卻馬上切入語音信箱，我急切地傳訊息給她，告訴她我很抱歉、告訴她我不是故意的。

然後告訴她，也許有些事情，是永遠不會改變的，例如我的感情、例如她的感情。

高嶺沒有回應，也不願意回應，我理解到自己再次搞砸了一切。

沒想到過了這些年，高嶺依舊把我推開得如此乾脆。

頹靡地癱倒在床上，覺得一切糟糕透頂。這時，手機螢幕突然在漆黑的屋裡發出亮光，伴隨著震動。一想到說不定是高嶺打電話過來，我立刻從床上跳了起來，沒想到來電者卻是那個害我們吵架的元凶。

其實根本就是我的錯。

我接起電話，「樂樂，想我啦？」

「你在不爽什麼？」雖然勉強算是情敵，但他也是我最要好的朋友，一句話就可以聽出我的心情極差，「算了，不重要。你接到通知沒？」然後也一句話打發掉我心情不好的話題。果然一點也沒變。

「什麼通知？」

「喬碩蕾啊，她說要開同學會。」

我按下擴音，一邊操控手機，果然看見蕾蕾傳來召開同學會的訊息。

「她主辦？」

「好像是，你們有要參加嗎？」樂樂裝作問得漫不經心。

「我會參加。」所以我故意這麼回。

「我是說……你們不是念同一所大學嗎？」

我挑了挑眉，看樣子他都有在Follow啊。

「但我們剛才吵架了，她現在對我的訊息都已讀不回，所以我不知道她會不會去。」而且約這時間也太趕了，哪有後天要開同學會今天才臨時通知，是當我們這些大學生都很閒嗎？

「況且你直接去問蕾蕾更快吧，要不要去不是都要回報她嗎？」

「你們為什麼吵架？」樂樂顯然比較在意第一句話。

「那你又為什麼不聽她的告白？」

「……反正我會去同學會，到時候見。」再次被他跳過話題。

掛掉電話後，我又傳了一次訊息給高嶺，她依舊已讀不回。

於是我加了一句。

「樂樂說他會去。」

這一次她沒讀，也沒有回應。

✿

同學會就在明天，而今天高嶺連理都不理我，但我哪會在乎這種事情，硬是跟在她身旁，我自己說自己的，反正耳朵長在那邊，她就算不想聽也還是會聽見。

高嶺這座冰山在經歷過樂樂事件後，不但沒有崩塌的跡象，反而愈加堅固，完全可以做到不苟言笑。

「幹麼啊，你們又怎樣啦？」格子叼著菸打趣地問。

「她今天是生人勿近狀態，你們小心一點。」我提醒這堆抽菸黨。

「是嗎？我不相信。」格子將一根菸塞到我手上，高嶺正巧從教室走出來，格子朝她邁步走去。

「喂，我是講眞的……」我還來不及阻止格子，其他抽菸黨格格笑著，其中一個多事的還湊過來要幫我點菸，我連忙出聲推拒，「我不抽啦。」

然後我感受到一股殺人視線投來，高嶺冷冷看著我手上的菸，格子走到她面前，不知道對她說了些什麼。

令我意外的是，高嶺居然回了格子一句話，而且還露出難得一見的笑容，這一笑讓這邊的抽菸黨連香菸都握不住了。

接著格子滿面春風地走回來，大家立刻圍過去，問他到底跟高嶺聊了些什麼。

「沒什麼，我問她恒生又做了什麼讓她生氣的事。」

「她說什麼？」我連忙追問。

「她就露出迷倒眾生的笑容說『關你屁事』。」這句話一說完，大家先是一愣，隨即放聲大笑，格子一臉陶醉，「我現在終於明白你為什麼會對她這麼死心塌地，她的笑容還眞可以當作武器。」

玩笑歸玩笑，我還是將菸塞回格子手裡，追上轉身離去的高嶺。她正要走進停車棚，可是她又沒車，往停車棚去幹麼？

「杜洵恩，妳要去哪？等一下不是還有課嗎？」

她聽見我的聲音，停下腳步，微微側過頭說：「我不上了。」

我有沒有聽錯啊，高嶺說要蹺課嗎？

「啊？」實在太過震驚。

「我跟教授說我不舒服，所以要先走了。」她拉緊包包背帶，快步往停車棚出口走去。

「什麼……高嶺，妳沒事吧？哪裡不舒服了？」

「你不要跟來啦。」她急切地說。

這就更可疑了，我怎麼可能讓她自己走。

「洵恩，好慢喔，不快點的話預約時間就要到了！」停車棚外的馬路上站著一個穿著牛仔褲的女人，她拉下口罩朝這邊大喊。

我認得那張熟悉的臉，她是高嶺的少數女性朋友之一，以前和高嶺同一個社團。但她念的是另一所大學，爲什麼會出現在這裡？

「預約什麼？醫生嗎？」我拉住高嶺的手腕，她氣惱地轉過來說：「我要去弄頭髮啦。」

我猛然會意過來，是爲了明天的同學會嗎？

「明天我會去，我們直接約那裡見就好。」她的臉頰微微泛紅，證實了我的猜測。

原來她也是會想要打扮得漂漂亮亮呀。

爲了樂樂。

我看著她搭上那女人的機車揚長而去的背影，忽然間覺得，自己有夠白痴。

「夏恒生！你剪頭髮了！想不開嗎？」

「天啊，感覺好奇怪，好不夏恒生。」

「還是說你終於失戀了？」

許久不見的高中同學從以往只在一旁私下八卦，進階到直接開口損人。環顧四周，樂樂和高嶺都還沒出現，不禁後悔自己太早到。

「都不要鬧了，乖乖站好讓我確認人數。」主辦者蕾蕾手插著腰，和高中時的畏縮模樣完全不同，兩年的時間還真的可以讓人改變呀。

「樂宇禾和杜洵恩還沒來？」蕾蕾此話一出，所有人再次發出八卦的噓聲，這感覺還真是讓人懷念又討厭。

「樂宇禾會帶女朋友來嗎？」其中一個聲音問。

「應該說他們還在一起嗎？」另一個人回答。

「聽說念同一所大學。」

「如果是我就選杜洵恩了。」

大家就這個話題討論得不亦樂乎，而我直到這個時候，才終於想到一個從未想過的可能性——樂樂和亮亮會不會已經分手了？

我還沒仔細想清楚，就看見高嶺從對面的馬路走過來，令我心安的是，她是一個人。她及肩的短髮看起來沒什麼變化，衣服也是我之前就看她穿過的，那昨天她到底是去幹什麼了？

兩年不見，對於高中同學來說，高嶺依然難以接近，他們有些尷尬，又不敢冒然上前搭話，而高嶺就跟以前一樣面無表情，讓人猜不透她心裡在想什麼。

「那這樣我們就只差樂宇禾了。」蕾蕾拍了一下手。

「妳以前不是都叫他『小禾』嗎？」不知道哪個女生出言調侃。

「都過去的事情了！」蕾蕾喊著，雙頰漲紅，大家忍不住哄堂大笑。

我偷瞄高嶺一眼，班上有幾個人也跟我做出同樣的動作，卻意外發現，高嶺嘴角勾著淺淺的笑意。

瞬間氣氛緩和多了，開始有人過來和高嶺搭話，才提到她和我現在就讀同一所大學。

「什麼啊，夏恒生，所以你不是失戀，而是大有進展啊？」一個白目這麼鬼叫。

「頭髮還一起剪短，莫非現在不流行情人裝，而是流行情人髮型？」另一個白目跟著搭腔。

「我眞的要把你們浸豬籠。」我衝過去，一手一個分別箝制住兩人的喉嚨。

高嶺看著這一幕笑得燦爛，我一愣，不由得鬆開了手，高嶺對上我的視線，又是輕輕一笑。

「妳不生氣？」

「我沒那麼小氣。」她聳聳肩。

頓時我感到鬆了一口氣，同時內心也燃起一絲絲希望，因爲她看著我的笑容那麼柔和。

「喂，我遲到了。」

但是下一秒，當我們聽見這個熟悉的聲音時，高嶺臉上明顯一僵，她的雙眼流露出驚慌，我馬上明白自己剛才的想法有多可笑。

我搖搖頭，深吸一口氣，朝高嶺身後笑著說：「樂樂，遲到罰三杯。」

「三杯個頭。」樂樂先與其他人打招呼。

他完全沒變，甚至連髮型都跟以前一樣，這讓我有些不安，什麼都沒有變，是好還是不好？

我再次偷瞄高嶺，她看著樂樂的背影，眼裡有著複雜的情緒以及疑惑。

這時候樂樂轉過來，先是對我揮了揮手，接著看向高嶺。

我的胃部一陣翻騰，樂樂帶著笑容走到高嶺面前，「唷，杜洵恩，依舊面無表情啊。」

「彼此彼此，你一點都沒變。」高嶺回。

蛤？這會不會太平淡了？

樂樂微微笑了笑，對著蕾蕾喊：「主辦人，都到齊了，可以走了吧。」

「好啦，餐廳就在前面。」蕾蕾吆喝大家往前方走去。

樂樂和高嶺邁開步伐，只有我呆站在原地還沒跟上這一切。

見高嶺和樂樂有說有笑地並肩前行，倒是提醒了我一件事——的確一切都沒有改變。

他們走在一起的畫面就是我高中時最深刻的記憶，最適合我的位置就是站在他們身後，凝視著他們的背影。

高嶺喜歡樂樂，樂樂喜歡高嶺，他們才是最適合彼此的存在。

「夏生，你幹什麼？」高嶺停下腳步，回頭望著我。

「發什麼呆？快跟上啊，夏生。」樂樂側過頭發出笑聲。

我扯出一抹苦笑，快步跟上他們。

「走吧，我的朋友。」

蕾蕾預約的是燒烤店，一個長桌大概可以坐十個人，來的人數竟然可以坐滿三張桌子，這麼臨時的邀約還能聚集這麼多人，看樣子大學生還眞的很閒。

「所以呢？你們的大學怎麼樣？」坐在我對面的樂樂將一片剛烤好的肉放到我碗中。

「好噁心，你居然夾肉給我。」

「我們以前還合吃一個麵包你忘了。」樂樂對我眨眼。

「沒錯，瞧瞧你，嘴邊都沾到了。」我用拇指擦去黏在樂樂嘴角的醬汁，重現當初在空中花園分食咖哩麵包的互動過程，只是角色反了過來。

「哈哈哈，夏生，你還是一樣噁心。」樂樂笑得很開心，高嶺也和當年一樣，在一旁翻了個白眼。

此情此景看似與當年一樣，然而，我們都知道已經不一樣。

這是必然的事情，不管我們之間是否曾經歷過那些青春年少的情感糾葛，隨著時間與距離的改變，我們終將會日漸疏遠。

可是有些放在心裡的人，是不會更改的。

這頓飯我吃得食不下咽，中途樂樂接過一通電話，聽他的說話內容，我知道電話那頭的人是亮亮。

對此，高嶺仍舊沒有什麼反應，而蕾蕾像大姊頭一樣每桌發了一打啤酒，開心宣布，「下次同學會不知道是什麼時候，我們今天就不醉不歸！」

大夥顯得情緒激昂，一人接過一罐啤酒，當大家舉杯乾杯的時候，我發現高嶺也跟著舉起了杯子，但只是以唇碰了碰杯緣，一口都沒喝。

爲此我忍不住微笑，原來高嶺還是有所成長了。要是高中時期的她，不想做的事情，就絕對不會配合大家，連裝裝樣子都不肯，但今天她卻這麼做了。

她也了解到要完完全全地「做自己」並不容易，很多時候確實需要迎合大家，這就如同生活裡的謊言一般，無可避免。

「笑什麼？」她因爲啤酒的味道而皺眉。

「妳現在居然會配合大家了呢。」坐在對面的樂樂說。

這句話讓高嶺睜大眼睛，動作很不自然地將頭髮撥到耳後，「你發現了？」

「當然，怎麼可能瞞得過我的眼睛，我又不笨。」

他們兩個相視而笑，可能是啤酒作祟，我覺得有些想吐。

「我去醒醒酒。」我站起來要往外面走。

「不是吧，才幾口而已。」樂樂大喊。

站在店門外，黏膩的晚風迎面吹來，我心裡有股氣無處可發，煩悶得要命。

怎麼覺得現在和以前沒什麼兩樣，爲什麼話都不說清楚？

現在還有機會的吧。

我走到一旁的便利商店買了包菸，直接坐在店門口抽起菸來，心裡想著那一句話。

「喜歡的人幸福就是自己最大的幸福。」

我不屑這句話，卻也同意這句話。

樂樂從燒烤店走出來，看見我在這裡，也跟著走了過來，「你也學會抽菸了？」

「不用特別學。」我遞給他一根，他動作熟練地點起了菸。

樂樂在我旁邊坐下，抽了幾口，忽然笑著說：「要是杜洵恩看見我們都在抽菸，一定會生氣。」

「上次我抽菸的時候才誇張，她立刻站起來走到教室最前面的座位，理都不理我。」

「這麼惡劣？」樂樂大笑，我也跟著笑。

笑聲停歇後，我們各自抽著菸，陷入沉默。

這種沉默、這種裝作沒事的氣氛，還有高嶺的眼神，這一切的一切，都讓我感到彆扭。

「你和亮亮還在一起嗎？感情好嗎？」

「還過得去。」他回答得很簡短。

「你還喜歡高嶺嗎？」

面對我突如其來的提問，樂樂並沒有多大反應，依舊想和我打哈哈，「喜歡她的是你吧。」

「樂宇禾，我現在很認眞地想要跟你說這件事。」我又點燃一根菸，「事情不解決的話永遠都會像這樣。我不想明明已經過了好幾年，我們的心態卻都還跟高中那時一樣，停滯不前。」

樂樂嘴角的弧度慢慢垮下，表情就如同高中畢業典禮那天一樣，掛在臉上的面具碎裂了，暴露出隱藏在下的難受。

「你和亮亮感情好嗎？」我又問了一次。

「表面是好的。」這一次他終於認眞回答我。

「你怎麼能心裡有人，還跟另一個人交往？」

「這樣說就太不公平了。」他扯了扯嘴角，又跟我要了一根菸，「我當然也喜歡亮亮，但杜洵恩是不一樣的，她在我心裡始終被放在一個『不可能』的位置，她在那個位置四年了，要我在畢業典禮那天忽然改變認知，我很混亂，我做不到。」

「那現在呢？過了兩年，你想清楚了沒有？」

「……我和亮亮在一起很開心。」

「簡單來說，你不想破壞現狀？」

「就說我自私吧。杜洵恩很重要無庸置疑，但我現在喜歡的是亮亮。」他站起來。

「樂樂。」我喊住他，決定說出那句我從來沒想要說出口的話。

我一定是瘋了，世界上說不定沒有人會像我一樣，拚命把自己喜歡的人往外推。

「只要你隨時開口，高嶺都會在原地等你。」

「你在說什麼？她現在……」樂樂露出一個不自然的微笑。

「你別又自以爲是了，你以爲高嶺現在跟我在一起？還是你可憐我，認爲我待在她身邊這麼久，應該要得到回報？」我冷笑。

樂樂的臉色一僵，果然被我說中了。

「高嶺還喜歡你，只要你願意正眼看她，就會發現這個顯而易見的事實。」很容易就能發現的。

樂樂握緊雙拳，低著頭，「可是……」

「一切都很簡單，你跟亮亮分手，然後跟高嶺在一起，皆大歡喜。」我站起來把菸捻熄，丟到一旁的菸蒂桶，「如果是要爲我好、爲亮亮好，那你們就該早點在一起。放我們兩個自由，才是對我們最大的仁慈。」

我們兩個不發一語地對望許久，直到高嶺從燒烤店裡走了過來，才打破這場僵局。

「你們在幹什麼？」一靠近我們，高嶺立刻蹙起眉頭，「又抽菸？」

「男人之間談話要配菸。」我話才說完，就換來高嶺的怒視。

不知道她的憤怒是因爲我們抽菸，還是因爲我又多管閒事。

「你們表情好怪，幹什麼了？」高嶺瞇起眼睛，眼神來回在我們身上打轉。

「沒什麼，我說了一些眞心話。」我對高嶺笑了笑，「走吧，該回去了，不然蕾蕾又要生氣了。」

掠過樂樂身邊，我往燒烤店走去。高嶺也跟著我邁步，卻在樂樂身邊停下，「樂宇禾，不進去？」

我忍不住回頭，樂樂抬眼看向高嶺，我可以感受到高嶺的震驚，因爲連我也可以察覺到樂樂眼底波動的情緒。

「我家杜洵恩終於叫我名字了。」

高嶺微微瞪大眼睛，而我選擇離開，把空間留給他們兩個。

其實一直以來，那空間本就該是他們的，是我硬要闖進去，他們沒有在一起，嚴格說起來我要付很大的責任。因爲我的闖入，讓樂樂誤會；因爲我的闖入，讓高嶺依賴。

所以現在我把空間還給他們，我跟亮亮都是闖入者。

之後他們沒再回到燒烤店，樂樂傳了訊息要我先幫他們墊錢，接著我把他們兩人份的啤酒喝完，在同學會上開懷大笑，把氣氛炒熱到極致。

等我意識稍微清醒一點後，已經和蕾蕾兩個人坐在附近公園的涼椅上。

「大家什麼時候解散了？」我努力撐起頭，蕾蕾丟了瓶罐裝茶飲給我。

「喝啤酒你也可以醉成這樣，遜斃了。」她哼了聲，穿著熱褲的長腿交疊。

我喝了一口茶，覺得舒服多了，「蕾蕾，妳變得好嗆，才兩年多的時間，明明以前動不動就哭哭啼啼的。」

「誰哭哭啼啼了！」她紅著臉，這一點倒是沒什麼變，「人多少都會變，你們三個才令我訝異，完全沒有改變，我不是說外表，是說你們的三角關係居然還懸而未解，一點長進也沒有。」

聽她這樣說，我不自覺笑了起來。

「笑什麼？」

「我在想，或許妳才是我們之間最大的贏家。」

蕾蕾不明所以。

「妳跟樂樂告白了，得到了答案，然後在青春歲月裡留下美麗的回憶，也有了一個結束，所以不會牽掛也沒有遺憾，現在還順利蛻變成另一個模樣。」

「你羨慕我嗎？」

「說實在的，有些羨慕，但也不想跟妳一樣。」

「爲什麼？」

「因爲那樣就結束了，從此就生活在沒有她的地方了，與其那樣，我寧願曖昧不明地待在她身邊，這樣還能跟她走在一起。」一定是喝多的關係，我說了一些很娘的話，卻是我的眞心話。

如果要我再選擇一次，我依然會待在高嶺身邊，她不要聽，我就不要說，她不拒絕，我就靠近，就算痛苦也沒關係。

「可是你看看你現在這個樣子，也許你耗盡了整個青春，她最後還是會回到樂宇禾身邊。」

「那麼到那一天我就解脫了。」我將臉深埋在雙手之間，聲音含糊不清。

「笨死了、白痴死了。」蕾蕾忍不住罵。

同學會那晚最後的記憶，就是蕾蕾不斷在我耳邊叨念著我沒用、愚蠢至極，又說了如果杜洵恩眞的和樂宇禾在一起，她會很不甘心，又補上一句，「如果不是樂宇禾，大概就是你了，我想像不出有其他男生和她站在一起的畫面。」

我苦笑了下，怎樣我都是排在樂樂後面。

從來都不是我做選擇，也不是高嶺，選擇權一直都在樂樂身上，由他來選擇我們的命運。

「是男人就要搶過來。」蕾蕾在捷運月台和我分手時，撂下這一句。

好熟悉的話，以前有個學妹也這麼跟我說過，沒想到我還必須被女人鼓勵。

隔天是假日，我宿醉了一整天，看了手機幾次，沒有高嶺的訊息，我也沒問樂樂昨天他們去哪裡了。

反正一定是我不樂見的答案，我腦中想像的畫面糟得要命，高嶺和樂樂終於心意相通了吧，我猜。

傍晚，身體終於感覺輕鬆一些，我決定去河堤邊吹吹風，沿著河邊走著，看向河對岸那棟承載著我重要三年回憶的建築物，我還是不後悔自己的決定。

坐在河堤邊的長椅上，想起以前我們三個經常坐在這裡，分食高嶺在烹飪社製作的點心，自從她離開烹飪社後，就再也沒下過廚，於是屬於高嶺的食物香氣就永遠停留在高中的記憶中了。

我看著河堤邊有隻貴賓犬正和牠的主人玩著你丟我撿的遊戲，那天眞無邪的快活模樣，想必牠不會有任何煩惱吧。

突然，一陣腳踏車的煞車聲傳來，一個穿著襯衫、搭配素色長褲的女人笑盈盈地看著我。

「妳是——」

那女人停妥腳踏車，搶先介紹自己，「我叫岳小唯，以前高中和洵恩同一個社團。」

「我知道，我叫——」

「夏生。」她很快接話。

「妳怎麼知道我的名字？」我愣了下，「應該說外號。」

「我聽洵恩提過，她朋友又不多，不就你跟樂宇禾嗎？」她俏皮地眨眨眼睛。

「妳還眞了解她。」我莞爾一笑。

「也是最近才比較了解，她總是讓人覺得有距離，不是嗎？」她自動在我旁邊的空位坐下，「洵恩呢？沒跟你一起？」

「我們昨天同學會，她……」岳小唯知道了多少？我冒然說出口好嗎？因爲她是高嶺的朋友，所以讓我有些失去戒心，好在還來得及打住。

岳小唯露出了然於心的笑容，拍拍我的肩膀，「哈哈哈，我都知道啦，苦戀苦戀，對象是洵恩那樣的女生，你一定很辛苦。」說完她起身走向自己的腳踏車，從前面的籃子拿出一盒東西，「要吃嗎？」

雖然是第一次和她說話，但是岳小唯自然不做作的態度，的確很容易讓人放鬆，也就是這樣不拘小節的女生，才有辦法和高嶺來往吧。

「那是什麼？」

岳小唯把盒子遞到我面前，「我做的餅乾。」

「我還以爲是外面賣的。」我伸手拿起一塊，一口咬下卻鐵青了臉，這是什麼怪味啊？

「我做的料理外觀總是很漂亮，但味道完全不行呀！」岳小唯哈哈大笑，「前幾天我原本要找洵恩幫忙一起做餅乾，但她說她很久沒做了。」

「是喔。」

岳小唯捕捉到我臉上細微的表情變化，她點點頭發出「嗯」的聲音。

「妳那天來學校接她去美容院，可是我看她昨天去同學會，髮型沒什麼變化。」被她直率的視線看得不太自在，所以我轉移話題。

「那個呀，因爲她說要開同學會，我也知道她會遇見很久沒見的那個人，所以就跟她說要打扮一下，雖然她本來就很漂亮了，但還是要讓人眼睛一亮才行呀。不過在踏進美容院前，她又反悔了，說這樣不像她的個性，所以最後什麼也沒弄。後來她來我家做餅乾，但都是我在做，她就坐在一邊跟我聊天。」

說到這裡，岳小唯烏溜溜的雙眼看著我，露出微笑，又補上一句，「聊你。」

高嶺想打扮得漂漂亮亮見樂樂這我理解，又說了這樣不像她的個性而反悔我理解，不跟岳小唯一起做餅乾的理由我也理解，但和岳小唯聊起我這件事情就不能理解了。

「聊了些什麼？」

「我告訴你好嗎？這應該是要讓你們自己去慢慢發展的事情吧？而且如果洵恩知道我擅自告訴你，她一定會很生氣，哎呀，這可怎麼辦？」岳小唯不是眞的擔心，而是故意吊我胃口。

「妳想要什麼？」怪了，我這邊應該沒有她想要的東西才是。

「我希望你可以說服洵恩，讓她再次和我一起做料理。」她眼睛發亮。

「很不幸的，妳求錯人了。」高嶺要不要做料理，是樂樂決定的。

「我沒求錯人。」岳小唯倒是很自信，「以下是我不負責任發言。洵恩問我，這樣子會不會很自私，她明明不能回報你的感情，又選擇和你念同一所大學，明明不能給你承諾，又讓你局限在只有她的生活。」

「但是我……」

岳小唯伸出一隻手制止我，繼續往下說：「我就告訴她，妳管他勒，要怎麼付出、要怎麼奉獻是他的事情，妳能不能回報一點也不重要，況且，會想到這一點的妳，不就也表示某種程度的在意了嗎？」

我愣愣地看著岳小唯，她的嘴角勾起一抹微笑。

「洵恩一面往前走一面回頭看，她擔心以前的人還在不在那裡，她想念以前的時光。可是，同時她的腳也在往前走，她的手也會牽住另一個人，有一天她就不會再回頭了，所以你現在暫時幫她看著前面的路好嗎？」

「但是昨天那個以前的人已經追上她了。」我勉強扯了扯嘴角。

岳小唯並沒有顯得吃驚，只是再次拍拍我的肩膀，說了聲：「加油，好嗎？」然後騎上腳踏車就先離開了。

我拿出手機，打算撥電話給高嶺，又不知道該說些什麼，想了半天還是作罷。

這樣躊躇不前還真不像我，但自從喜歡上她以後，我就一直不像自己了。

隔天上課也沒見到高嶺，這不禁讓我有些不爽，之前一直說不該蹺課，但是和樂樂心意相通以後就開始蹺課了，這樣不是雙重標準嗎？

「難得冰山沒來。」格子叼著菸，「不過是沒來而已，你幹麼一臉苦瓜樣？」

「沒什麼。」我也點了一根菸。

「你最近菸抽很凶啊。」格子不懷好意笑了幾聲，「像被丟棄的狗一樣呢。」

「嗯？」

「你啊，主人不在，所以就坐在這邊等。」格子說。

「你居然說我是狗。」

「每天就對著主人討拍。」

也許從他人眼裡看來眞是這樣，也許對別人來說，杜洵恩就是這麼過分。

「狗最大的優點是什麼？」我問。

「聽話？」

「忠心。」

我笑了一聲，爲自己連日來的憂愁感到可笑，這些事情都是我自己決定的啊，是我自己選擇要這樣的，我還愁眉苦臉什麼呢？

高嶺並不過分，過分的是我。是我讓自己卑微，而我的卑微讓他人認爲高嶺殘忍，所以是我該負起責任。

格子搖頭，「你眞是沒救了。」

「隨便你們怎麼想。」我將菸丟到一旁的菸蒂桶，「我肚子痛，要走了。」

「我會跟教授說你生理痛。」格子對我揮揮手。

我往機車停車場奔去，遇見一個手上提著大紙袋的系上女同學，她訝異地問，「夏恒生，你要去哪裡？」

「我肚子痛，回家。」我絲毫沒有緩下腳步，迅速跑過她身邊。

「你要回家？」她舉高手中的提袋，再次大喊：「可是今天是……」

「放心啦，那堂課的教授我很熟。」之後她好像又喊了些什麼，我已經聽不進去了。

我騎著機車往杜洵恩家去，決定效法偶像劇，直接就給她一個擁抱之類的，如果這樣能軟化她最好，如果不能，頂多讓我挨個巴掌，從此把我列爲拒絕往來對象。

不管是哪一種結果，都比我自己胡思亂想或是痛苦難受來得強。

然而，當我來到高嶺家樓下，卻看見了樂樂站在那裡。

我連忙將機車停在轉角處，像小偷一樣躲在電線桿後面偷看。

樂樂靠坐在一台紅白色系的機車上滑著手機，又拿起電話講了幾句，等到高嶺從大門步出後，樂樂掛掉電話，對高嶺露出微笑。

高嶺接過他手中的安全帽，上了機車後座，她的手放在樂樂的腰際，兩個人的背影消失在我的眼前。

各種衝擊在我內心交錯，他們之間的互動自然得像中間沒有遺落過兩年時光，只是共乘的交通工具從腳踏車換成了機車，其他什麼都沒有改變。

這樣就好，高嶺終於得到她想要的幸福。

我唯一疑惑的是，樂樂和亮亮說清楚了嗎？

樂樂這爛好人的個性，該不會還在兩個人之間猶豫不決吧？

越想越覺得不安，如果高嶺是透過當第三者而得到幸福，那麼最後只會造成更大的傷害。

我幾乎沒有猶豫，立刻發動機車追上去，出了巷子後隨便轉了幾圈，終於在某條馬路口看見他們，我小心翼翼地與他們保持約三台機車的距離，只見高嶺身體微微前傾，正在和樂樂說話。

該死，他們這樣看起來還眞的很像情侶。

不過現在沒空傷心，就算要死心，也要等我確認高嶺眞的幸福，確認樂樂眞的和亮亮斷乾淨了再說。

我跟著他們一路騎到鬧區，樂樂繞了幾圈，最後在街邊找了個車位停車，我則違規停在紅線上，偷偷摸摸跟在他們後面。

第一次約會來逛街？感覺眞是奇怪，雖然符合樂樂喜愛熱鬧的個性，但高嶺應該會選擇到圖書館念書或是參觀展覽之類的活動，折衷之下，看電影似乎是比較適合他們的約會行程。也許是高嶺顧及樂樂，喜歡他到願意迎合他的興趣吧。

前一陣子我和高嶺也來過這裡逛街，那次我吵了老半天，好不容易高嶺才願意出來，但我看上的那款球鞋已經完售，爲此我消沉了好一會兒，高嶺還不耐地碎念了我幾句。

決定了，如果今天看見什麼太令我震驚的畫面，我乾脆去買幾雙鞋子安慰自己算了。

他們兩個一路上說說笑笑，高嶺時不時流露出的活潑神情，就像以前她和樂樂鬥嘴那樣，我甚至看見她好幾次抬腳作勢要踩樂樂。

他們走進位在商場裡的大型書店，兩個人站在文學專區前討論哪本書好看。之前我和高嶺也來過這裡，但那時我是站在漫畫專區前。

高嶺買了兩本書，樂樂則拿了一本英文教科書，結帳的時候，高嶺忽然轉過頭，我趕緊蹲下躲在書櫃後面，嚇出一身冷汗，過了幾分鐘才敢偷偷探出頭，他們卻已消失不見。

我趕緊追出去，活像個跟蹤狂一樣四處東張西望，終於在商場門口發現他們正要走出去。

後來他們去了一家火鍋店吃飯，我則在外面隨便找個路邊攤一邊吃一邊盯梢，過了將近兩個小時，他們才從火鍋店走出來，我連忙躲在轉角處，拿著剛剛順手接過的傳單遮住自己的臉。

「我快撐死了。」高嶺雙手貼在肚皮上。

「幾乎一半以上都是我吃的，妳在撐什麼啦。」樂樂笑著。

「啊，我要去那一間店。」高嶺指向前方的烘焙材料行。

「妳現在還有在下廚嗎？」

「很久沒有，但現在想開始了。」高嶺微笑。

我感受到一股錐心刺痛傳來。岳小唯，就跟妳說了，只有樂樂可以改變她，不是我。

樂樂待在原地，並沒有跟著高嶺走進烘焙材料行，我故意背對樂樂，假裝是個很認眞在研究傳單的路人。

這時，樂樂的手機響起，他接起電話，「亮亮，怎麼啦？」

他親暱的語氣讓我明白，他跟亮亮並沒有結束。

「我？我不是說過了，今天和高中同學出來。」樂樂說：「有男有女呀，妳以前也見過，就是我的那些死黨。」

我感到一肚子火，他說謊欺騙亮亮，同時又讓高嶺燃起希望。

他已經不是我高中所認識的樂宇禾，人都會改變，不會永遠不說謊。

我站到他的身後，握緊拳頭等著他掛斷電話，等著質問他。

「我等一下就回去了，晚點見。」樂樂掛掉電話，帶著笑意轉過身，「夏生。」

我一愣，他還沒看見我就先喊了我的名字。

「你知道我跟著你們？」

「你的跟蹤技巧有待加強，況且你這麼高大。」樂樂將手機收進口袋，「不過杜洵恩沒有發現，她看起來很精明，但還是跟以前一樣遲鈍。」

「那好，說清楚，你現在是怎樣？」

「什麼怎樣？」

「你沒有跟亮亮分手。」

「我是沒有。」

「但你又跟高嶺出來。」

「我是跟她出來了。」

「所以現在是怎樣？」

「什麼怎樣？」

樂樂滿不在乎的態度讓我火大不已，我忍住想痛揍他的衝動，現在已經不是高中生了，不該動不動就動手。

「你到底在想什麼？居然欺騙你女朋友，又死抓著高嶺！」

「我沒有欺騙亮亮，事實上你也跟著我們一起逛街，的確有男有女。」樂樂鑽著話裡的漏洞，「另外，我並沒有死抓著杜洵恩。」

「騙誰啊！」

樂樂嘴角勾起笑意，「夏生，其實我一直都很羨慕你啊，想說什麼就說什麼，想怎麼做就有勇氣去做。」

羨慕我？我才羨慕你吧！

「你最好不要讓杜洵恩看見你跟過來，你知道她的個性，她會生氣。」樂樂拍拍我的肩膀，「然後聽我的，你就先回家吧，好好在家裡待著。」

我幾乎就要衝上前揍他一頓，樂宇禾變成玩弄感情的男人了嗎？是高中那段遺憾太過難受導致他走歪了是不是？

「聽我的，回去。」樂樂又說。

他引出了我全部的怒火，但此刻我更在乎的是他剛才所說的「高嶺的脾氣」。我不想惹她生氣，但我也不想高嶺被傻傻地蒙在鼓裡。

「先說，杜洵恩知道我和亮亮還在一起。」樂樂對我一笑，自顧自地走進烘焙材料行。愣在原地好一陣，我才緩緩移動腳步。

高嶺知道樂樂和亮亮還在一起，代表高嶺是自願的，所以大家才說「愛情讓人變傻」，連高嶺那樣理智的女人都可以爲了樂樂而卑微。

但這種事情能說誰對誰錯？每個人都是自願的，每條路都是自己選擇的。

就像我一樣，就像高嶺一樣，就像樂樂一樣，我們都是自己選擇走上這一條路。

該死的我竟覺得有些想哭，乾脆快點回家喝點東西洗洗睡，一覺起來就沒事了。

但當我走到停車處時才眞的要哭了，我的機車上貼了張紅單——違停紅線，六百。

今天眞是衰到爆。

我在便利商店買了啤酒，蹲在家樓下喝完才回去，媽媽見我的臉有些泛紅，過來嗅了幾下，隨即破口大罵，「怎樣？滿十八歲了就可以一直喝就對了？前兩天才喝到爛醉回來，今天什麼日子你又喝，你以後是要幹麼？當品酒師是不是？」

「噢！媽，妳還知道品酒師這個行業呀，不錯喔！」我打哈哈地回到房裡，任憑媽在門外叫罵，癱倒在床上凝視著天花板，腦中暈頭轉向。

我想我在不知不覺中睡著了吧，因爲我看見高嶺了。

看見高嶺不是什麼大事情，重點是她牽著我的手，光憑這一點就足以證明我在做夢。我們跟以前一樣坐在空中花園的長椅上，她拿出在烹飪社做的便當遞給我。這是現實中絕對不可能發生的，所以在夢中我要好好享受。

食物的味道跟我記憶中的一模一樣，好吃極了，她笑靨如花地瞧著我，用衛生紙替我擦去沾在嘴角的醬汁。

場景轉換，我走在河堤邊，回過頭看見高嶺默默走在我身後，我朝她伸出手，她露出甜美的笑容。我們並肩坐在河堤邊的長椅，她的頭輕輕靠在我的肩上，我們雙手緊扣，她洗髮精的香味隨著微風飄來。

眼前的一切就像是場夢，事實上也的確是場美夢，我朝思暮想就是盼望著這一刻。

「樂樂呢？」但我終究還是開口這麼問。

「誰是樂樂？」她一臉天眞。

「妳最喜歡的人啊。」

「我最喜歡的人就是你啊。」

「不是，從來都不是我。」我笑著搖頭。

這樣只看著我、跟在我身後走著的高嶺不是高嶺，我喜歡的高嶺不是這樣的女生。

高嶺的笑容漸漸消失，離我越來越遠，接著我身邊的景象像是突然融化般全部消失，剩下一片無邊無際的黑暗。

最後我還是在夢中掉下眼淚，告訴自己反正這是在夢裡，沒有人看見我在哭，沒有人知道這一切。

打斷這場夢境的是手機鈴聲，眼睛莫名感到一陣酸澀，原來自己在現實中也哭了，隨意擦掉眼角殘留的溼意，我拿起手機，是高嶺打來的。

「你在家嗎？」

「我都還沒說話呢。」我忍不住笑了起來，卻覺得笑得很難受。

「你過來河堤。」

「妳在河堤？」我有些訝異，她不是應該還在和樂樂約會嗎？

「對，過來吧。」

我滿腹狐疑地從床上爬起來，愣了幾秒，才趕緊往外跑。

「這麼晚了去哪裡啊！」我在玄關穿鞋的時候，媽媽從廚房探頭問。

「我朋友在河堤等我，我過去一下，而且現在才七點，哪裡晚了！」

「半個小時內就給我回來知道嗎？今天可是……」

「好啦好啦，盡量！」我敷衍回應了幾句，便衝出家門，跨上機車一路駛往河堤。

我不免胡思亂想，難不成是樂樂又做了什麼？還是樂樂晚上答應和亮亮見面，所以高嶺覺得難過了？

不管怎樣，我都不能容許樂樂傷害她。

懷著焦慮不安的心情來到河堤，高嶺就坐在我們三個慣坐的那張長椅上。

「這麼晚了，妳一個女生待在這裡很危險。」

高嶺嚇了一跳，立刻站起來，好在她臉上沒有淚水的痕跡，也沒有我想像中的難過神情，就像是平常的她。

「你坐這邊。」她指著剛才她坐的地方。

「怎麼了？妳今天不是……」我趕緊閉嘴，差點就說出跟蹤他們的事情。

高嶺卻只是瞇起眼睛，嘴角掛著幾乎察覺不到的笑意，再次指著長椅吩咐，「你先坐下。」

她怎麼說我就怎麼做，一向如此。於是我坐上長椅，抬頭看著依然站著的她。

「然後呢？」

「然後閉起眼睛。」

這句話反而讓我瞪大眼睛，「我知道男生某些時候會叫女生閉起眼睛，但我還是第一次聽見女生叫男生閉上眼睛。高嶺，妳其實很大膽嘛！」

什麼時候了我還可以說笑，而高嶺也反常地沒有生氣，看樣子她今天和樂樂約會心情一定很好，才可以這樣忍受我的白目。

「快閉上。」

我聽從她的吩咐閉上眼睛。

「在我說好以前不准張開，張開就絕交。」這比任何威脅都還要有用，我點頭如搗蒜，保證絕對不會張開眼睛。

我可以感覺到高嶺的手在我面前揮動了幾下，確認我沒有偷看，接著她走到我的右邊似乎在翻找什麼，紙袋聲沙沙作響。再來是按壓打火機的聲音，我眉頭一皺，聞到燃燒的味道。

「高嶺，妳在做什麼啊？」

「不可以張開眼睛。」

「我沒有張開啦，但妳在幹麼？在點火嗎？」

「等我一下。」

我聞到一股甜甜的香氣，這股香氣有些熟悉，但我一時想不起來那是什麼。雖然眼皮緊閉，還是能感覺到有團黃光接近眼前，此時高嶺發話，「張開眼睛。」

我一睜開眼睛，就看見高嶺綻開微笑，手裡端著一個四吋蛋糕，蛋糕上插著數字二十的蠟燭，燭光搖曳。

「這是……」我覺得眼前的一切很不眞實。

「夏生，你忘了嗎？今天是你生日。」高嶺瞥了眼蛋糕，「快許願，然後吹蠟燭。」

「我生日……這蛋糕是妳做的嗎？」

「嗯，快點，不然蠟會滴到蛋糕上。」她連聲催促，我在腦中一堆問號的情況下傻傻地吹熄蠟燭，壓根沒有許願。

「生日快樂！」高嶺開心地拔掉蠟燭，從一旁的紙袋取出兩根叉子，「蛋糕不大，就不用切了，直接這樣吃吧。」

一連串來不及消化的意外狀況接連發生，高嶺幫我慶生？高嶺做了蛋糕？高嶺居然要和我同吃一個蛋糕？

「等一下，現在是怎麼回事？妳今天不是跟樂樂去約會嗎？」

「約會？沒有約會啊。」

「你們明明一起去逛街、吃火鍋，我還看見妳去烘焙……」我的視線飄向放在長椅旁邊的紙袋，那是我最喜歡的運動品牌。

「這是我和樂宇禾一起合送的。」高嶺見我發現了，便拿起紙袋遞給我，「你說過想要那雙球鞋。」

「這……這是怎麼回事？」

「沒想到你會忘了自己的生日，我還以爲你會安排很多活動，難道今天班上那群女生沒有幫你慶祝？你家人呢？」高嶺很驚訝。

我仔細回想，今天離開學校經過停車棚時，有個班上的女同學的確好像跟我說了什麼，剛才老媽也難得會管我的行蹤，要我早點回家。

原來都是因爲今天是我的生日。

我不可置信地摀住嘴，看著眼前的蛋糕和球鞋說：「所以……今天妳和樂樂是去買我的生日禮物跟做蛋糕的材料？」

高嶺理所當然地點頭，她用叉子切了一口蛋糕遞到我面前。

「這是？」我往後退了一些，是我想的那樣嗎？

「吃啊，我這麼久沒做蛋糕了，捧場一下啊！」她又將叉子往我嘴邊送，我戰戰兢兢地微微張嘴，她將蛋糕塞了進來。

「夏生，你好像誤會了什麼。」高嶺說。

「誤費？」因爲嘴中塞滿蛋糕，導致口齒不清。

「我和樂宇禾，不是你想的那樣。」

看著高嶺的側臉，我皺起眉頭呑下蛋糕，又問，「妳喜歡他，他喜歡妳，不是這樣嗎？」

「曾經是，我也以爲會一直這樣下去好長一段時間。」她吃了口蛋糕，用剛才餵給我蛋糕的那根叉子。

「我以爲我會忘不了他，以爲會爲他的事情傷心好久，以爲如果他隨時回頭我都會在，也以爲這份感情永遠不會變質。」她笑了笑，「但我錯了，我們都活在現實世界，我們的感情不可能始終停留原地，我們的生活都要不斷前進。」

說到這裡，高嶺停了一下，才又繼續往下說。

「同學會那個夜晚，當我和樂宇禾終於能夠談起這一段過去的時候，我們都意識到了，能在一起的時機已經過了。他在我心裡依然很重要，我在他心裡也依然很重要，但我們已經不是彼此心中最重要的那個人了，現在我們終於能當眞正的『純友誼』好朋友。」

我聽得一頭霧水，雖然明白她話裡的意思，卻不明白她心境上的轉變。

「高嶺，妳喜歡樂樂，他也喜歡妳，這還有什麼問題呢？是因爲亮亮嗎？還是因爲我？」

「當然是因爲你們，亮亮改變了樂宇禾，而你改變了我。」這次換高嶺皺眉，「怎麼了呀？夏生，你不是一向很機伶嗎？爲什麼這次還聽不懂？」

我懂，只是不敢相信，夢寐以求的那一天會來得這麼突然。

「高嶺，我喜歡妳。」

高嶺臉頰染上一絲紅暈，眉開眼笑地說：「我知道。」

終於，我能在當初高嶺逃離我心意的河堤，說出這句話。

「但這可不表示我也喜歡你。」高嶺再次挖了口蛋糕，她嘴角的笑意沒有消失。

「我知道。」這就夠了，妳已經放下與樂樂的那一段，對我來說這就夠了。

我曾經說過這兩個朋友讓我痛苦，但同時，他們也給了我一段難以抹滅的青春歲月，再讓我選擇一次，我依然會想當他們的朋友，就算痛苦、就算陷入感情泥沼，依然値得。

等我回到家，才發現手機裡有封樂樂傳來的訊息。

「夏生，生日快樂。我家杜洵恩就交給你了。」

我不禁莞爾。

我們三人曾有過一段自以爲彼此之間只是純粹友誼關係的時光，爲此我們傷痕累累，卻也因此變得更加勇敢堅強。

然後或許，未來某一天，我眞的能如夢中那般，牽起高嶺的手，而她會對我露出微笑。

總會有一天的，是吧？

紀念版番外
# 從某個點開始改變

我想過好幾種可能的轉捩點，關於我和杜洵恩。

第一次見到她是國中，那時的她站得筆直、長髮烏黑，看起來就像是漫畫裡才會出現的那種……怎麼說？學生會長的風範？

當我得知她就是全校第一名的時候，不禁感嘆還眞的有人生勝利組啊。

之後會和她成爲朋友，甚至喜歡上她，我完全始料未及。

但我們的結局並不美好。也不能這麼說，畢竟我們還是朋友，也算釋懷了那段過去。

到了現在這個年紀，你我都能明白誰的青春沒有遺憾。那些遺憾能帶著我們成長，讓我們走到更遠、更好的地方。

某天回想時，甚至會遺忘那份遺憾當初有多苦。因爲我們都已經走得太遠，離那段青蔥歲月太久、太久，久到都忘了什麼叫青春。

只是偶爾，例如我忽然回憶起當時、例如我翻閱畢業紀念冊，又或是看見哪個高中同學結婚的動態、看見以前同學的留言，不免也會想起那段過去。

如果說，畢業典禮上，我改變了說詞呢？

今天我和杜洵恩還會在一起嗎？

有時候我會這麼想。

✿

「樂樂呀！」

電話那頭傳來夏生噁心的呼喚，這麼多年過去了，他依舊像學生時代那般浮誇。

「不要這樣叫我，好久沒人這樣叫。」我扯掉領帶，拿出冰箱裡的冰水一口灌下。

「哈哈哈，蕾蕾啊，你記得蕾蕾吧？就是那個喜歡你的蕾蕾。」

「夏生，以前的事情你記得還眞清楚。我聽說年紀大了以後，會對年輕的事記憶猶新，你是不是有初老症狀？」

「從你嘴中講出初老二字眞怪，這不是女生在用的詞嗎？」

「哪有分什麼男生還女生用的詞？你這樣是歧視喔！」我笑著說，還被冰水嗆到了。

「哈哈哈哈，我是要問，你會參加吧？」

「會啊。蕾蕾算早婚吧？懷孕？」

「二十七歲還好啦！蕾蕾和她老公大學就開始交往了，也滿久了。而且我打聽過，沒懷孕，兩個人就只是想結婚而已。」

夏生繼續說：「紅包多少？我們幾個統一一下，才不會有人太多、有人太少。」

「你居然會注意這麼細節的事。啊！應該是洵恩注意的吧？」我恍然大悟。

「這種細心的事情只有女生會想到吧。」夏生笑了兩聲。

我青春裡最好的兩個朋友，最後不意外地走到一起。要我選，我也會選擇夏生吧。

「那到時候坐我們的車一起去吧，我們去接你。」

掛掉電話後，我點開手機的相簿，裡頭還有一些學生時代的照片。我勾起微笑，坐在沙發上看著照片，看青澀的我們笑得開心。

在沒有感情攪和以前，那段各懷心事的單純歲月，是青春最珍貴的寶物。

然後，我看到了畢業典禮時，和杜洵恩以及夏生那張尷尬的合照。

我忍不住噗哧一笑。這已經是九年前的事情了，在記憶中都有些褪色了，可是神奇的是，一看見照片就能想起當初的每一個細節。

或許是因爲這樣，我才會做了那場夢。

我夢見自己站在空中花園，看著杜洵恩在樓下跑來跑去，我知道她在找我，因爲我聽到夏生說的那些話。

他打了通電話給我，問我人在哪，然後跑來找我。

我們三個在畢業前夕處得不算愉快，可是沒有吵架，就只是……尷尬。

我一直認爲杜洵恩喜歡夏生，因爲有太多跡象了。

而且很多時候她和夏生會躲在一塊說話，看見我過去，便會尷尬的移開眼神、轉移話題。

每一次看見，被排除在外的感覺讓我非常難受，可我又不可能去問「你們在聊什麼」、

「你們幹麼排擠我」。又不是女生，講這種話能聽嗎？

我自己猜想，或許是他們已經進入了曖昧期，甚至偷偷談戀愛了，爲了不想破壞我們三人友情的平衡，又或是不想讓我落單，所以才會偷偷來。

如果他們不想說，我也就假裝不知道。

可是在河堤時，明明我和夏生都有動手打架，杜洵恩卻只害怕我，躲在夏生的身後。都這麼明顯了，我要是還不知趣，就太不識相了。

所以我才開始遠離他們、遠離杜洵恩，讓他們能夠放心戀愛。反正一段愛情走到最後，一定只有雙方了，我們不可能永遠都是三人行，只要牽扯了感情，就絕對不可能跟以前一樣。

那時，我遇見了亮亮，雖然她名叫晶晶，但我稱呼她爲「亮亮」，因爲她的指甲亮晶晶的。

我們同病相憐，都是在三人的朋友關係中，喜歡著自己的朋友，而朋友們卻互相喜歡。或許是相似的經歷，我們逐漸親近，一些沒辦法對他人說的煩惱，我們會跟彼此說。

我們時常聚在一起，這些行爲在旁人眼裡看來都像別有用意，但是我和亮亮之間並沒有什麼。

「我跟你說，他們覺得你在追我。」有一天，亮亮忽然這麼說。

「他們？你是說你那兩個朋友？」

「嗯，我甚至可以感覺到他們都鬆了一口氣，覺得這樣很好，好像我邁出了下一步。」

亮亮聳肩，她的語氣裡沒有責怪，「你那邊呢？」

性。

「好像也差不多？」

「哈哈，像我們這種配角最後通常會走到一起。」亮亮如此說。我倒是沒想過這種可能性。

「我是妳喜歡的類型嗎？」

亮亮被我的問法嚇到，「類型？哪有什麼類型？」

「妳想過我們在一起嗎？」

「欸……沒有想過。但是你講了之後，我稍微想了想。」

「所以不是無法想像。」

「好像不是。」亮亮歪頭，「你會喜歡我嗎？」

「我可以現在開始想像。」我說。而亮亮笑了。

「要是別的女生聽到你這樣說，絕對會很生氣。不過我本來就知道你的心意，所以倒是能夠理解。」亮亮一邊摸著自己的華麗指甲，一邊說：「如果我們要交往，那就得先釐清自己的感情，我可不想當備胎。」

「嗯，我知道，我也不想。向春日耶，拜託。」我哪比得上校園王子啊？

「哈哈哈，向春日耶，拜託。」亮亮笑了起來。

和她在一起很輕鬆、很愉快，我好像能做最原本的自己，不用裝模做樣、不用小心翼翼、不用想破頭只為了說一句讓杜洵恩會露出微笑的話。

我當然知道，那是很在意杜洵恩才會如此。

但是愛情與相處都有多種面貌，很自然地在一塊，也是一種。

不過，就如同亮亮所說，我必須先與杜洵恩眞正道別。或許該問問杜洵恩，才能確定自己的選擇。

所以我去找了杜洵恩，問她要是我跟亮亮告白，她會怎麼樣？

「嗯……很好啊……」

「眞的？」我側頭看她，雖然答案不意外，眞的聽見還是頗為心酸。

「眞的啊，總是要把自己的心情告訴對方吧。」杜洵恩一笑。

「所以我眞的該告白？妳眞心這樣覺得？」

「對，我覺得是的。不管結果是好是壞，我都會在你身邊。」

她的話聽來刺耳，我知道，我該跟她告別了。

「杜洵恩，妳就像是梅花一樣。」

「怎麼突然……」

君自故鄉來，
應知故鄉事。
來日綺窗前，
寒梅著花未？

「其實，他眞正牽掛的並不是家鄉的梅花吧，而是故鄉、留在當地的人事物，當時的回憶，都讓人魂牽夢縈。不管將來我到了哪裡，我一定會一直想起妳，我最要好的朋友、最美的高嶺之花。只要看到梅花，我就一定會想起妳。」

我曾經最喜歡的妳，今天開始，我要放下妳，往新的路走。

道別的時候，我輕輕地摟住了她。強忍著眼中的酸楚，我才知道，喜歡上朋友有多痛苦。

然而，爲了她好，這是我最該做的。

我和亮亮在一起了。

「你眞的整理好心情了？」亮亮再三確認。

我點頭，「那妳呢？」

「我很早就整理好了。」亮亮對我伸出手，「樂宇禾，我想我們都知道，我們對彼此的喜歡和過去我們所認識的喜歡不同，但這並不代表我們不喜歡對方，對吧？」

「妳說的話眞是深奧。」我笑了下，握住她的手，「我第一次知道，答應交往要用握手的方式。」

「哈，這也沒什麼不好啊！」

誰說我和亮亮的相處模式不是愛情的一種？

亮亮是一個好女孩，和她在一起我的確非常快樂，有好幾次我都會忘記杜洵恩帶給我的痛苦與難受。

只是當我偶爾瞥到杜洵恩和夏生站在一起，苦澀感還是會像藤蔓一樣，從心底深處往上蔓延。

但不可否認，和亮亮在一起時，那感覺確實慢慢變少，而快樂逐漸變多。

畢業那天，夏生打了通電話。

他到空中花園找我，我以爲他要跟我說他和杜洵恩交往的事，而我內心也確信自己已經能毫無波瀾的接受。

「你知道高嶺很痛苦嗎？」沒想到夏生一來就這麼告訴我。

「痛苦？爲什麼？你怎麼了嗎？」

「我？」夏生失笑，「怎麼會是我？高嶺所有的情緒都只被你牽引。我逗她笑需要花很多時間，而你只要一個動作就能讓她哭。」

「什麼意思？」我聽不明白。

「樂樂啊，你到底是聰明還是笨呢？啊！你應該是笨，才會連高嶺喜歡你都不知道。」

我想過各種夏生會說的話，就是沒想過這一句。

那種感覺就像有什麼東西高速撞向我，讓我全身震盪不已、天旋地轉，以爲自己聽錯了。

「你說……什麼？」

「我說，高嶺喜歡你。你和亮亮交往的事情讓她痛苦非常久，直到現在都還很痛苦。」

「但是她不是喜歡你嗎！」我大喊。

「你到底看見了什麼？她喜歡我？」夏生恍然大悟，「啊！你們還眞相像呢……你們都認爲對方對待自己的生疏與距離是不喜歡的表現，結果卻……哈哈哈。」

夏生忽然嚴肅地看著我，「所以呢？樂樂，你要怎麼辦？」

「什麼怎麼辦，我已經跟亮亮交往……」

「樂宇禾，這一次，你要怎麼做？」

我愣住，我能確信這句話過去的夏生並沒有說過。

眼前的夏生看起來十分陌生，而天空也不是記憶中的藍，我明白這是夢境。

然後，我往下看，杜洵恩如同記憶中的她，在一樓跑來跑去。一會兒後，她也打了電話給我，說有話要跟我說。

「樂宇禾，這一次，你要怎麼做？」夏生的聲音，變成了我的聲音。

在夢中，這一次，我要怎麼做？

轉眼，杜洵恩已經站在我的面前。

高中時期的她，臉上有著現在沒有的素淨，依舊漂亮得令人無法移開目光。

她雙眼含淚、嘴唇微張。

過去，我費了多大的力氣，才要她什麼也別說。她吞下了告白，帶著說不出口的遺憾，在未來找到了幸福。

然而，這是在夢境啊……

樂宇禾，這一次，你要怎麼做呢？

「樂宇禾……」

「杜洵恩。」我搶先截斷她的話，「我喜歡妳。」

# 後記 早知如此絆人心，何如當初莫相識

這邊是後記唷，後記！是的，所以還沒看完的小米紗速速翻回前方。是翻回去你們看到的章節，不是翻前面的結局唷！

想跟大家分享一下，在寫這一本書的心情，還有為何如此安排，以及角色們的內心想法，可是這樣就一定會暴雷啦！所以強烈建議看完全文後，再來看後記，這樣比較可以更理解後記在說些什麼。

正文開始（什麼？你還沒看完這本書卻堅持先看後記，好吧……我有提醒過你嘍）。

這個故事與以往不太一樣的地方，在於男女主角的個性，女主角集優點於一身，聰明漂亮但個性冷淡，如同高嶺之花一般，只是，高處不勝寒。

這樣的她身邊出現了兩個男孩，剛開始看起來好像兩個男孩子的個性差不多，到後來卻會發現其實截然不同。

杜洵恩和樂宇禾的友情，建立在承諾會對彼此眞實以對，不參雜絲毫虛假的純友誼關係之上，可是到了故事尾聲，我們才發現，他們的友情從一開始就是謊言。

整本書看下來，夏生沒說出口過喜歡杜洵恩，杜洵恩也沒跟樂宇禾告白過，直到最後的

最後，他們依然誰都沒能說出眞話。

可是他們都知道，那纏繞在他們之間的感情。

爲什麼樂宇禾明明喜歡杜洵恩，卻要去追求亮亮呢？

爲什麼樂宇禾不試著告白呢？

爲什麼杜洵恩在當下不快點說出自己的心意呢？

我們從杜洵恩的角度看故事，當然會覺得他們兩個傻瓜就是一直躊躇不前才錯過機會，然而，在後記我們試著站在樂宇禾的角度看看——

國中，我遇見了一個女孩，她很漂亮，卻像個精緻美麗又冷漠的搪瓷娃娃一樣面無表情，我厚著臉皮接近她，發現她不過就是一個普通女孩，只是不懂得表達、不懂得婉轉、不懂得說場面話。

我和這樣的她成爲朋友，興起了想保護她的心，打發掉她身邊很多無聊的男生。我覺得誰都配不上她。

高中，遇見了一個幾乎可以配上「完美」兩字的男生——夏生。

成績好、身高高、長得好看，個性像我一樣白痴，但可以引起杜洵恩的注意與回應，最重要的是，杜洵恩接受了他進入原本只有我們兩個的友誼圈。

有時候看著他們兩個站在一起，就會不禁想：他們如此般配。

但杜洵恩卻說了，她只要純粹的友誼。

可是呢，在樂宇禾眼中，夏生和杜洵恩之間卻逐漸開始有了只屬於他們兩人的祕密。其實那不過就是夏生知道了杜洵恩喜歡樂宇禾，但樂宇禾哪裡明白呢？他以為夏生和杜洵恩之間有了他進不去的空間。

樂宇禾試探過幾次，在河堤問杜洵恩是否單戀著誰，或是在深夜來到她家門前，問她，「妳剛剛在和夏生講電話？」會問出這句話，代表在樂宇禾心裡，他已經認定夏生和杜洵恩彼此喜歡，只差一步。

他問，如果自己和亮亮告白了，杜洵恩會怎麼樣？

天眞的杜洵恩卻說：「那就去吧。」

因爲她認爲，被亮亮拒絕後，她和樂宇禾就可以回到以往。

但對樂宇禾來說，這個回答無疑讓他更確定自己的想法是正確的。

全部，都事與願違。

總會有一天，他們總會在一起。

這是喬碩蕾的想法。

總會有一天，他們之間會崩盤。

這是夏恒生的預言。

總會有一天，我們總會在一起。

這是杜洵恩的冀望。

總會有一天，我們終究會分開。

這是樂宇禾一直以來的心理準備。

也許再重看一遍時，大家可以用樂宇禾的角度去看待整個故事，這樣就會稍微明白，他爲什麼從來不開口說喜歡。

因爲太喜歡，所以在被拒絕前先離開，才不會痛不欲生。

卻在最後，兩個人都發現，一切的擔憂與痛苦不過是庸人自擾。

可是一切都來不及了。

「再怎麼難忘，還是會喜歡上下一個人。」這是亮亮在《第二次初戀》裡說過的話。

他們不可能眞的從此忘記彼此，但連根拔起後的感情，長出的新苗還會一樣嗎？

總會有一天，有可能迎向喜悅，但也有可能悲傷降臨。你希望你的「總會有一天」會是如何，端看你現在決定怎麼做。

向春日、夏恒生，再來呢？

沒錯，就是「秋」和「冬」啦，那我們下次見嘍！

Misa

## 紀念版後記
# 夏天就是要永遠的遺憾，不然呢？

好好笑，請大家不要生氣。

我在直播問大家時就說了，大家想看的夏天番外，一定是樂宇禾和杜洵恩在一起啊！說實在的，我剛開始寫的時候，也的確是要寫假如他們在一起會怎樣。所以就得讓樂宇禾在畢業那天更改說詞。可是寫著寫著，我覺得夏天就該永遠是遺憾才對。

你們之所以這麼多年都把《總會有一天》當白月光，不就是因為我從來沒讓樂宇禾和杜洵恩真正的在一起嗎？

我想，多年後我還是不要破壞這份遺憾的好。

你們也不得不承認，新的番外停在這裡，比我真的寫他們在一起好吧？

另外有一個我模糊掉的點，就是到底二十七歲的樂宇禾還有沒有跟亮亮在一起呢？在《第二次初戀》的新番外裡我沒提，在《總會有一天》的新番外裡我也沒提。

我記得最多人問過我，樂樂有喜歡晶晶嗎？

當然是有啊！親愛的各位，愛情的面貌有很多種，你談過好幾次戀愛，每一任交往的對象你一定都是喜歡的，但是喜歡的方式還有你的心態，一定都會不同。

當初很多人都說，就讓樂樂他們大學分手，然後回去找高嶺吧！

想問當初看《總會有一天》的你們，過了最多有九年，再次翻看的心境如何呢？

我們都明白青春一定有遺憾，有時候這份遺憾有機會在多年後修成正果，但是大多時候，遺憾成爲了我們人生的養分，就像茶葉蛋的一道裂痕，使我們更入味。

九年前，夏生和高嶺在番外，已經明顯寫了在一起。九年後，番外依舊讓他們在一起。

至於樂宇禾和晶晶呢？

好吧！我的設定是沒有哈哈哈哈，可是這不代表他們一個比較喜歡向春日、一個比較喜歡杜洵恩。人生本來就是有很多悲歡離合，有些人正好可以走得長遠，有些人不行罷了。

他們曾經很認眞地交往過，也交往了很長的一段時間（忘記在哪寫過的番外，大學時也還有在一起），最後爲了走往更好的地方，才選擇了分開。

那高嶺和夏生在一起，會很幸福的啦！夏生這麼愛她，絕對會把杜洵恩寵上天的，唉啊好羨慕啊！

最後，謝謝你們這麼多年後，還是喜歡《總會有一天》。

若這是你第一次看，希望這本九年前寫的故事，依然能夠打動你的心。畢竟現在，我好像寫不出這樣留有遺憾的作品了哈哈哈。有些故事，眞的只有某些年紀的自己才寫得出來。

所以若是你有想嘗試的事情，請把握現在吧！如同夏生所說，最好的時機，就是現在。

那我們《秋的貓》見啦！

Misa

國家圖書館出版品預行編目資料

總會有一天【紀念版】／Misa著. -- 二版. -- 臺北市
：城邦原創股份有限公司出版：英屬蓋曼群島商
家庭傳媒股份有限公司城邦分公司發行, 2023.06
面；公分. --

ISBN 978-626-7217-48-1（平裝）

863.57 112008622

# 總會有一天【紀念版】

作　　者／Misa
責任編輯／林辰柔、黃韻璇
行銷業務／林政杰
版　　權／李婷雯

副總經理／陳靜芬
總 經 理／黃淑貞
發 行 人／何飛鵬
法律顧問／元禾法律事務所　王子文律師
出　　版／城邦原創股份有限公司
台北市南港區昆陽街16號4樓
電話：(02) 2509-5506　傳真：(02) 2500-1933
email：service@popo.tw
發　　行／英屬蓋曼群島商家庭傳媒股份有限公司城邦分公司
聯絡地址：台北市南港區昆陽街16號8樓
書虫客服服務專線：(02) 25007718・(02) 25007719
24小時傳眞服務：(02) 25001990・(02) 25001991
服務時間：週一至週五09:30-12:00・13:30-17:00
郵撥帳號：19863813　戶名：書虫股份有限公司
讀者服務信箱 email：service@readingclub.com.tw
城邦讀書花園網址：www.cite.com.tw
香港發行所／城邦（香港）出版集團有限公司
地址：香港九龍土瓜灣土瓜灣道86號順聯工業大廈6樓A室
email：hkcite@biznetvigator.com
電話：(852) 25086231　傳眞：(852) 25789337
馬新發行所／城邦（馬新）出版集團 Cité(M)Sdn. Bhd.
41, Jalan Radin Anum, Bandar Baru Sri Petaling,
57000 Kuala Lumpur, Malaysia.
電話：(603) 90563833　傳眞：(603) 90576622
email：services@cite.my

封面插畫／阿殁Amo
封面設計／也津
電腦排版／游淑萍
印　　刷／漾格科技股份有限公司
經 銷 商／聯合發行股份有限公司
電話：(02)2917-8022　傳眞：(02)2911-0053

■ 2023 年 6 月二版
■ 2024 年 4 月二版 3.6 刷

POPO城邦原創 www.popo.tw　城邦讀書花園 www.cite.com.tw

**定價／350元**


ISBN　978-626-7217-48-1